月光戀奏曲

Moonlight

青漁

目錄

第一章 005
第二章 035
第三章 065
第四章 098
第五章 129
第六章 161
第七章 196
第八章 230
第九章 257
第十章 281

第一章

初禮覺得這世界上像她一樣沒出息到被喜歡的人主動牽個手就腿軟的人應該一隻手都數得過來，她低著頭，目光死死地盯著自己被牽著的手，生怕緊張到手心冒汗然後被嫌棄——

那多丟人。

晝川走在前面，身穿黑色毛衣和牛仔褲的他在剪完頭髮之後不遜色於任何韓劇男主角，身材高大挺拔、面色淡漠、目光堅定直視前方——他這樣子就算直接殺去花枝獎頒獎典禮現場，從紅地毯上走過也不會有人說什麼的……

街上多少小姑娘在回頭看啊。

別看了。

是我的，看不走。

千辛萬苦得來的，死也不會就這麼輕易放手便宜別人的……

「老師，你這樣子去簽售，我有信心當場賣個五、六萬套書不是問題。」初禮加快步伐跟在男人身後，脣角不自覺地揚起，「你為什麼不願意簽售啊？」

「我最討厭人擠人的地方，也討厭微笑著和幾百上千的陌生人假裝親切地寒暄。」

「……可是你對外塑造的就是這種形象啊。」

「打個字發微博就能創出來的人設而已。」晝川懶洋洋地瞥了眼邁著與自己相比之下比較短的腿、吃力跟上來的小姑娘，「現實生活中讓我對陌生人保持兩個小時微笑，我選擇死亡。」

初禮：「……」

好一個「溫潤如玉公子川」。

人設……創得很成功，她差點都信了。

初禮：「江與誠老師總威脅你要發微博九宮格揭穿你的真面目，以前我總覺得他是在威脅你，實際上並不會那麼做，但是此時此刻卻突然覺得他真的這麼做了也無可厚非……」

晝川挑起眉。

初禮：「是替天行道。」

晝川瞥了她一眼，然後舉起兩人抓在一起的手，在她眼前晃了晃，就像這是鐵證如山：「妳不就是因為如此才喜歡我的嗎？」

初禮認真地想了想他話裡的意思，然後問，「你罵誰是變態？」

晝川「哼」了一聲，轉開腦袋。

此時兩人來到電影院門口，二〇一四年三月，全國上映電影最值得一看的國片莫過於《白日焰火》。晝川在網上看過影評，人們紛紛表示這部片子無論是劇情安排、張力還是氣氛都營造得非常棒，再加上女主角桂綸鎂也是他的菜，他很期待到電影院支持一波票房。

他正準備去查看一下最近合適的場次，結果一轉頭，卻發現自己帶來的小姑娘站在《別枝驚鵲》的電影海報前挪不開步子。

沒錯，就是那個把他從舊華書店黃金平臺展示位趕下來的國際級作家兼大導演休斯頓．赫爾曼先生的同名小說著作改編的《別枝驚鵲》。

晝川：「……」

在《別枝驚鵲》的小說理所當然地超級大賣之後，《別枝驚鵲》的電影也趕上了今年賀歲檔上映——整部電影由世界最大電影製片公司ＡＩＲ製作，超一流的編劇團隊、超一流的拍攝手法，還有不把製作經費當錢的精良特效。

可以說，ＡＩＲ公司是每一位電影人的最終夢想，也是每一位作家攜帶作品走向世界時能夠步入的最高級殿堂。

《別枝驚鵲》原著作者赫爾曼先生是土耳其人，擅長拍攝國家特色濃郁的作品，此次《別枝驚鵲》也算是回歸原本國籍，因此其作品充滿了異國色彩的文藝敘事手法、精緻震撼的畫面，以及充滿了暗示趣味性的劇情。一時間票房居然打破常規似地疾速上竄，網路上更是對於其電影劇本的討論不斷，至今已經有十餘種不同行業的專業人士對電影發表了完全不同的看法——

如同萬花筒。

又如同電影界「哈姆雷特」。

晝川：「……妳站在《別枝驚鵲》的海報跟前一臉痴迷什麼意思，是想跟我恩斷義絕嗎？」

初禮抬起頭，一臉莫名：「我們不是來看這個的嗎？」

晝川面無表情：「我是來看桂綸鎂的。」

初禮：「……別這樣，《別枝驚鵲》很紅耶，我過年時候慫著沒和我弟弟去看就是為了留著回來和你看的。」

「我不。」晝川後退一步，一臉抗拒，「妳竟想讓我為當初把我趕下黃金平臺展示位的小說同名電影貢獻票房！」

初禮扶額：「你不也是赫爾曼的粉絲嗎……」

晝川又恢復面癱死人臉道：「直到他把《洛河神書》從舊華書店黃金平臺展示位趕下來之前，我是。」

晝川：「現在大概算是同行仇人。」

「把自己和赫爾曼稱作是『同行』可以說是非常不要臉了，發微博去夠輪你個十萬八萬的……」初禮伸出手，抓住晝川往售票處那邊拽了拽，「走吧走吧，就看這個，別以為我不知道，你偷偷在家裡看《別枝驚鵲》的預告片十幾回了。」

「那是妳沒發現我看桂綸鎂還看了二十幾回……」

「老師！你能不能有點出息！」

「有出息是什麼，爭取有一天去當赫爾曼的小說劇本原創編劇？小說改編成電影給ＡＩＲ公司拿去拍一拍？」

「那又好像太過了，應該歸類為『妄想』範疇。」

「是我最近太縱容妳了，所以妳才變得越來越放肆。」

晝川不滿的碎碎唸中，初禮已經笑嘻嘻地掏出錢包跟售票員要兩張票，選位置的時候，甚至沒來得及開口，就被她的小公舉男伴擠到旁邊。

在售票員「我知道如果不是他這麼帥妳不會把他留著過完年還順便過了個情人節」的眼神中，前一秒鬧著不要看的小公舉選了偏前排正中間的黃金位置。

面對初禮質疑的眼神，他清了清嗓音，理直氣壯道：「要看就好好看，電影票不是錢啊？」

「老師，你這樣口是心非，以後ＡＩＲ公司來買你的小說拍電影，張口一千萬，你脫口而出『當我要飯的啊』可怎麼辦？」

「他們不會有機會提出給我錢這件事的。」晝川將買爆米花的零錢塞進初禮的手裡，像是驅趕小學生似地趕了趕她，同時用四平八穩的聲音無情道，「他們願意拍我的小說，在它開口之前，老子就會主動提出倒貼它一千萬。」

初禮：「……」

時間最近的一場電影大概在五分鐘後就開始，初禮拿著晝川給的零用錢買了一桶爆米花，抱在懷裡跟著他屁股後面進場入座。這是他們第二次一起看電影，只是這次沒有再帶江與誠。

初禮來之前特意看過一些影評，但是觀看的時候還是覺得電影劇情比較晦澀難懂，當然也有可能是她沒文化的緣故。總之電影看到三分之一，在電影裡一群白衣男人頭朝天、開始一圈一圈挑戰人體極限似地轉圈跳舞時，初禮的手已經不老實地伸向晝川……

她的手猶豫了下。

然後小心翼翼地撬開了他垂放在身體一側的手臂，從縫隙塞進去，變成半抱著他手臂的姿勢。

她抬起頭看看晝川，晝川一雙眼還盯著電影螢幕……

看得非常認真的樣子。

初禮低下頭，藉著電影院昏暗的光，小小地打了個呵欠，拽著晝川手臂的手悄悄收緊，捏住了他的毛衣。

就在這個時候，一雙眼盯著大螢幕絲毫沒有轉動的男人突然抬起另外一隻手，伸過來不動聲色將她的腦袋往下壓，讓她以抱著他胳膊、腦袋靠在他肩膀的姿勢安穩定格。

黑暗之中，初禮微微瞪大了眼。

晝川的手拍拍她的腦袋又拿開了，彷彿在說「睏了就睡，雖然是妳鬧著要看的電影」。

「……老師。」初禮壓低聲音。

晝川抬起手，豎起食指壓在脣上。

他脣角微微上揚。

黑暗裡，唯有前方螢幕光芒閃爍，初禮只覺得他彎起的脣角讓人彷彿著了魔，她抓緊他的衣袖，腦袋蹭蹭，小心翼翼、蜻蜓點水般地飛快親吻那上揚的弧度。

然後她就像是占了什麼超級大的大便宜，心裡樂開了花地把腦袋縮回來。

三十分鐘後。

初禮靠在晝川的肩膀上瞇了一會兒，睜開眼時，電影已經從「半懂不懂」進化到「臥槽這啥」的地步，晝川反倒是看得十分津津有味。

初禮的腦袋在他肩膀上蹭了蹭發出「沙沙」輕響，然後就著這樣的姿勢抬起頭看他：「老師，你真看懂電影在說什麼嗎？」

「……沒文化的人能閉上嘴嗎？」

「……」

初禮低下頭，把手機的光調到最暗，打開看了眼微信，一眼就看見阿象和于姚的留言——

會飛的象：老苗真的走了。

于姚：混子把自己弄走了，準備上位。

初禮心頭一跳，捏緊手機，看了眼群組，在（＋99）條未讀訊息之前，果然有老苗退出群聊的消息提示。

坐在電影院裡，初禮還有些懵逼。鬥了一年半載的，原本只是想藉著于姚的手打壓一下老苗的囂張氣焰，沒想到他「錚錚傲骨」受不得一點兒委屈，這麼兩、三下，居然自己辭職滾蛋了。

初禮心裡歡呼雀躍地放鞭炮，抬頭看了眼晝川，最終還是忍住了沒去騷擾他。

一直憋到電影結束、片尾字幕播放、場內燈光亮起，初禮才迫不及待地抓著晝川道：「老苗……真的辭職了！」

晝川打了個呵欠，摘下眼鏡揉揉發疼的眼睛，低下頭就看見這麼一張歡天喜地的臉——

頭一次發現原來人在高興至極時，臉真的可以發光似的。

這麼點兒小事就讓她高興成這樣？

看著她那雙黑亮的雙眸，此時此刻晝川的心情頗為複雜，想到了之前在車裡一瞬間想要開口讓她辭職時的不滿，以及這會兒又有點慶幸自己當時並沒有開口。

啊，算了。

……隨便吧。

反正有我在，能出什麼事。

他想著，於是目光變得柔和，抬起手用手指替她整理了下在他身上蹭得有些毛躁的短髮，低低「嗯」了一聲：「回家？」

感覺到他的指尖在髮間劃過，初禮眨眨眼，笑容微微收斂：「……那個，晝川老師啊——」

「什麼？」

「……」初禮停頓了下，「沒什麼，回家吧。」

這一天約會的結果是，牽了手，也偷偷親吻了他的唇角，只是到最後也沒能有勇氣問出口：「晝川老師，那麼，你到底算不算是我的男朋友呢？」

……非常想聽你親口承認一次。

並非出於我的詢問，而是你主動承認的那種。

哪怕一次也好。

第二天，初禮回到元月社，打開信箱收到的第一封信件就是公司通知。老苗進入離職交接期，根據最近一年來的表現，理所當然的，初禮上位《月光》雜誌副主編！

這裡頭有多少是公司高層對初禮之前背鍋《小神仙》、心中有所愧疚所以才如此爽快答應下來的成分在，那就不得而知了。

初禮只知道自己看了場電影，回來之後就直接升職加薪了，順便她眼皮子底下最大的眼中釘也走了——這意味著在《月光》雜誌編輯部裡，行銷部失去了他們安插進來的奸細走狗。

老苗進入離職交接期後，整個人沉默得像是一具屍體，他把手上在做的COSER專欄做為遺產交到小鳥的手裡，小鳥自然對此感恩戴德；而初禮只是冷眼旁觀，畢竟這些玩意，送給她她也不想要。

人總是要有一些傲骨在的。

雖然世俗讓人們常常為五斗米折腰。

但是哪怕是在底層掙扎的螻蟻，難免也會偶爾有需要挺直腰桿的一瞬間。

老苗確定滾蛋後，初禮暫時放下了心中對元月社的不滿，眼下《月光》雜誌改版就在眼前，《消失的遊樂園》開始準備網路預售，她一顆心都撲到了這兩個鬼東西上面，沒心思去想那些有的沒的。

而這個時候，江與誠這些年人氣在下滑的事情也確實暴露出來。

當時晝川《洛河神書》微博預售兼抽獎轉發數字到了十一萬。

索恆的《小神仙》大概在一萬出頭。

而江與誠的預售微博放出去兩、三天，轉發也不過是二萬快三萬而已。根據各家某寶網路行銷商的回饋，相比之下，《消失的遊樂園》無論從寶貝收藏還是從諮詢數來看，都比《洛河神書》差了一大截。

不說像《洛河神書》一樣賣個天文數字的預售量，想要靠網路預售達到三五萬怕是也有難度……這樣的銷量想要讓元月社開出和《洛河神書》一樣的首印數字怕是有難度。

「……怎麼賣呢？」

初禮絞盡腦汁、想來想去，努力地去思考《消失的遊樂園》除了網路預售這一套之外還有什麼能解決的辦法。最終在某日還要頭疼《月光》雜誌改版該怎麼一鳴驚人時，她腦海之中終於靈光一閃，響起了晝川那天輕描淡寫的一句——

簽售啊。

當時初禮就從死鹹魚狀從椅子上坐起來。

是啊，馬的，簽售啊！

想想人家赫爾曼先生當年《別枝驚鵲》全國首賣簽售，新盾社的展位是如何擠得下不去腳！

配合《消失的遊樂園》和《月光》雜誌五月刊改版後初號刊，讓江與誠在五月勞動節G市最大的書展上來一場說走就走的簽售！

據她所知，江與誠和晝川一樣，以前從來沒有簽售過，也沒有在公開場合露臉、發布照片。

現在直接來一場有聲有色的簽售啊！

這動靜夠大了吧！

新粉、老粉、路人粉，本著「看看大大長啥樣」也該來買本書排個隊吧？

「……怎麼沒早想到。」

初禮拍了拍腦門，有了主意之後也沒急著做企劃書了，而是打開QQ，找到江與誠。

此時已經是下午三點，江與誠的頭像果然亮著。

初禮深呼吸一口氣——

這是一場談判。

別的出版社也不是傻子，江與誠早些年如日中天的時候也沒辦過一場簽售，這就意味著，他本人對這件事，和晝川一樣是本能抗拒的。

她必須說服他。

初禮搓了搓手。

猴子請來的水軍：老師，關於《消失的遊樂園》這本書的銷售方案，這邊可能還要和您討論一下……

江與誠：看到了，轉發好像也不是很給力的樣子，讓妳擔心了吧：）

那喪氣隔著螢幕撲面而來，有點兒嗆鼻子。

初禮的手放在鍵盤上停頓了一會兒。

猴子請來的水軍：老師，咱們不能凡事都用晝川來做橫向比較，而且當時晝川那是首次原創書網路預售，看著新鮮轉發的人不在少數，多少人是為了湊熱鬧才來的對吧……

江與誠：哈哈哈！

江與誠：我都知道，妳不用安慰我這些啊，這些年人氣比較下滑的事我都知道，十幾萬首印大概已經是極限了，新盾也只給我開這個數。

猴子請來的水軍……三十萬也是有可能的。

江與誠：？

猴子請來的水軍：老師，為了銷量和重回顛峰，人總是要做出一點兒犧牲的對不對？

猴子請來的水軍：這些年，老師也是沉寂了過久，導致幾乎被一些粉絲遺忘……咱們得想辦法呼喚回他們心中的愛啊！

猴子請來的水軍：讓「江與誠」這個名字再次成為當紅話題，回到人們的視線裡——用最大的聲音向所有人宣布：王者歸來，我又出書啦！

猴子請來的水軍：五月勞動節G市有一個國際書展，場地大、人流量大，學生還放假……您有沒有考慮過在那裡做一場人生第一次讀者擠滿近千坪場地的簽售會？

初禮鼓起勇氣把一大串字發出去，死死地盯著螢幕，整個人都緊張到坐立難安。

彷彿過去了一個世紀那麼久。

江與誠的頭像這才遲遲亮起——

江與誠：咦？

江與誠：啊對了，都忘記問妳了，妳和晝川到底怎麼樣了啊，確認關係了嗎？

初禮：「……」

她攜千軍萬馬，殺入敵營。

對方避不接招，揪她要害，反將一軍。

江與誠老師，我讓您簽售，雖然有夾帶個人情緒想搞波大新聞順便賣賣新版雜誌，但是本質上來說，我還是為了《消失的遊樂園》能夠大賣才提出這項建議的，您不能夠反手一刀捅得我鮮血四濺——

猴子請來的水軍：妹有。

猴子請來的水軍：凡事講究個循序漸進，我不著急。

其實她已經急得快要上吊，但是並不會告訴他，因為她要假裝自己很堅強、很從容。

而這一次她也會 hold 住——

表白是她主動的，接吻也是她主動的，牽手也是在她灼熱期盼目光下出現的，這一次，輪也該輪到那個戲子開始他的表演。

江與誠：妳等他主動，怕是要等到地老天荒，他是個小時候想吃冰棒都要我先開口去小攤子的人。

江與誠：靠不住。

江與誠：妳不如把他放一邊，先試試我……我也很優秀啊，雖然是有點過氣了沒錯吧，但是我也很努力想要紅起來，而且就算是過氣，國內首印十幾萬的作者也是屈指可數級別，養妳還是養得起的。

江與誠：妳天天加班，還沒有加班費，對著不同作者的稿子看得雙眼發直，他不心疼，我心疼。

江與誠：和我在一起不好嗎？妳可以在家做我的個人編輯和經紀人，有了稿子第一時間給妳看，然後我們一起討論——妳喜歡我寫的東西，我喜歡妳跟我提出寫作意見的樣子，世界上還有比這更加剛好的事嗎？

初禮：「……」

猴子請來的水軍：老師。

猴子請來的水軍：好像準備開始畫大餅的人是我，怎麼您一言不合就開始搶我的戲……

江與誠：沒人畫餅給妳，我說的都是實話。

初禮：「……」

江與誠：我和晝川的區別在於，他總是對自己甚至是自己的所有物很自信，任性去做任何想做的事；但是我不同，如果有我喜歡的人或者東西，我情願自己藏起來，因為我不想承擔哪怕一點兒被人搶去的風險。

江與誠：初禮，我是認真喜歡妳的。

初禮：「……」

老師您下一本書不想寫恐怖懸疑了大概也沒關係，題材我都替您選好了，不不，甚至書名都取好了，就叫《江與誠的三行情書》。

搞不好溫馨治癒系言情小說界又要升起一顆璀璨的新星！

猴子請來的水軍：老師，如果您想請一個經紀人，等我以後不在元月社了肯定第一個考慮替您打工……

猴子請來的水軍：然而現在咱們還是先來討論一下眼前的事，比如，簽售？

江與誠：我對簽售這件事不抗拒，只是覺得很麻煩而已。

初禮心中燃起了一絲絲希望。

猴子請來的水軍：老師，我知道我天天畫大餅給你們，哄你們簽各種合同，略有一些「狼來了」的意思——但是我覺得我還是要掙扎著說明一下，這波，狼真的已經在山下了。

猴子請來的水軍：《消失的遊樂園》是您寄希望之作，希望東山再起，我又何嘗不是？

猴子請來的水軍：老苗走了，我剛剛收到升職副主編的通知信件，五月，伴隨著《消失的遊樂園》上市，《月光》雜誌也要全新改版，去蕪存菁，用全新陣容和彩頁──對於這件事，我也是只能成功，不能失敗的。

猴子請來的水軍：雜誌改版和新書上市，本來就是比較有話題的兩件事，我們的目標又是一致的「想要大賣」的話，這一次，您是不是可以認真考慮一下我畫的這個餅呢？

這一次江與誠那邊沉默了很久。

然後才回覆──

江與誠：我考慮一下。

初禮長長呼出一口氣，椅子轉了一圈正好撞上坐在辦公桌後面的于姚目光，兩人對視了一眼，雙雙從對方的眼中看出了初禮身邊那個空蕩蕩的位置上所誕生的歲月靜好。

「初禮，五月改版的事準備得怎麼樣了？」

「進行中。」

「《消失的遊樂園》上市企劃呢？」

「同步進行中。」

「這將會是妳上任副主編之後的第一戰，做好它。」

「做我們編輯這行，能不能做好每一次的戰鬥，全看作者賞不賞那個臉，肯不肯配合。」初禮聳聳肩，「正在跪著請寶劍出鞘，一鳴驚人、震盪八方。」

……就是寶劍考慮的時間有點長。

直到下班時間，初禮每隔三分鐘看一次QQ，甚至懷疑是不是自己的QQ壞了還讓阿象發訊息給自己確認收得到……在做了各種操作確認QQ收訊功能正常後，江與誠的頭像依舊安靜如雞。

倒是初禮在下午又陸續收到兩封其他的人事調動以及任命公告信件——

第一封，夏老師退休。

第二封，梁衝浪晉升公司副總。

初禮當時就差點兩眼一黑暈倒過去。

小Boss老苗好不容易滾蛋了，大Boss梁衝浪卻升級成終極Boss。最慘的是，帶領他們一干編輯與行銷佬對殺多年，保證編輯們這些年來不勝至少也不落下風的夏老師撤了。

然而——

團長都AFK（註1）了，還怎麼繼續開荒副本啊！

初禮倒吸一口涼氣回頭看于姚，然後在于姚的臉上也看到了和此時此刻的自己差不多的表情……大概就是，窒息。

猴子請來的水軍：老大，怎麼辦啊？

于姚：至少《消失的遊樂園》他們也是想大賣的，這點利益不衝突，樂觀點兒。

初禮沒有辦法樂觀點兒。

更何況江與誠說著「我考慮一下」之後就徹底消失得無影無蹤。

註1　Away from keyboard 的意思，遊戲用語，表示「長期或者永久不再進行遊戲」的意思。

初禮拖著死人般的身軀回到家裡，打開門就看見日常一幕——

晝川大大躺在沙發上抖著腿打他的手機遊戲，很顯然氪金十幾萬讓他成為伺服器裡首屈一指的扛霸子，這會兒他正咆哮得嗓子都快變調了地指揮遊戲國戰。

「劍士往前壓一波，元素靈動開起來，雨漫奔雷砸下去，汐族猥瑣奶起來——對面開小號占坑不要臉，開國戰前說好的誰開小號占地圖誰原地暴斃！各位007聽好了，歡迎你們加入凜冬陣營，跟著你們不要臉的陣營老大能有什麼前途？相親時候妹子開口就是一句『聽說你們首領為了國戰都暴斃了』你說尷不尷尬？」

初禮：「……」

上了年紀的網癮少年。

真怕他一個激動過度昏過去。

初禮走過去，伸手摸了摸晝川額頭上因為咆哮爆出來的青筋。

與此同時，她聽見晝川放在桌子上的iPad，另外一個熟悉的男聲也在瘋狂咆哮差不多的臺詞，完了還來了一句：「我他媽就開小號占坑怎麼樣！不服憋著！反正又不會真的暴斃，這他媽不是還在活蹦亂跳和你對罵！晚上還要上你家吃你家的大米！」

初禮：「……」

是江與誠。

馬的智障，難怪一個下午沒動靜，這他媽所謂的「我考慮一下」原來就是進遊戲和晝川相愛相殺去了！

這會兒晝川螢幕一黑，大概是遊戲人物掛了，他扔了手機，就著躺在沙發上的姿勢來拉初禮的手。初禮瞪了他一眼，拍開他，晝川「嘶」了一聲，這時候他手機裡有個妹子開麥「咯咯」笑。

「什麼聲音，老大你咬著舌頭啦？」

還是個萌妹子音。

初禮當時打定主意，今晚一定要去這個找晝川合作的破遊戲官方微博下面黑他們一波最佳化爛，玩了十分鐘手機燙得能煎蛋、bug 多、遊戲環境差——還拐走她兩個作者，各個不幹正事。

她正咬著後槽牙心疼自己怎麼沒有萌妹子音，這時候手被人一把扣住，晝川稍稍使了一點兒力道將她往下拽得彎了腰。

初禮俯身看著躺在沙發上的男人那張笑吟吟的俊臉……

「沒事。」在初禮伸手捏住他鼻尖時，晝川帶著笑意淡淡道，「我家的貓。」手機裡一片「你還養了貓」、「我還以為只有狗」、「男不養貓啊」調侃中，初禮臉微微升溫，直起身，轉身去廚房做飯。

晝川繼續指揮萬千小弟打他的國戰。

初禮把米淘好扔進電鍋裡，客廳這才安靜下來，沒有人在咆哮了，大概是打贏了這場國戰，因為萌妹子上麥開始唱歌。

初禮伸腦袋往客廳裡看了一眼，晝川坐起來，順手把手機聲音關了，扔下手機走進廚房裡，拿了個蘋果。

「香蕉人副主編看上去有話要說。」晝川洗著蘋果，頭也不抬道。

「下午人事調動還有夏老師退休離職，梁衝浪上位副總，現在元月社怕是要變天了，編輯們的日子不好過，再加上作者也不爭氣——比如你們兩個年紀加起來半截身子進棺材的人能不能整天幹點兒正事，在家裡打遊戲能高興一個下午……」

「千金難買我高興。」

「你是高興了，我下午正和江與誠老師說著簽售的事，他說一半人就溜了，之後再也沒出現過。我他媽眼巴巴盯著ＱＱ一個下午啊，想說他人去哪了啊，原來是跟你打遊戲！」初禮抽出菜刀，「這遊戲營運商怎麼就不幹好事，國內作者千千萬，他就知道找你和江與誠！」

晝川站在初禮身後笑。

初禮轉過頭，面無表情：「笑個蛋？」

晝川：「妳抱怨我和江與誠打遊戲的樣子特別像我媽，當年她——」

初禮舉起了菜刀。

晝川閉上了嘴。

這個時候，初禮放在口袋裡的手機震動，她扔下菜刀將手機掏出來，一打開就看見她眼巴巴盼望了一下午的男人正經八百的回覆——

江與誠：剛才斷網打字去了，打得太高興不小心忘記了這件事……

初禮捏著手機跟身後的人說：「你兄弟和你一樣滿口鬼話。」

江與誠：妳下午說的簽售的事我認真考慮了一下，確實有道理——還記得那天在電影院說過的話嗎？當時我就說了，我願意相信妳。

晝川哼了聲：「確實滿口鬼話。」

初禮：「你住口。」

江與誠：話不能光說說就可以，要有行動啊，妳都付出行動了的話，我也得有——所以簽售的事，我答應妳好啦：）

初禮頓時臉上春光燦爛，什麼抱怨也沒有了。

晝川伸手把她的臉扳過來看了眼，皺起眉，又響亮地「哼」了一聲，放開她。

此時QQ聊天視窗還在往外跳新的句子——

江與誠：不過要簽售的話那確實要準備一下了，平時也不怎麼出門總是穿得邋邋遢遢的，這副樣子見滿心期待的讀者可不行，衣服什麼的都得重新買啊，頭髮也要弄一下才好……

這時候初禮已經心花怒放到啥都顧不上了，江與誠說一她都不會說二，正把「我陪你去」四個字打到一半，還沒來得及打完發出去，手機就被身後突然伸出來的大手一把抽走！

初禮「啊」了一聲轉過身，就看見晝川抓著她的手機轉身飛快逃竄，並在她追打的過程中用語音功能衝著對面咆哮。

「讓你去簽售又不是讓你去孔雀開屏！買什麼新衣服、做什麼髮型！折騰再多能掩飾你快四十歲老男人的本質嗎！別老花心思哄人跟你約會，她傻了吧唧好騙老子還不懂啊！撅屁股就知道你想拉哪種屎——滾蛋，滾蛋啊！」

初禮和江與誠約好了星期六出門見面，買買簽售會該穿的衣服，順便商量一下簽售的現場要不要做點兒小活動或者小遊戲熱鬧一下現場氣氛。為此，初禮週六起了個大早，洗完澡、化完妝下樓時，卻發現已經有人比她更勤快地坐在客廳沙發上了。

初禮從他身後路過的時候，他手機裡正響亮播放——

「《別枝驚鵲》在中國內地上映後大受歡迎，上映一個月總票房統計高達八點五億，是休斯頓．赫爾曼迄今為止最為叫座的電影……」

「晝川老師，你起那麼早幹麼？」

「妳管我。」

「休斯頓．赫爾曼先生在回國後的新聞發表會上，多次特別提到感謝中國影迷，並直言下一次合作有可能會嘗試拍攝中國特色的電影——赫爾曼先生表示，中國歷史悠久，文化傳承源遠流長，中國風電影一直以來都是他的系列電影裡決定好的、也將鄭重對待的計畫之一……在合格的電影人的眼中，一部電影的製作應該無視種族膚色，忽視國籍界限，以求同存異為前提，弱化宗教信仰——」

初禮走到陽臺拿下了一條白色的棉質連衣裙，趴在沙發靠背上的晝川懶洋洋道：「太透了吧，從這邊我都能看見妳放在衣服後面的右手手指……」

初禮：「……」

晝川：「現在變成了一個豎中指的手勢，真粗魯，妳罵誰？」

「……看來是真的有點透。」初禮將衣服收起來，伸手去搆另外一條黑色的小吊帶裙，還有配套的深藍色薄高領毛衣，「這樣穿會不會熱啊？」

「還行吧。」晝川從沙發上爬起來，走回房間，「我去換衣服，一會兒我跟你們一起去。」

「赫爾曼先生明確表示，未來拍攝的中國風系列電影，也許他會追求一下不一樣的東西，因此，他將計畫在明年年中來中國，選取一名優秀青年作家做為自己的劇本共同創作者……」

初禮一下子沒反應過來「一起去」幹麼，「喔」了一聲，轉過頭看晝川的時候，他已經「砰」地關上門……

十分鐘後走出來，他身穿黑色牛仔褲，上身是白色T恤外加同牌毛衣，低調的毛衣沒有logo，唯獨在衣服下襬有三色小開叉為品牌標誌。

初禮覺得毛衣好看，在網上偷偷搜過，看見五位數價格的那一瞬間覺得這個男人她怕是養不起。

而此時此刻，初禮看那因為身上的毛衣而顯得肩寬腰窄的高大男人看直了眼——

那腰。

好想抱一抱啊，用雙手環抱住，就像是整個人都埋進他的懷裡。

然後把臉在那寬闊的肩膀上蹭一蹭……

初禮：「……咳。」

她轉開了臉，在看到客廳鏡子倒映出兩個人的身影時又愣了愣，她轉過頭看著晝川，後者挑眉。

「怎麼了？」

初禮伸出手指了指鏡子，想說「你看鏡子裡咱們今天的打扮有沒有有點像貴族風和某寶風強行融合的情侶裝」，但是想了想，還是不要自取其辱，於是顧左右而言他：「你幹麼跟著去啊？」

「妳在說什麼廢話？」

走到鞋櫃前，彎下腰將初禮的小短靴拎出來放地上的男人聞言，抬起頭掃了她一眼。

「我能眼睜睜放妳去跟江與誠吃飯逛街一整天？當我傻子啊。」

「……」

三分鐘後。

兩人拌著嘴出門的時候，江與誠的車已經在門外等著了。

江與誠姿勢放鬆地靠在駕駛座上，看著面前那小洋房的院子門打開，他喜歡的人和他討厭的人穿校服似地統一著裝，一前一後地走出來，那畫面，要多令人糟心就有多令人糟心。

原本是初禮走在前面的。

但是到了車前，晝川突然一個錯步往前，藉著腿長手長的優勢伸手率先拉開副駕駛座的車門，穩穩搶先坐進去。

江與誠：「……」

看著身邊的傢伙低頭，輕車熟路地往後調整座椅靠背，嘴裡還不乾不淨地碎碎唸「怎麼這麼擠，腿都沒地方放，你車子之前是不是載過什麼小姑娘啊」……

江與誠才不慣著他：「不坐你就滾下去，哪來那麼多抱怨。」

晝川：「你看你還惱羞成怒，心虛的人才惱羞成怒。」

此時初禮已在後座坐穩，稍稍彎腰笑咪咪跟他打招呼：「老師，早上好啊！」

江與誠撇過頭，看著後座那張笑吟吟的小臉，心情好了一些，於是不理晝川的那些鬼話，也勾起脣角，眼含笑意跟初禮打招呼。

晝川突然停下碎碎唸，不說話了。

車內氣氛不錯。

……至少忽視副駕駛座那個冷著臉釋放低氣壓的存在，氣氛是真的不錯。

一路上，晝川和江與誠有一句沒一句地聊他們昨天打的那個破遊戲，更多的情況是在互相嘲笑，什麼「我在世界上看見你鍛造十三階炸了，都是報應」、「你沒原地暴斃，但是你的武器原地暴斃了」、「聽說你瘋狂想養個元素孩子，死活弄不出來啊，你行不行」……之類聽不懂的話。

初禮在後座坐著，有一搭沒一搭地聽他們聊天順便拿手機看新聞，聽到「孩子」這話題時，她頭也不抬地說了一句：「這遊戲這麼高科技，男角還能海馬似地雌雄同體生娃啊？」

話語落下，坐在前排的兩位男士安靜了下，初禮也沒放在心上，因為這會兒她正巧看見早上赫爾曼的那個新聞，說什麼找中國青年作家合作的。她心裡想的是，找的是她家晝川就好了，ＡＩＲ殿堂級影視，一步到位。

再抬起頭時，發現他們沒再聊遊戲，初禮內心有一種身為責編的安寧，於是主動發起話題：「赫爾曼先生說明年會開始製作中國風電影，同時還會找傑出青年作家合作劇本小說，你們倆怎麼看？」

江與誠：「聽上去好像不錯。」

晝川想也不想開口：「那大概就差把『我要晝川』四個字寫在臉上了。青年、傑出、作家，六個字江與誠踮起腳尖也最多沾著後面兩個，中年過氣寫手，倒是字字有你。」

初禮伸手推了把他的腦袋，示意他趕緊閉上惡毒的嘴。

江與誠也不在意，笑了笑道：「我也就比你大四歲，清醒點兒，我要是真算四十歲中年人了，四捨五入你也跑不掉。」

晝川冷笑一聲想反駁。

可惜這會兒車子已經到達目的地了，江與誠停車、下車。

出乎意料的是，接下來進入商場挑選衣服什麼的，都是晝川在做主——雖然他平時連替自己梳個頭都懶得動彈一下，但是光看他浴室裡那一堆堆的保養品也知道，其實他本質上是個擁有基佬之魂的傢伙，挑選衣服的品味很好，挑選出來的單品穿在江與誠身上，都很好看。

初禮很意外他居然沒有搗亂，而是真的很認真在做「陪江與誠置辦行頭」這件事。雖然表面上瘋狂嘲笑江與誠過氣這件事，但是明眼人用腳趾頭怕是都能看得出，晝川其實並不真的希望江與誠就這麼在沉寂的路上越走越遠——

甚至讓江與誠簽售這件事，都是他早幾個月就提出來的。

初禮曾經問他為什麼會有這種提議，晝川也只是停頓了下，半真半假笑道：「偶爾也考慮過以後如果要過氣了怎麼辦，讀者們因為某一本書對作者失望後慣性地忽視是一件很可怕的事情……用了很長的時間思來想去，『從未簽售過的作者舉辦簽售』大概是唯一的最後退路——至於是否置死地而後生，全看簽售的作品本身值不值得孤注一擲，將所有的注意力重新拉回到自己的身上。」

那個時候，初禮才知道，晝川的建議並不是隨便提出來的。

他看過江與誠的《消失的遊樂園》。

他認為這一本書值得讓江與誠如此孤注一擲。

正如他的書架上也擺著江與誠曾經的代表作一樣，他們倆並非一直是掛在嘴邊幾乎是打娘胎裡來的對立關係……

為了商業走上商業的道路也好，為了堅持自己選擇背道而馳的道路也好，也許在寫作這條路上，他們從來都將對方視作自己的正面競爭對手，卯足了勁，在不知不覺中為了超越對方而雙雙前進。

這就是晝川和江與誠。

他們一個是被古板的語文老師掛在嘴邊的高分模範生。

一個是被古板的語文老師嫌棄打壓，卻咬著牙走出自己一條路的叛逆生。

但是最終他們都獲得了成功——

也沒什麼不好，甚至沒有誰對，也沒有誰錯，選擇的路不同而已。

「做什麼看著我笑得那麼噁心？」江與誠進試衣間時，晝川和初禮肩並肩地坐在外面閒聊。

「晝川老師，你是不是其實也不想看見江與誠老師就這麼陷入徹底的沉寂？」初禮伸手拉扯他的衣袖。

晝川抬起手，躲開她的拉扯，面無表情道：「妳再說這種噁心的話，我就現場和妳打一架。」

初禮：「……」

晝川想了想，突然道：「妳別一顆心全掛他簽售上了。」

初禮：「啊？」

不然掛哪？

晝川：「我連載大綱還沒交，題材也沒定，妳要多上心。」

「什麼……這話你真好意思說。我要怎麼上心，天天蹲在你房間門口鬼哭狼嚎？過年前說好的事你拖延了四個月都沒交，好意思自己提，你當初答應我開連載是不是說著好玩的？」

初禮的注意力還真被他的垃圾話吸引去了，晝川被罵得狗血淋頭卻很滿意，滿臉溫和帶笑地伸手摸摸她的腦袋，看著那雙瞅著自己的眼因為憤怒而發光，他在心裡滿意地點點頭——

就是這樣。

無論是生氣還是高興……

只要看著我就好了。

晝川揉揉身邊小姑娘毛茸茸的腦袋，直到江與誠從試衣間出來，晝川這才放開她，轉過身掃了江與誠一眼，認真地和初禮一起品頭論足。

晝川：「比我差一點兒，但是還可以……這款我記得還有煙灰色啊，你去試試不，感覺比深藍色更符合你的老年人氣質。」

初禮：「穿這套當天至少多賣一萬本……」

初禮托著下巴，瞅著站在自己面前的男人。江與誠和晝川不一樣，如果說晝川出道去演個電視劇起碼是個人氣青春偶像劇，那江與誠必然就是實力派成熟演員裡的顏值擔當……

白襯衫、開襟毛衣和牛仔褲穿在他身上，不顯得年輕，卻顯得成熟穩重。

這會兒聽了初禮的評價，江與誠看了眼衣服上的吊牌，隨即半開玩笑似地笑道：「才一萬本？那這套衣服的本都收不回來。」

初禮樂了，也跟著笑。

晝川坐在旁邊，看了看江與誠又看了看初禮，閉上嘴，突然陷入沉默。

江與誠拿著選出來的各種東西去結帳時，初禮也跟著起身，準備等江與誠結好帳後一起去吃午餐，然而就在她站起來的一瞬間，她被晝川拉住袖子。

她微微一頓，低下頭，對視上晝川那雙淡定的眼。

他蹙眉道：「為什麼和江與誠在一起時，妳總是笑得那麼開心，在我面前，就只有眼淚啊？」

啊？

這問題，初禮倒是回答不上來。

這時，晝川放開她，嘆了口氣，看著有些煩躁地捋了把額前的碎髮：「算了，沒事。」

江與誠付完帳回來，發現氣氛好像有些變動。

……總的來說，好像是有點沉重。

第二章

買完東西，三人隨便挑了一間餐廳坐下吃飯，初禮撐著下巴心不在焉地刷刷微博，晝川和江與誠閒著沒事也用手機打遊戲。

一般的手機遊戲嘛，不就是組個隊伍、刷幾個固定日常任務，晝川有一下沒一下地戳著手機，看上去也是興致缺缺、心事重重的模樣。

江與誠雖然不知道發生了什麼事，但是也在努力調節沉重氣氛。

初禮玩了一會兒手機，突然覺得再這麼下去的話，等會兒回家那情況簡直不敢想，非得把無辜的二狗嚇得少吃半盆飯不可……於是她索性放下手機，伸腦袋去看晝川玩遊戲，假裝沒事發生一樣地跟他搭搭話。

原本一切向著正常的、好轉的方向移動——

直到一場戰鬥結束，遊戲人物出現在畫面裡，初禮看見晝川玩的人物名字上，掛了個明顯跟別人是情侶意味的「××× 的夫君」這樣的稱謂。

她心頭一跳，眼珠子轉動一圈，因為驚訝而微微震動。

突然想到剛才在車上，她還嘲笑這遊戲角色能海馬似地雌雄同體生小孩。

又突然想到前幾天他指揮國戰時，開麥跟他笑嘻嘻說話的萌妹子音……

啊啊啊啊啊雖然跟隔著一條網路線不知道對面到底是誰的人吃醋好像有點無聊——

初禮坐直身體，突然有點後悔今天幹麼出門。

而這時候，晝川也感覺到原本湊近自己身邊的熟悉氣息突然抽離，他愣了下抬起頭，看了眼坐在旁邊沉默的初禮，又看了眼坐在對面的江與誠。江與誠指了指手機螢幕，晝川低頭看了眼。

一眼就看見自己遊戲人物上掛的夫妻稱謂。

他再抬頭，看見江與誠一臉「好像出事了啊」的燦爛笑容。

晝川：「……」

他伸手去拉初禮，初禮板著臉甩開他的手。

氣氛又發生了變化——

有點心虛加迷茫的人，現在從初禮變成了晝川。

晝川無辜道：「那是我小號，開來結婚生個娃當寵物使的。」

他一邊說著一邊將離自己遠遠的小姑娘不容甩開地拽過來，同時把手機塞到她眼皮底下：「真的，就是我小號，伺候妳一個在後面天天催稿的我都夠累了哪還有心思再伺候另外一個——」

初禮掀起眼皮掃了一眼，正好看到那個所謂的「小號」突然打字說話：老大，這副本刷完等下我要去吃飯啊。

初禮：「……」

小號還能說話？

當我傻子啊！

初禮霍地一下子抬起頭，瞪向晝川。

眼眶以肉眼可見的速度迅速泛紅。

……還好意思問我為什麼在你面前老哭。

……你踏馬有本事，倒是別老欺負人。

坐在桌子對面、同樣在遊戲隊伍裡親眼目睹一切發生的江與誠直接笑出聲，晝川則恨不得把手機扔進面前咕嚕咕嚕煮開的火鍋裡！

這個時候再跟她解釋，其實就是午間他不在家，所以讓別人幫忙開小號，開的人還是個糙老爺……她大概也不會信。

晝川抬起手，想摸摸她的臉，卻被初禮飛快躲開。

「算了，反正你又不是我什麼人，」她低著頭慢吞吞道，「我也管不著。」

晝川停頓了下，反問：「我不是妳什麼人？」

「啊，編輯與作者，房東與房客吧。」初禮抬起手揉揉眼睛，「可能還是閒暇無聊時偶爾遊戲的玩伴。」

晝川：「……」

江與誠：「我是不是該去個洗手間什麼的？」

晝川：「你就坐著，哪也不用去。」

晝川頭也不抬，看都沒看江與誠一眼，他語氣突然變得嚴肅且低沉，一雙眼就看著身邊那個低頭揉眼睛的傢伙。

他停頓了下，緩緩道：「玩伴？妳見過閒暇無聊時玩一下還要把自己整個人賠進去的遊戲？這話說得是不是有點可笑了？」

他的聲音一改往日那懶洋洋不正經的腔調，隱約含著淡淡怒意。

也是少見。

初禮放在桌子下的手緊了緊，卻什麼也沒抓住，只是徒勞似地在空中抓了下而已。

「出門在外，讓一個朋友幫忙開下小號做任務而已，喏，還是個作者，新盾社那邊的，大家一起搞了個名叫『富樫義博後援會』的幫會，共同繁榮拖稿事業……」江與誠蹺起二郎腿，一邊幫忙打圓場，一邊隔著桌子踢了晝川一腳，「啞巴了你？不知道解釋？」

晝川沒理他。

從頭到尾只是看著初禮，在她揉揉眼睛轉過頭看著自己時，心裡除卻有些著急之外，那怒火也變得越發明顯，於是憋了半天憋出了一句大概不該這個時候說的話：「我都不知道她要什麼，解釋什麼？」

這時候午餐被端上來，初禮動了動脣角，什麼也沒說，低下頭吃飯。

吃完飯後，她看了眼手機，找了個要去印刷廠看《消失的遊樂園》封面的藉口提前離開——大週末的，印刷廠怕是鬼在上班，大家心知肚明，她只是找了個藉口讓「不歡而散」看上去沒那麼「不歡」而已。

初禮離開後。

晝川和江與誠換了個地方，找了個露天的茶室，喝茶外加抽菸。

看著坐在自己對面吞雲吐霧、從頭至尾只顧著蹙眉沉默的男人，江與誠懶洋洋地點燃了一根菸：「其實她就是缺乏安全感而已，男女認識的偏差在於此——有時候男人覺得，把該做的都做了，相安無事地過好日子便是一種承諾了；女人卻認為，鑽戒、鮮花以及一場珍重而浪漫的儀式同等重要，你不做，你就是在混日子，轉個頭隨便找另外一個人也能過一樣的生活。」

晝川捏著菸蒂，換了個坐姿，「我去哪找另外一個人？」

他說話時語氣煩悶，怨氣沖天。

「你們倆除了微博隔空告白了一下，有鄭重其事地坐下來好好談這件事嗎？」江與誠問，「有鄭重其事地向對方表明你們要在一起了嗎？」

晝川微微一頓，打從一個小時以前至現在，頭一次掀起眼皮掃了江與誠一眼。

江與誠笑道：「明顯沒有。」

晝川：「你又知道？」

江與誠：「從她字裡行間以及眼裡的不確定，我總覺得我還有機會，所以我知道，明顯沒有。」

晝川在菸灰缸裡碾滅了香菸的星火，就好像此時此刻捏在他手裡的菸蒂就是江與誠的脖子。他鼻息之間是淡淡的菸味，唇邊呼出的白色煙霧讓他的五官變得模糊了些。

「離她遠點兒，已經是我的人了。」

江與誠放下手中的紫砂杯，指著晝川的鼻尖笑：「你要是能在初禮面前說出這句話，早沒那麼多屁事了，現在跟我耍什麼狠……」

「說什麼？」

「『我是妳男朋友』。」

「……」

江與誠看著晝川一臉茫然，就差把「這他媽還要說」寫在臉上，於是連帶著他整個人也放鬆了下來——把這種感情智障當情敵都是他看不起自己……

他擺了擺手：「算了，你別說了，就這樣在沉默中死亡挺好的——我不給你出主意，巴不得你快點被甩，我好上位。」

晝川：「……」

「不，估計在初禮的眼裡，你這甚至算不上被甩，頂多是，一場無疾而終的風花雪月。」

……風花雪月？晝川拿起第二根菸送到脣邊的動作一頓，抬眼看了看坐在桌子對面笑得礙眼的傢伙。從小到大，江與誠就處處壓他一頭，從學校到文壇，如今連女人都要和他搶，還大談戀愛經驗，一副「你這種人談什麼戀愛」的討人厭模樣……

「喜歡你這種不食人間煙火到弱智程度的人，也不知道是造了什麼孽。初禮喜歡的是我就好了。」江與誠說，「我會在微博興高采烈地告訴全世界我脫團了，然後標注一下……呃，《月光》雜誌官方微博？」

晝川：「……」

還與高采烈地告訴全世界脫團。

浮誇。

在一起是兩個人的事。

宣告給全世界算什麼東西？

又不是明星——

再加上你那些豺狼虎豹似的讀者，知道真有這麼一回事，非腦補出編輯借用職位之便勾搭男神作者的八點檔狗血劇，非把她生吞活剝不可……

晝川叼著菸哼了聲，在心裡罵了句「膚淺」，轉而又像是想起來什麼似的，翹起脣角嘲諷：「……確實萬事俱備，可惜她不喜歡你。」

「沒有什麼是時間不能改變的。」

那自信的語氣讓晝川翹起的脣角放平。

「……你作夢。」

嘖。

真想剪了他的舌頭。

當晚晝川半逃避似地和江與誠閒扯到十點才回家。

回家的時候發現自己多慮了，因為家裡黑漆漆的，二狗躺在沙發上被餓得只剩下聽見開門聲抬起頭看他一眼的力氣。

家裡沒人，所以沒開暖氣，腳踩在木頭地板上冷冰冰的。晝川關上門，甚至來不及換鞋，掏出手機發簡訊給某個熟悉的號碼：在哪？

「阿象家裡，住兩天。」

「？」

「《消失的遊樂園》準備送印，有了《小神仙》的教訓，這次誰敢不跟全程？天天跑太麻煩了，阿象家離印刷廠就兩站地鐵，近……早上還能多睡一會兒。」

她語氣自然。

理由充分。

就彷彿什麼事也沒有發生過，然後一言不發突然出去住，也不過是真的希望早上能夠多睡一個小時。

黑暗的房屋中，晝川站在玄關拿著手機，心裡的不爽可以算得上是要掀翻了屋頂，想說「就為這個狗妳都不餵了妳的良心不會痛嗎？一言不合還離家出走了妳踏馬的翅膀硬了啊；提款卡錢多了是吧，估計還是去年《洛河神書》大賣發的獎金」……

可以。

這麼看來，這筆「離家出走」的資金還是他本人親自贊助的。

黑暗之中，晝川被氣得覺得自己髮際線都上升了一毫米，然而絞盡腦汁發現自己完全沒有辦法反駁她，直到手背被溼潤的狗鼻子拱了拱，二狗哼哼唧唧地從耳朵蹭他，他這才回過神來，言簡意賅地回了個「好」。

殊不知這是他今天犯下的第二個錯誤。

江與誠若是知道了，怕是先要搥胸口說「下午跟你浪費幾個小時講解女人『口是心非』都他媽左耳進右耳出啦」，然後下一秒又要歡欣鼓舞地鼓掌說「做得好」。

可能是晝川的那一個「好」言簡意賅得過於精髓，初禮在氣得差點把自己的寶貝 iPhone 5S 給折了之後，抱著阿象的大腿，委委屈屈地在她床腳打了個地鋪睡下了。

第二天她扶著被晝川買的床寵壞、導致睡了一夜地板差點斷掉的老腰，上某寶買了五十九塊含運費的彈簧床。

初禮說的「住兩天」一下就是一個月。

而這一個月裡，晝川從四月初的「不習慣」到四月底的「人不人、鬼不鬼」，過得有點渾渾噩噩的……要不怎麼說由奢入儉難呢？

某人很不負責任地打亂了他過去二十八年來放浪不羈的生活作息，把他養成了早上七點準時醒來要吃早餐的胃。

然後突然地，每天準時供應的早餐就不提供了。

晝川當然是不爽的。

連帶反應就是每天的更新內容都把讀者虐得哭天搶地，微博下屍橫遍野……

終於有一日，某讀者被逼得飆髒話。

「艸尼瑪個香蕉船喲，這拉機作者怕是失戀了吧？」

這一行別出心裁的髒話也不知道是哪幾個字打動了晝川，幾秒之後，對方就被很少回微博評論的晝川翻牌，留下輕描淡寫的六個字：是啊，媳婦跑了。

然後彷彿一切都是上天的報應，這字字泣血的六個字被並沒有當真的讀者們紛紛回覆無數串冷酷無情的「哈哈哈」以及「哈哈哈哈哈哈」以及「哈哈哈哈哈哈哈哈哈哈哈哈哈哈哈」。

「晝川失戀了哈哈」迅速成為讀者們之間調侃的話題。

晝川氣得第二天沒更新，只在微博發了個有點違背「溫潤如玉公子川」、暴露本性的「微笑」表情包……然後又惹來一陣殘酷無情的新嘲笑顛峰。

直到下午。

一則比「晝川大大失戀了」更加吸引人注意的爆炸性新聞從元月社官方微博公布：江與誠將會於五月一日在G市國際會展中心舉辦寫作十餘載後首次個人簽售與讀者見面會。

此消息一出，可以說是文壇的小型爆炸，在公布消息的那一天開始，「江與誠」三個字以前所未有的強勢之姿侵占人們的注意力！

文學論壇裡，曾經嘲諷江與誠從來不簽售就是長得醜、信誓旦旦爆料江與誠是個殘疾人士的各種帖子都被挖墳頂起，下面一連串留言占位，坐等看樓主被啪啪打臉！

短時間內，文壇其他作者紛紛安靜如雞，因為這時候搞什麼大新聞為自己的銷量造勢，都不會再比江與誠這一波搞得大了……

《消失的遊樂園》關注度上升到一個新的高度，比當時首次開啟網路預售的《洛河神書》有過之而無不及。

五月一日當天。

當初禮看著圍繞著元月社舞臺，排隊排得水泄不通、甚至有點影響到正常通道使用的人群，一顆心總算是落地。她站得遠遠的，看著讀者們站在隊伍裡翹首以盼，星星眼似地看著鋪天蓋地打著《消失的遊樂園》和新版《月光》雜誌初號刊廣告的元月社展位。

展位裡，已經有讀者本著「排那麼久不多買幾本都覺得虧」的心理，將新版《月光》雜誌和《消失的遊樂園》三套五套地往外搬。

這樣的氣氛影響了許多原本只打算買一套的讀者，紛紛拿了兩套或者以上……梁衝浪因此樂得合不攏嘴，這會兒正打電話要求倉庫那邊再往這裡弄點兒庫存，那一句句「不夠賣啦」、「這才早上開始一個小時，存貨都快被搬空了」，恨不得要拿個大聲公咆哮給全宇宙聽。

當這一切發生時，是書展開始大約一個小時之後，而江與誠就站在初禮身後。

看著眼前的一切，男人就彷彿突然回到了七、八年前，那個時候他的人氣還在顛峰，新書預售時也是這般熱鬧。一大早，市中心書店裡的排隊隊伍都排到大街上，書商恨不得將廣告橫幅打到大馬路上哪怕被城管追著打……

他抬起手拍了拍初禮的肩，大手寬厚結實。

被他拍肩的小姑娘感覺到肩頭的沉重，愣了愣後回過頭看了他一眼，然後向他露出燦爛的笑容——

她說，她也想要成為電影裡柏金斯那樣的編輯，不逼迫作者寫好賣的題材，不歧視還沒那麼有名氣的或者已經過氣的作者，不被世俗眼光拘束。

只是用自己的眼睛。

用自己的雙手。

親自去創造「銷量的奇蹟」。

她說——

「如果曾經有人可以做到，那麼現在我也可以。」

「如果非要有一個人來終結作者們對編輯的失望，那就由我來……」

「把這樣的決心刻在腦門上，銘記在心，帶著這樣的心情把你們的書送到讀者的手上。」

她說——

「請你們給我一個機會。」

江與誠低頭看著站在自己跟前衝著自己展開燦爛笑容的小姑娘，從她的眼中他可以看到如釋重負的喜悅，那樣的情緒讓她的黑眸變得異常的明亮……

江與誠微微一頓，如果有一刻，確確實實動心了的話，那麼就是此時此刻。

是那種心跳漏了一拍，想要將眼前的人擁入懷中，親吻她帶笑的眼角，這樣實實在在的動心。

然而他只是加重了放在她肩膀上的大手的力道，讓溫度透過手掌心接觸的一小塊，企圖將心情傳遞給她：感謝的、信任的，或者是別的什麼……

十點開始簽售。

簽售舞臺前，扛著書的讀者們已經快繞地球三圈。

江與誠看了眼簽售舞臺上《消失的遊樂園》的大型宣傳背板，被元月社工作人員畢恭畢敬請到後臺休息室裡。休息室裡已經人仰馬翻，主持人套詞，工作人員準備回收簽售票的小箱，整個亂成一團……

有主持人抱著一大疊《消失的遊樂園》等著江與誠簽名，江與誠皺了皺眉還沒說話，初禮已經上前，以非常強硬的態度將企圖走後門的所有人擋了回去。

面對人家認為她「不通情達理」的白眼，她並沒有表現出哪怕一絲在意的樣子。

二十分鐘後，簽售正式開始。

初禮跟在江與誠屁股後面走上簽售舞臺，面對讀者歡呼「馬的好帥」、「臥槽誰說江與誠只有一條腿」、「啊啊啊啊和我想像中的大大一模一樣」……她面癱著臉替江與誠拉開椅子請他坐下，然後讀者們一個個上臺來的時候，她就站在他的身邊，低著頭，替他將要簽名的書按照讀者想要簽的地方翻開，然後遞到他手邊最方便的位置。

全程一共兩個小時，江與誠坐著，她站著。

除了「快點」、「人太多了怕簽不完」、「不給特簽，死也不能給」這些言簡意賅的指令之外，她整個人的存在感弱到幾乎沒有。

雖然事實上她就像是從這本書問世的一開始一般，全程在為他保駕護航。

偶爾江與誠抬起頭，就能看見初禮微微歪著腦袋，低著頭認真地看著他簽名，一綹碎髮從耳朵後偷偷垂落下來，在她的面頰至唇角劃出一道好看的弧度。

「快簽。」初禮彷彿感覺到了他的目光，她點了點書，「看我幹麼？還有半個小時，你看看下面還有多少讀者？」

她語氣有點惡劣，江與誠低下頭，龍飛鳳舞地簽下一個新的名字，唇角翹起，嗤嗤地笑。

初禮：「……」

其實，初禮也不是沒想過要參加一場喜歡的大大的簽售。

幻想過無數次用顫抖的雙手把書遞給他，看著他在上面簽名，然後像個小花痴滿腦子尖叫著「啊啊啊啊啊是大大親自簽的名啊啊啊啊啊這裡是大大剛才摸過的地方」……

雖然現實讓她最後站在距離喜歡的大大最近的地方，像個周扒皮（註2）似地恨不得揮舞著皮鞭讓他快點簽，別東張西望！

初禮也是有少女心的。

註2　著名作家高玉寶筆下杜撰的惡霸地主，為了讓長工們能多幹些活，半夜三更起來學雞叫讓長工起床勞動。

現在她的少女心讓她想捂著臉找個地方為自己死去的形象大哭一下。

心情複雜之間，她突然感覺到在簽售舞臺黑壓壓的人群後，有一束特別的目光在她的臉上打了個轉。

呃，這個時候，所有人都來看江與誠的，怎麼會有人跑來看她啊？

接過讀者遞過來的書的動作稍稍有些延遲，初禮抬起頭，一眼就看見了人群之中，遠遠站著一個戴著黑色口罩、身材高大的男人，他一雙茶色瞳眸透過人群、目光平淡地看著她，看不見他臉上的表情。

是晝川。

他居然來了。

一個月未見，他的頭髮又恢復了之前那種亂七八糟的雞窩頭。

初禮小心肝顫了顫，差點把手裡的書砸江與誠臉上。

江與誠：「嗯？」

初禮眨眨眼：「沒什麼，你快點。」

因為簽售人數太多不得不延長了二個小時，好在後面因為午休時間，舞臺是空下來的，所以也沒有妨礙到誰。

初禮在臺上彎著腰當了四個小時的翻書小太監，等最後一個讀者心滿意足地捧著書離開時，她直起腰，差點雙眼一黑直接累暈過去。

……看來簽售這種工作，一年只能幹個一、兩次，就夠要人老命的了。

初禮還穿著高跟鞋，下臺的時候腰一軟差點踩空，好在身後的江與誠眼明手快捉住她的腰扶了一把。初禮回過頭短暫道了聲謝，江與誠淡淡笑道：「看來妳比我辛苦多了。」

「那是真的。」初禮也沒跟他客氣，「下次換你小太監似地彎腰站四個小時，哎喲我這把老腰——」

終於漂亮地完成這一場準備了快半年的戰役，兩人都長出一口氣，這會兒有說有笑地走回後臺休息室，然後一開門，就看見坐在裡面擺著棺材臉的晝川。

初禮：「……」

她張嘴就想問你怎麼進來的。

後來一想，這張臉梁衝浪那個狗腿是見過的，口罩一摘，別說是進後臺休息室，怕是要上天，梁衝浪都得趴下替他當墊腳的。

而此時，看著初禮和江與誠有說有笑走進來，晝川從站在臺下看著她替他翻書的親密姿勢所產生的不爽已經快溢了出來……

這麼親密。

看看賣兩本書把你們得意的？

《洛河神書》不是書？賣的那天怎麼沒見妳上竄下跳四個小時圍著老子團團轉？

就確認大賣的那一刻象徵性地擁抱了下、撒了兩滴鱷魚眼淚——

妳剛才還趴在他身邊說話！

我都看見了！

千言萬語。

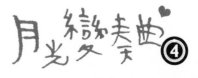

氣吞河山。

忍住，今天他不是來吵架的。

「忙完了？」他冷著臉站在她面前，「我來接妳回家。」

江與誠含笑鼓掌：「有夠迫不及待的。」

「你閉上你的狗嘴，先出去等。」晝川看了他一眼。

江與誠意味深長地看了眼初禮，送上了「趕緊就地分手」的眼神祝福，轉身開門出去，整個休息室裡就剩下初禮和晝川兩個人。

其實初禮挺想跟在江與誠屁股後面一起開溜的——如果不是這會兒晝川渾身充滿了「妳敢走我就敢打斷妳狗腿」的危險氣息的話。

初禮遺憾地看了眼江與誠離開的方向，看著那扇門被關上：「那什麼，我這還有別的工作——」

晝川：「……」

忍住。

真的，不能，生氣。

「我怎麼惹妳了？玩個遊戲，至於玩得妳一個月不回家？」他滿臉鬱悶，「今兒不是我自己找上門，回頭妳又準備找什麼藉口繼續住同事那？」

「……」

「還是壓根不準備找藉口，就這麼一輩子住下去了？」

初禮小小後退一步，「……我在哪住還不是一樣的。」

「妳說什麼？」

「樓上少住一個人還是多住一個人，對你來說有什麼區別？」

肉眼可見，男人胸口劇烈起伏了下，「一個月沒見，妳就這麼跟我說話？妳要不要自己錄下來聽聽看，是不是能把人氣死——算了，我不跟妳在這瞎胡扯，回去再說。」

他一邊說著，一邊強忍著怒火滔天，伸手要去捉她的手腕，後者卻急忙後退一步，眼睛也跟著泛紅。

「回什麼回，那是你的房子，跟我有什麼關係，要用上『回』這個字？我們又是什麼關係——」

忍……個幾把毛。

再忍就要被氣死了！

「什麼什麼關係，我他媽不是妳男朋友？」

「是個屁！誰承認了！」初禮也跟著提高嗓門，「我男朋友是L君！網戀行不行！」

「L君個毛線，這破梗還準備玩到明年過年是吧？老子就是L君！」

「你你你是個屁啊！晝川，我警告你，你別張嘴就來！」

「不信是吧？」晝川這會兒也是被氣得想跳起來，要不是捨不得，真的想把眼前這人暴揍一頓，「不信妳自己問！」

初禮瞪著晝川，示威似地掏出手機，點擊QQ，點擊某個熟悉頭像，手指移動飛快打字——

猴子請來的水軍：在哪!?

那邊沉默兩秒。

初禮眼角餘光看見面前的男人拿起手機，輸入幾個字，然後發送的一瞬間抬起頭看著她。與此同時，她手裡的手機也跟著震動——

消失的L君：妳面前！

初禮霍地抬起頭，越過手機看向站在自己面前的男人，一張小臉白了變紅、紅了再變白，最後變慘綠，雙眼因為驚慌而緩緩瞪圓。

一個月裡，兩次想把手機折了都是因為晝川，這對一個渾身上下就手機是最值錢的東西的窮鬼來說，算是頭等大事。

初禮一雙眼瞪圓了，那模樣像是能把面前的男人生吞活剝，當著他的面把「消失的L君」這人拉進黑名單裡，又覺得不解氣，還想把他的大號一起拉黑；但是抬起頭被那雙寒潭似地眼瞅著，她那鼓起來的勇氣瞬間又下去了一半……

吵也吵完了，熱鬧之後，說不準是誰開始先陷入沉默，至少從那一刻起，周圍的氣息彷彿瞬間跌入冰點。

收好手機，初禮扔下一句「我不跟你說」，就想抬腳往外走……結果步子剛邁出去一步，便被晝川拎小雞似地拎了回來。

「妳去哪？」

他的聲音在她頭頂響起。

「去哪都行。」初禮想也不想地用冷漠的語氣道，「反正不和騙子在一起……L君？我上次問你是不是L君時你怎麼說的？」

「我從來沒有正面否認過這件事。」

「少給我在這玩語言遊戲，我只知道我問你的時候你也沒有正面承認過！你玩也該玩夠了，我都懷疑自己是不是上輩子欠了你一座金山、銀山，這輩子跑來替你做牛做馬，現在該還的也還了，差不多了吧，散了散了。」

她說這話時，眼睛望著門外，用慢吞吞的語氣說著「散了」的時候要多狠心有多狠心。晝川看她那副失魂落魄的樣子，心也跟著緊了緊——感覺自己好像是哪裡搞砸了，這會兒跳進黃河都洗不清。

情急之中他只能把那張不肯看向自己的臉強行轉回來，他皺著眉看著她：「我說過，沒有誰為了玩把自己整個人都賠進去的……」

初禮眼神定了定，也跟著皺起眉，伸手推了推晝川的手腕，沒推開。

晝川的手勁大得很，被她推了下也穩如泰山，他的眉始終皺著。看見她眼眶泛紅，他忍不住想抬手去摸，但是被她偏頭躲了開去，手尷尬地停在半空，最終伴隨著一聲嘆息，落在她柔軟的短髮上。

此時。

「我說，初禮妳好了——」

休息室的門被人推開，阿象探進來一個腦袋——阿象剛從展位那邊奮鬥完畢，毫不知情地想到休息室來收拾沒開的礦泉水，到了休息室門口發現江與誠站在外面發呆，但江與誠並沒有提醒她裡面發生了什麼，於是無辜的她推開門，就看見了休息室裡讓她想要飆髒話的一幕……

定格在腦袋探入休息室的動作三秒，該說的話也沒說完，阿象回過神後腦袋「嗖」地縮了回來。

關上門。

她捂著胸口對門外的江與誠感慨：「我日你媽喲。」

沒有人告訴她，初禮和晝川已經是這種可以相互摸腦袋的關係。

也沒有人告訴她，初禮和晝川已經是這種「如果再見不能紅著臉，至少可以紅著眼」的關係。

更沒有人告訴她，初禮這一個月來天天失魂落魄的原因可能、大概、也許、應該是因為晝川。

更更沒有人告訴她，初禮突然搬到她那住，只是因為跟男朋友吵架，而那個「男朋友」就是晝川……

初禮晚上夢囈時，偶爾會叫「晝川」的名字，天真如阿象，還以為她敬業到在夢裡都在跟作者催稿。

阿象站在休息室外驚魂未定，這時候門突然從裡面被拉開，她下意識後退幾步，轉頭看見站在門縫後的初禮用著黑白分明的眼珠子瞅了她一眼，開口時嗓音有些沙啞。

「妳怎麼來了？」

阿象有點腿軟，張了張口想回答，這時候目光一閃落在初禮的手腕上。這會兒初禮手腕上還緊緊扣著另外一隻大手，手指修長、指節分明……想像了下這雙大手掐在自己脖子上收緊的模樣，於是那句「來接妳一起回家」憋在喉嚨裡說不出來，阿象求助地看了眼旁邊門神似地江與誠。

江與誠面色正常，開口時嗓音溫和，像是早就知道裡面怎麼回事：「說完了？」

初禮點點頭：「本來就沒什麼好說的。」

站在她身後的晝川又皺起眉。

阿象趕緊插話：「我是來問妳要不要一起回去……」

初禮點點頭，開口正欲回答，這次卻被人搶了先，站在她身後的男人嗓音低沉。

「她在外面住了一個月也該回家了，妳先走吧，留個地址給我，晚點我去妳那拿她的東西，這一個月麻煩妳了，謝謝。」

語氣是客氣的。

也是不容拒絕的。

「你憑什麼在這自說自話決定我去哪？」初禮激動且抗拒地提問。

「憑我是妳男朋友。」晝川平靜且堅定地回答。

「我不跟你回去，我不跟騙子說話。」

「不告訴妳我是L君妳不承認我是妳男人，告訴妳我是L君就又成了騙子，反正橫豎是我不對，我認了——總之妳先跟我回去。」

「我不！」

「是陳述句，沒有否定的回答選項。」

「你說沒有就沒有，我愛去哪住去哪住——」

「妳試試，重新租房是說找到就能找到的？住同事家？我看看整個元月社誰敢收下妳。」

阿象：「……」

阿象被嚇得只想流著淚落荒而逃，早知道在初禮扛著行李箱可憐巴巴出現在她家門口的時候，她說什麼也不會一時心軟把初禮放進家門的，她只會把初禮連人帶行李一起從十二樓扔下去。

太嚇人了。

初禮那個傳說中神龍見首不見尾的男朋友就是晝川。

真的太嚇人了。

最後的結果，初禮還是不情不願地坐上晝川的車——畢竟當時的情況是，如果現場非要找一個比初禮更加無辜、惶恐加茫然的人，那就是可憐的阿象。阿象就是隨便收留了一個拎著行李箱看似無家可歸的流浪漢，眼下幾乎要招來殺身之禍。

她用眼神示意初禮趕緊跟著她家瘟神滾蛋。

於是初禮只好先答應跟晝川回去。

書展一直忙到太陽落山才結束，這一天《消失的遊樂園》狂賣二萬五千套創造場販奇蹟，彷彿進了這書展大門的人，手裡都拎著一套《消失的遊樂園》……

初禮下了簽售舞臺、喝了口水就接著自行加班忙去了，江與誠回書展附近的飯店休息；而當初禮忙碌的時候，晝川就靠在元月社展位的書架旁，歪著頭看著她。

她忙了多久，他就站了多久。

她忙完後，不等她與其他人說什麼，抬起頭便看見晝川轉身往停車場的背影。等她拎著包到書展門口時，那輛熟悉的車已經停在大門外。

到家時已經是月上柳梢頭。

家裡狀況還是與她走之前一模一樣，連茶几上擺著的小杯子都保持著她離開那天的模樣……呃，看著也真的是一個月沒洗了。

二狗從沙發上跳下來，用毛茸茸的大腦袋拱她，手揉過立起來的耳朵時會很有彈性地彈回來。二狗鄭重其事地站起來，把大爪子搭在她的肩膀上，溼潤的鼻子嗅嗅她的臉。

「狗都知道想妳，妳都不知道想我。」

晝川站在一人一狗的身後開口說話，語氣有點酸，絲毫不認為自己淪落到和狗吃醋有什麼不妥，彷彿下一句「狗都能蹭妳我都不能」就要脫口而出。

初禮看了看地上掉的狗毛。天氣變暖了，二狗開始掉毛，地上一天不打掃就是一團團的狗毛還有撓癢癢時一起帶下來的皮屑……

初禮彎腰抹了把地，看了下手上的皮屑和狗毛，轉身抬起手舉到晝川面前：「你掉的渣？」

晝川：「……」

初禮垂下手，拍了拍手掌心：「一地人渣。」

晝川難得沒有反駁她。

初禮走上樓，關上門，拒絕和他對話——上樓的時候能感覺到他就站在樓梯下抬著頭看她，那目光一直在她的背上沒有挪開過，直到她將閣樓的門關上。她發現自己的房間反而是一塵不染的，好像一個月來一直都有人上來打掃。

初禮靠著門席地而坐，將下巴靠在曲起的膝蓋上。

門後傳來輕微響動，站在門外的人大概已經盡量放輕動作，可是高大的身形踩在門外鬆軟的木地板時還是會發出「嘎吱」的聲音。初禮沒有出聲趕人，她知道晝川就站在一門之隔的外面。

她屈指，輕輕敲了下門。

門外傳來細細碎碎的聲音，好像是某人要站起來轉身逃跑，但是步伐又定住……過了片刻之後，門縫的那一邊暗了下來，看來晝川也是猶豫了下後直接坐在門口。

初禮拿起手機，想了想，又把之前拉黑的「L君」從黑名單裡放出來。

猴子請來的水軍：問你一個問題，當我天天與高采烈地和你說晝川他老人家的壞話的時候，你是怎麼想的？

隔著門，聽見外面人的手機「叮咚」一聲。

消失的L君：沒怎麼想，晝川招妳討厭沒關係，至少L君招妳喜歡。

猴子請來的水軍：……

猴子請來的水軍：也對，L君還披著馬甲替我寫了槍手稿，有讀者投稿問我，L君是不是晝川啊，文風一毛一樣……哈哈，我還強行說，L君和晝川一樣個毛啊，二八開。

消失的L君：嗯。

消失的L君：妳說什麼是什麼。

初禮看著手機，「嗤嗤」輕笑著，笑容之中又摻雜著一絲絲苦澀。她想要生氣，又不知道這氣從何來，畢竟他從來沒有用L君的身分從她這裡討得一點兒好處，反而正如他所說，無論是在晝川面前還是L君面前，她光訴苦和灑的眼淚就快要匯聚成一條河……

仔細想想，他好像也從來沒有正面否認過自己是L君這件事。

但還是要生氣一下的。

畢竟被蒙在鼓裡這麼久。

放在膝蓋上的臉抬起來，腮幫子鼓成包子狀，這時候初禮的手機再次震動，她拿起來看了眼——

消失的L君：那我也問妳一個問題，晝川好像接二連三幹了不少錯事，把妳氣得不輕的樣子……那妳還喜歡他嗎？

初禮微微瞇起眼，偏頭看了看窗外，月光灑入房間，像是在窗臺上灑了一層銀色的霜。

猴子請來的水軍：今晚有月亮嗎？

消失的Ｌ君：有。

猴子請來的水軍：圓嗎？

消失的Ｌ君：妳推開窗看看。又圓又亮。

猴子請來的水軍：美嗎？

消失的Ｌ君：嗯，美。

猴子請來的水軍：但是我還生你氣啊。

消失的Ｌ君：好，妳先氣著，我受得住。

說著房裡面又沒動靜了，撐著下巴坐在閣樓門口的晝川低頭看了眼手機，發現自己又他媽的被拉黑了……女人還真是說翻臉就翻臉，自己想說的說完了就拉黑了，甚至不給他一個機會問一下：那我現在到底算不算妳男朋友？

……可能是算的吧。

……也可能是被甩了。

晝川突然覺得當年Ｌ君和猴子的一日網戀，迅速在一起、迅速分手的節奏簡直就是一個巨大的flag……彷彿為他一年後戀情多坎坷奠定了不可動搖的基礎。

晝川皺著的眉一晚上都沒鬆開。

接近半夜十二點的時候，外面傳來汽車的引擎聲。二狗從狗窩裡抬起頭迷迷糊糊地看了一眼，發現是江與誠拎著啤酒和燒烤來了。江與誠把東西往桌子上一放，就伸腦袋去看閣樓方向。

「應該睡了。」晝川拿了個碟子出來，「看什麼看，再看也看不走。」

江與誠毫不掩飾一臉失望：「在我幻想中她應該給你一巴掌然後氣呼呼地回那個阿象家裡住……你這麼把人關在自己家裡好像也不太對勁吧？」

晝川聞言，若有所思地看了一眼樓上，那扇大門依舊緊緊關閉著……不知道是真的睡了，還是聽見樓下的動靜在裝屍體。於是他收回目光，淡淡道：「無所謂，先關著吧——無論死活，至少還能見著人，總比哪怕明知道活著也見不著的好。」

「……真變態，你這樣的人放在古代應該是個暴君。」江與誠說，「以後我有女兒，就告訴她，如果遇見超過二十五歲還沒談過戀愛的男人趕緊躲遠點兒，他們單身至今完全就是因為自己變態。」

晝川嘲諷地瞥了江與誠一眼，拿起一罐啤酒，「呲」地一下子打開：「大半夜來幹什麼的你？」

江與誠聞言，又變了臉色，笑嘻嘻地拎起一罐啤酒跟晝川碰了碰：「你下午回來大概就光圍著初禮轉了，應該還沒上過微博之類的地方吧？」

晝川看了他一眼，慢吞吞拿起自己的手機——

這才發現網上關於江與誠下午簽售的新聞已經呈現鋪天蓋地的趨勢。

「作家江與誠簽售現場，萬頭攢動，簽售不得不因此延遲至午休時間。」

「打破謠言，被讀者們稱作是『明明可以靠臉吃飯，偏偏靠才華』、『作者圈陳道明』。」

「沉寂數年，江與誠攜新作《消失的遊樂園》強勢歸來，英雄寶刀未老——首印量直逼一百五十萬！與當紅新生代作家晝川肩並肩日月同輝！」

「《消失的遊樂園》真的非常非常好看，一口氣用一個下午讀完，感覺自己還漏了更多精緻的細節，會再看第二遍——讀者評論精選。」

「《消失的遊樂園》書展首賣下午，各大電商平臺預售銷量全部登頂，空前盛況，前所未見！」

以上，諸如此類新聞層出不窮。

連晝川微博下面都是一堆人在討論江與誠的……主要是討論他的顏值，然後得出結論：江與誠都那麼帥，我們晝川大大肯定有過之而無不及。

邏輯感人。

但是晝川認為也算是歪打正著吧？

話說回來，江與誠這些年，寫文的本事還在，只是因為整個人沉寂了，所以苦於找不到一個突破口去打破這份沉寂……如今的簽售，讓他終於找到重新回到人們視野裡的機會。天知道外面的各種八卦文學論壇，已經有多久沒有提起「江與誠」這個人，今天卻在一個月內再次遭到他的名字洗版——第一次是公布簽售消息時。

這些都是初禮帶給江與誠的，就好像眼下有一條新的路，他必須要自己好好走下去；而初禮，只是用一塊磚為他鋪墊好第一步。

「所以今晚除了來跟你炫耀一下之外，其實也是想來好好地感謝一下初禮。」江與誠說。

「炫耀個屁啊，一張老臉都豁出去了，也就混得個『和晝川日月同輝』，你的人生就這點追求？」晝川搖晃了下手中喝得還剩一點兒酒的半空易開罐，「還有，你別老找理由倒貼她，她是你編輯，做這些是應該的——早知道這樣，當初千不該萬不該把她介紹來替你做這本《消失的遊樂園》……」

晝川扔了酒瓶，碎碎唸，只是話裡有些不上心的言不由衷。

二狗耷拉著耳朵，從狗窩裡睡眼矇矓地爬起來，將酒瓶叼起來扔進垃圾桶裡——

強迫症的人養的狗也有強迫症。

晝川又開了一罐啤酒與江與誠碰了碰，仰起頭咕嚕咕嚕地喝下。

一張沙發上坐著肩並肩的兩個大男人，這晚上卻是各懷心思……晝川看了眼興高采烈喝酒的江與誠，彷彿在喝什麼甜蜜糖水，他抬起手拍了拍江與誠的肩：「喝得那麼開心，我怎麼覺得這牌子的啤酒不好喝啊？」

「怎麼不好喝了？」

晝川認真地看了看手裡的易開罐，沉默了下：「有點苦。」

「我看你是心裡苦。」

「……」

第三章

晝川和江與誠兩個人解決了一箱啤酒，喝到最後不說喝醉也迷迷糊糊地睡了，各占據沙發一頭，睡得昏天暗地……

二狗大清早地被餓醒，發現飯盆是空的，百來斤的狗跳上沙發在兩人身上輪流踩了一圈也沒把誰踩醒，最後只能氣得去撓初禮的門。

初禮打著呵欠從床上爬起來——說實話，快一個月沒睡過這麼安穩的覺了，床大且柔軟。

她一開門就看見二狗耷拉著尾巴，耳朵貼著腦袋，一臉委屈地翻著白眼瞅著自己。初禮趴在樓梯扶手上伸腦袋看了眼，還沒來得及看清楚沙發上四仰八叉躺著的兩坨東西是什麼，撲鼻而來的就是隔夜的酒味。

已經是五月了，南方進入春天雨季，連綿不斷的陰雨天之後是南風天，整個屋子都是悶熱的，像是一個密封的培養皿。

燒烤的油味和酒精在培養皿裡發酵一晚上，成功讓初禮一臉嫌棄地捂住鼻子，把腦袋縮回去。

從房間裡翻出狗罐頭餵了二狗，初禮抓緊時間刷牙洗臉了下，穿著拖鞋下樓看著一客廳的狼藉。睡在沙發上的男人這會兒抬起手撓撓肚皮，「呱滋呱滋」的聲音，聽得她想回房間拿個枕頭把這兩人捂死——

就在這個時候，閉著眼撓肚皮的男人睜開了眼。

晝川剛開始只是嗅到了有好聞的沐浴乳香味在鼻尖打轉，還有二狗殷勤的小爪踩在木地板上的「噠噠」聲音。迷迷糊糊地睜開眼，他就看見一抹纖細的身影這會兒正背對他，拎著一個垃圾袋彎腰收拾桌子上東倒西歪的啤酒罐。

她身上還穿著那件吊帶的長版睡衣，睡衣的下襬長至腳踝，伴隨著她的移動翻起一朵朵小小的浪花。晝川的目光從她因為彎腰而微微翹起的臀部上打了個圈，落在她纖細白皙的胳膊上，然後是背部——

眼前的一切白得晃眼。

背部靠頸脖的地方長了一顆痘，也不知道是不是因為被誰氣得怒火攻心。

當初禮把最後一個啤酒罐掃進垃圾袋裡，稍稍轉身的時候，睡衣腋下有一小片布料鬆落耷拉下來，從晝川的角度，正好能夠看見隱藏在陰影中一條模糊的曲線，從腋下一小片白皙細膩的皮膚之後延展出去，微微隆起……

她。

沒穿……

沒穿內衣。

晝川目光沉了沉，頓時覺得自己著了魔……連帶著穿著的牛仔褲某處也變得有點緊繃。他坐了起來，順手扯過沙發上的一件外套蓋屍體似地蓋到江與誠臉上，他伸出大手，拉扯了下面前那晃來晃去的小細胳膊。

入手柔軟。

手像是抓在一灘水裡，軟得他輕輕一捏就能捏到她的骨頭，雖然觸感有些冰涼，但是手掌心卻因此火熱起來。

初禮轉過身，猝不及防與男人對視上，對方的眼底清明，也不知道醒來多久了；她目光移動，又落在此時此刻緊緊拽在自己胳膊上的大手，停頓了下，眼睜睜地看著那大手從最開始只是稍稍拉扯她一下，到現在手指動了動，略微粗糙的指腹無聲地擦過她胳膊內側的一小塊嫩肉。

摩挲了下。

初禮的耳根有些泛紅。

然而還沒等她開口說話，晝川已經率先一步放開她，就像是被什麼東西刺了下一般縮回手，他輕咳一聲。

「去披件外套。」他的嗓音因為剛清醒而顯得有些沙啞，「外人在。」

初禮停頓了下，認認真真地看了眼晝川，又抬起頭看了眼沙發另一頭被外套蒙著臉、睡得不省人事的江與誠，然後把自己的胳膊從他的大手裡抽出來，再用黑漆漆的眼珠子打量似地在他身上上上下下滾了一圈，這才轉身上樓，披了件外套下來。

初禮下來的時候，客廳裡開了空調，空氣變得沒有那麼悶熱難聞。二狗趴在晝川原本躺過的地方，尾巴愜意地搖來搖去。

晝川抓著一把電動牙刷靠在洗手間門邊看她收拾桌子，初禮拎著垃圾桶抬起頭：「你就看著？過來自己收！」

她說著扔了垃圾桶。

又轉身登登登上樓回房了。

晝川：「……」

明明他睡著的時候還能溫柔地在他面前晃來晃去，這才多久的工夫，就翻臉不認人了。

這見面，就齜牙咧嘴的。

叼著電動牙刷的男人嘆了口氣，鬱悶地吐出幾個牙膏泡泡。

晝川刷牙洗臉完後，江與誠還躺在沙發上像是屍體一樣地睡著，二狗的腦袋枕在他的屁股上，瞇著眼一臉相當愜意的樣子。晝川充滿惡意地在心裡嘀咕了句：狗東西和狗東西果然玩得來。

初禮慢吞吞地從樓上再走下來的時候，晝川正拿著一塊抹布擦桌子，見她下來後就扔了抹布，一雙眼直勾勾地盯著她。

初禮唇角抽搐了下：「那是洗碗布，你用來擦桌子？」

「抹布還分什麼高低貴賤？」

「那你不如用擦馬桶的抹布來擦桌子啊。」

初禮走過去，從晝川手上搶過抹布，碎碎唸著「能頂什麼用」，彎腰迅速將桌子擦乾淨後，輕車熟路地來到玄關櫃子前，打開最上面的櫃子門，回頭看晝川。

晝川定格在原地，一動不動地看著她。

初禮：「要嘛過來幫我拿，要嘛搬個椅子過來給我。」

晝川站起來走到初禮身後——家裡所有的家具都是根據他的身高量身訂做，他往那一站就可以輕易地將櫃子裡所有的東西都看清楚。他壓低了聲音問：「……拿什麼？」

初禮：「新抹布，右邊第二個格子。」

晝川伸手去掏，果然掏出了對應的東西，驚訝地挑挑眉：「還真有啊，妳什麼時候放進來的？」

「年前大掃除。」

晝川捏著抹布站在原地，驚訝於不知道什麼時候開始，家裡有了比他更瞭解這個家的存在——什麼東西放在哪、二狗什麼時候該吃飯、廚房碗櫃裡的碗筷怎麼擺放才最科學、米桶裡的米還夠吃幾頓飯……

並不討厭的無形侵入。

甚至讓人覺得心臟都活蹦亂跳了起來。

而此時，並不知道眼神突然變得熱烈的男人又有了什麼毛病，初禮冷鼻子冷眼睛地從男人手中抽走抹布，轉身走進廚房。

晝川猶豫了下跟著初禮進了廚房，流理臺乾乾淨淨的，自從她走後就再也沒有沾過油煙，只是每一次晝川都會特別請打掃阿姨清掃乾淨廚房，就好像他有自信——還是打掃乾淨吧，至少擦擦灰，第二天也許就要用了呢，只要把需要使用廚房的人哄回來。

初禮低著頭，將昨晚晝川和江與誠用過的碟子洗乾淨。

晝川就像是一條小尾巴似地跟在她身後，她彎腰他也跟著彎腰，她挪動一公分他也跟著挪動一公分；她用洗碗精將盤子洗乾淨，他從身後自然而然地接過，抬手放進高處的烘碗機裡。

整個過程，晝川都盯著初禮手背上流淌而過的清水或者細膩泡沫，看著它們熱熱鬧鬧地與她的皮膚親熱，然後又絲毫不知道珍惜似地炸裂開來或者流淌而過……她的手背隱約可以看見青色的血管，晝川看得挪不開眼。

第一次發現，原來自來水，或者是洗碗精，也可以成為令他嫉妒的對象。

初禮：「……」

男人的目光過於灼熱了。

她不是沒感覺到。

有好幾次，初禮都想回頭問晝川到底要跟著自己跟到什麼時候，但是都硬生生地忍了下來。直到所有的東西都洗好，她發現自己被困於流理臺與男人的胸膛之間，她艱難地轉身：「你準備跟在我後面跟到什麼——」

時候。

然而她話還沒來得及說完，下一秒，整個人突然被人抱著放上了乾燥的流理臺！初禮低低尖叫一聲，彎下腰，手壓在晝川的肩膀上。

此時此刻，晝川微微仰著頭，鼻尖就在距離她很近的地方——呼出的灼熱氣息盡數噴灑於她的下巴上。

他像是一條大型犬，有意無意地，以親暱的方式，用自己的鼻尖蹭蹭她的下巴：「妳還準備生我氣到什麼時候？」

下巴有些癢癢。

警示著初禮，某人好像想要犯規。

初禮垂下眼，看著男人因為呼吸而微微顫動的睫毛在眼前放大，強忍下瞬間炸開的寒毛以及想要尖叫「你不如去犯罪」的衝動，冷著聲音說：「不知道，大概是天荒地老吧？」

「妳怪我不主動承認我們的關係，這只是認知的偏差，擁抱和接吻都有了，妳的男朋友除了我還能是誰？」

晝川抬起手，將她面頰邊垂落的髮別到耳後，指腹有意無意地蹭過她的耳垂，他放在她腰間的另外一隻手悄悄鑽進外套裡，只隔著很薄的睡衣貼上她的腰際，緊了緊——

她啟唇，無聲喘息一聲。

腰部傳遞來他大手的灼熱溫度。

「後來妳說L君，對了，妳老生氣為什麼我不告訴妳L君就是晝川，我不告訴妳是因為我覺得沒有這個必要吧。」

初禮瞪圓了眼。

卻在下一秒聽見男人用理所當然的聲音緩緩道：「因為L君是妳的，晝川也是妳的。」

他說這話時極為認真，像是戴著眼鏡的教授站在大學教室裡宣讀《憲法》，從頭至尾都沒有一點兒討好或者花言巧語的意味，他這樣的人說話從來都是為了陳述事實。

這反而讓這句話成為了不得了的情話。

他放在她腰間的手下滑，順著她的腰際和睡衣邊緣滑落至下方，一把扣住她因為坐在流理臺上甩掉了拖鞋而有些冰涼的腳趾上。

他一手就可以將她的一隻腳掌完全籠罩在掌心，那指尖揉捏了下她圓潤的腳，又緩緩上升……

從裙底探入。

那隻大手落在她的小腿上時，初禮再也無法抑制地顫抖了下，閉上眼。

晝川扶在她面頰一側的手稍稍使力，將她的唇瓣壓至距離自己非常、非常近才停下來。他盡情地呼吸著她身上的沐浴乳香，然後用自己的氣息將她籠罩、吞噬……

「我生氣的，恰好是因為你在我生氣之前，從來不去在意這些……」

廚房裡安靜得可怕。

初禮撐在晝川肩膀上的手緊了緊，她睜開眼定定地看著他，有那麼一瞬間，看著那雙薄唇近在咫尺，她幾乎差點又抑制不住地想要去親吻。

「我氣的是，你從來不會主動，不主動跟我說你喜歡我，不主動給我擁抱，不主動肯定我們兩人之間的關係。」初禮嗓音沙啞，柔軟的指尖小心翼翼地捧住晝川的臉，「你看，現在，明明應該是有一個親吻，你卻還是停了下來，等著我主動去吻你。」

「……」

「一個人能主動第一次、能主動第二次，她還能主動一輩子嗎？」

初禮的聲音又輕又溫柔。

「晝川，我不可能永遠追在你的身後，仰望你的背影、追隨你的步伐……一生致力於期待著你什麼時候想起來了，逗弄寵物一般稍微回過頭看我一眼，我為之歡呼雀躍。」

捧在晝川面頰上的手拿走，搭在他肩膀上的手收緊成一個拳頭。

然後她將他推開。

初禮跳下流理臺，低頭整理了下自己的睡衣下襬以及臉上的情緒，她深呼吸一口氣，抬起頭看著他，認真地問：「晝川，什麼時候，換你主動？」

說完，她轉身離開廚房。剛才那番話更像是已經耗盡她所有的勇氣，她離開時的腳步有些倉皇。她沒有回頭，所以當然也沒有看見晝川定格在被她推開的姿勢，只是轉頭看著她的背影。

眼底晦澀暗沉。

中午江與誠醒來後，屋子裡的一切已經恢復自然。

江與誠不知道早上在廚房裡發生過什麼，他只知道一整天晝川都像是丟了魂兒似的，眼珠子只知道跟著初禮跑，像一個眼巴巴看著糖卻吃不到的臭小鬼……

直到晚餐的時候，外面晴轉陰，又開始下雨。

初禮叼著筷子，心不在焉地摁著遙控器，三秒換一個臺；江與誠時不時跟她討論一下現在熱播電視劇的劇情。

晝川踹了江與誠一腳，挑眉：「你怎麼還不走？」

江與誠低下頭扒了口飯：「吃你一口大米，讓你破產了嗎？初禮什麼時候走我就什麼時候走。耶，畢竟你倆不是正式男女朋友關係，我怕你們尷尬啊。」

晝川的白眼翻到了天邊，想就地打爆江與誠的頭。

初禮嗤笑一聲反而沒怎麼反駁，就在這個時候，她手上的遙控器一摁，換到某個頻道，電視螢幕裡有個有點眼熟的中年男人在接受採訪，講話非常有威嚴——

「我還是很高興，啊，我兒子的作品能夠得到評審組前輩們的認同，這是一個不小的進步……他小時候也並非大家說的那種天才兒童，也是很喜歡，啊，很喜歡寫那些亂七八糟的東西。那個時候我總是告訴他：你不要亂寫，文以載道，文章是要有自己要表現的靈魂，表現的思想的，這樣的東西寫出來才有意義——你要寫東西，就好好寫這些有用的、有意義的……」

初禮叼著的筷子翹了翹，心想：這誰，有點眼熟。

然而她還沒來得及發話，就聽見旁邊的江與誠樂了：「臥槽，阿川，你老豆（老爸）！」

初禮的一根筷子掉落在地。

定眼一看，發現在接受採訪的男人確實眉眼之間都宛如中老年版「晝川」，採訪下的一小行新聞標題是——

「新生代當紅作家晝川新作《洛河神書》入圍『花枝獎』。」

初禮當時就震驚地瞪圓了眼睛，放下碗。

她拿起手機，還沒來得及想好這會兒應該去找誰問啥情況，那邊于姚的電話就來了。

電視裡的是現場直播！

三十分鐘前，晝川《洛河神書》被公布入圍今年「花枝獎」，成為了眾多經典文學作品裡唯一一部青年東方幻想題材小說！

這是今年元月社第一部入圍作品！

元月社新刊《月光》終於有、且是唯一一部作品殺入這座象徵著國內最高榮譽的文學殿堂。

如此高大上的地方——

哪怕進去看一眼也好！

《月光》雜誌編輯部上下為之歡欣鼓舞！

初禮握著手機，也跟著激動得說不出話，那種「苦盡甘來、兒子長大」的感覺，大概比電視裡接受採訪的晝顧宣還要強烈。

天知道她為了讓晝川點頭同意把《洛河神書》送審花了多大力氣！

好不容易他才勉強點頭答應了。

如今。

書入圍了。

入圍了啊啊啊啊啊啊啊！

初禮吸了吸鼻子，激動得說話都不俐落，抬起頭看看晝川又看看江與誠，正準備想些官方臺詞打發一下于姚然後掛了電話，自己找個地方好好激動地哭一頓，這時候就聽見于姚在那邊說——

「我們現在帶著元月社裡的編輯趕去晝川家做個專訪，這麼好的宣傳話題，自家作者總不能讓別的媒體搶頭彩……還有幾分鐘就到了。妳人在哪呢？要不要也過來，畢竟責編，說兩句也是好的——」

初禮：「……」

驚喜一下子變成了驚嚇。

過什麼過，老子人就坐在晝川家沙發上，捧著他家的碗、吃著他家的米、拿他養的狗當腳墊。

初禮當時就掛了電話蹦躂起來，無頭蒼蠅似地在客廳裡轉一圈……等晝川一把捉住她的手腕問她怎麼回事，她這才六神無主地說：「老大他們來給你做個專訪，人都快到院子門口了……」

現在外面傾盆大雨。

初禮身上穿著單薄睡衣……

晝川頓時也是一臉日了狗的表情。

江與誠則不厚道地直接笑出了聲。

說話間，晝川的手機響了，是于姚打電話問他家怎麼走。

晝川支支吾吾，站起來將家裡所有「屬於女人」的東西胡塞亂藏，在江與誠「上次我來，你們也這樣啊」的小聲詢問中，晝川大受啟發，一把拎起初禮，拖進自己房間，塞進櫃子裡——

與此同時。

門鈴聲響起。

初禮「嗷」了一聲，拎起裙襬躲進晝川的衣櫃。

江與誠站起來去開門。

二狗嗷嗷亂叫。

初禮正欲關上衣櫃門。

窗外突然打過一陣響雷！

抓在衣櫃門上的手抖了抖，猛地縮回，外面閃電照亮了衣櫃裡她有些驚慌蒼白的面容，緊接著又是一道驚天動地的落雷劈下——

黑漆漆的衣櫃裡，初禮蜷縮起膝蓋，用雙手捂住耳朵試圖阻擋外面的雷聲。她其實不那麼怕雷雨，只是今晚這狂風暴雨的動靜未免太大，像是要活生生劈死誰。

「晝川老師呢？」

「屋裡，你們來得太突然，他還穿著四角褲滿屋跑呢！」

「江與誠老師怎麼也在啊！」

「我在不是挺正常的嗎？哈哈，我可能是眼下存在於他房裡各種選項裡最正常不過的那一個了。」

門外的交談聲傳入耳朵裡。

初禮：「……」

馬的。

江與誠老師瞎說什麼呢！

初禮往衣櫃裡縮了縮，黑暗之中什麼也看不清，摸黑隨便扯了件晝川的大衣蓋在身上找到一絲絲安全感。她正胡思亂想「老大他們怎麼這麼會選時間」、「到底是做編輯的還是做記者的啊還跟記者搶新聞什麼鬼喔」、「一會兒不會又打雷吧，真倒楣，這他媽要在衣櫃裡藏多少次才能好，我自己又不是沒房間為什麼每次都是衣櫃啊超委屈」……

這時候，外面安靜了下來。

初禮捂著耳朵的手稍稍拿開。晝川，走了嗎？

身體稍微舒展，她小幅度地將腦袋從膝蓋上拿起來，就在這時，透過衣櫃的縫隙，她發現原本站在衣櫃前的人好像沒有離開的樣子……

他幹麼啊？

還不走？

初禮好奇地伸長脖子，手扒在衣櫃邊緣又拉開一條縫，抬起頭對視上沉默站在衣櫃前的男人，她猶豫了下：「你傻站著做什麼，快出去啊，我在這沒……」

她想說「我在這沒事的」。
恰巧又一道驚雷落下——
她話語一頓，差點咬著舌頭。
這時，那被她拉開了一條小小縫隙的衣櫃門突然從外面被一隻大手強行打開——
初禮被這個動靜嚇了一跳，抬起頭看著站在衣櫃外的男人，她錯愕地張了張唇，剛剛說了個「你」字，下一秒，突然眼前一黑。站在外面的男人雙手撐在衣櫃邊緣，彎下腰，含住她的唇瓣。
初禮猛地愣住。
在這一秒，被雷鳴、于姚等人突然拜訪帶來的各種驚慌失措全部從身體裡抽離，屋外滂沱大雨沖刷屋簷的聲響中，她於黑暗中瞪大了眼，耳邊只有男人平靜又沉穩的喘息……
他冰涼的唇瓣覆蓋著她微微顫抖的唇。
舌尖安撫似地細細描繪著她唇瓣的形狀。
他的呼吸變得越發灼熱，客廳裡有很多人談話的聲音響起。
直到初禮感覺自己的唇瓣也跟著變得灼熱，甚至因為對方的啄弄而有些刺痛，他才放開她。
「妳問我，什麼時候換我主動一次……」撐在衣櫃旁，晝川沙啞生澀的聲音從她頭頂傳來，「我的回答是，不如，就現在。」

初禮被晝川從衣櫃裡拎出來，他用手指作梳子替她整理了頭髮，又抬手幫她擦了擦唇瓣上他留下的啃咬痕跡，弄了一會兒又覺得手感不錯，於是不顧外面的雞飛狗跳，捏了把她的臉，然後牽起她的手，慢吞吞地說：「走吧。」

初禮：「啊？」

走？

走去哪？

不幸的是，自從和晝川在一起後，她手腕上就像是多出一個寫著「晝川大人專屬」的智商開關。簡單來說，就是一被他牽起手，「要去哪兒」、「去幹什麼」這些事都不重要了，她就只管抬腳跟在他身後就好。

哪怕他把她帶著去賣了換酒喝，她怕是還能傻乎乎地蹲在旁邊幫忙數啤酒瓶。

於是初禮就這樣眼睜睜地看著晝川打開門，外面熱鬧著，好多人站在客廳裡，歡天喜地的……

聽見開門聲，他們停頓了一會兒，于姚先轉過頭看到站在房門口的晝川：「老師，你來啦，冒昧突然打擾了，下午得知《洛河神書》入圍的事大家都很高興，社裡長官立刻通知我們要前來拜訪以表重視，所以我們就來啦！可惜初禮她沒有……」

沒有回我簡訊。

這幾個字于姚還沒來得及說出口，突然發現晝川身後好像還站著一個人。從她的角度可以看見那人細細的腳踝還有到腳踝上方一點點的白色裙襬。她穿著拖鞋，就像是一個背後靈安靜地站在晝川身後。

當于姚說到「初禮」時，她側了側身子，從晝川身後探出一個額頭外加一雙眼睛，聲音輕飄飄地問：「我沒有什麼？」

說完她像是反應過來自己幹了什麼，「啊」了聲猛地把腦袋縮回去，于姚眼睜睜地看著兩隻白嫩的小爪子從後面伸出來捉住晝川的衣袖，拽著他往房間裡退了退……

眾目睽睽之下，晝川嘆了口氣，轉身反手將身後的人拎到自己身邊放好，只是原本抓在她胳膊上的大手下滑至她的手上，指尖碰了碰她的手背，然後毫不猶豫地主動將她整隻手抓在手裡。

他面無表情，聲音四平八穩：「她在這。」

眾人：「……」

於是，就這麼正經八百地「出櫃」了，現實意義上的。

初禮拉扯了下晝川，卻發現自己甩不掉他的手，儘管現在她渾身上下每一個毛孔都在咆哮——

搞什麼!?

我讓你主動，沒讓你這——麼主動！

親那一下已經很夠了，夠支撐我多愛你一個月，不需要還有接下來的動作啊啊！

還好你不是什麼明星，不然這麼莽撞的行為我怕是已經被你的粉絲們搞死了……

不。

你的粉絲還不知道呢，但我也不一定就不會被他們搞死……畢竟江與誠老師的粉絲們就很凶。

啊對了，江與誠老師……

初禮的目光最後飄到了江與誠那邊，他保持著放鬆的姿勢坐在沙發上，這會兒眼睛卻一瞬也不瞬地盯在晝川和初禮相握的手上。他表情平靜，臉上看不出太多的情緒，卻鮮為少見地失去了他總是掛在臉上的那種放鬆笑容。

初禮的小拇指跳了跳，晝川以為她是緊張，於是握得更緊。

房間裡的氣氛更為壓抑。

于姚到底是個成熟的、見過大風大浪之人，明明頭髮都快飛起來了，卻還是表現得一臉平靜地點點頭，說：「妳也在啊。」

初禮把手從晝川的手裡抽出來，看了眼自己腳上的拖鞋和睡衣，第一秒是想解釋一波：「……我我我住在樓上。」

看見于姚臉上的笑容有點龜裂的跡象，她連忙補充：「因為之前被扣了工資，交不起房租，所以拜託晝川老師房子借我住一下，晝川老師很大方，借我住了，我有買米和做飯以及打掃環境……」

說到最後她都說不下去，絕望地閉上嘴，眼睜睜地看著于姚轉過頭對拿著錄音筆的雜誌部小哥說：「這段先刪掉。」

接下來，整個訪問過程氣氛詭異。

初禮能感覺到當時現場的氣氛是凝固的，于姚也克制住體內的洪荒之力才沒有將一場非常正經的、具有「當代網路文學與經典文學激烈碰撞」核心價值的、擁有嚴肅教育意義以及積極影響的採訪變成……一場災難性但喜聞樂見的大型八卦訪談。

他們提出的核心問題原本有幾個——

老師創作《洛河神書》的初衷？

老師在完稿《洛河神書》時，是否有調整過內容以讓它成為一部主流且符合傳統文學價值的小說？

老師送《洛河神書》評選花枝獎的心路歷程？

接下來還有什麼樣的寫作計畫？

到了于姚的嘴裡就變成了——

「老師創作《洛河神書》的初衷是否有與編輯討論過？是什麼呢？編輯是否認同？」

「老師在完稿《洛河神書》時，據我所知在校對過程中與編輯的碰撞非常激烈，能說說當時發生了什麼嗎？最後是什麼讓您妥協？」

「聽說老師一開始並不準備將《洛河神書》送選……是編輯說服了您，編輯做了什麼最終說服了您？」

「接下來還有什麼樣的寫作計畫，過去老師一直創作擅長的東方幻想文學，都是男性化視角小說，有沒有想過結合自身經歷寫一篇擁有東方幻想題材元素的言情？」

三句話不離「編輯」二字。

晝川的回答也是毫無心機，別人挖坑，他就跳得耿直。

「寫《洛河神書》的時候是個沒有編輯的野孩子，當然現在也是，所以沒有編輯什麼事。」

「——這本書校對的時候確實和責編發生了一些衝突，比如她認為有一些內容非常有趣但是不適合公布給普通讀者閱讀，我認為這是一種矛盾到可笑的說法，但是當時她說得非常認真，我沒忍心嘲笑她，就答應了。」

「——不記得了，當時是準備抵抗到最後的，但是中途出了點兒意外……好像是惹她不高興了，為了平息戰爭，不得已答應把《洛河神書》送評選。」

採訪的雜誌部小哥低頭奮筆疾書時，于姚是一臉「我心滿意足地吃到了狗糧」的模樣，初禮抬起手捂住自己的臉以表不忍直視：「我沒有用『生氣』這件事威脅過你拿《洛河神書》送參賽。」

「妳只是用小狗似地可憐巴巴眼睛，抬著頭，瞪大眼望著我，無辜地說：老師，那《洛河神書》我送參賽了喔？」

「我沒有小狗似地可憐巴巴望著你……」

「妳有。」

「你別得了便宜還賣乖。」

「這話換我來說才對吧，妳閉上嘴，別說話，還在採訪呢，妳有沒有禮貌？」

初禮黑著臉站起來替客廳眾人倒茶去了，晝川坐在沙發上一動未動地看著她走進廚房，直到確認她的裙角消失在廚房門後，臉上的表情突然變得有些淡漠：「我們繼續。」

他目光沉了沉，嗓音也變得低沉冷漠：「關於最後一個問題，言情小說，是我這輩子再也不可能嘗試的題材，沒有原因，別問為什麼。」

舉著錄音筆的小哥愣了一下，有些不知所措地看向于姚。

從剛開始就面帶微笑的于姚這會兒也被突然冷下來的氣氛弄得愣了下。

江與誠從一旁的沙發上坐起來，認認真真地打量好友一圈，想了下，彷彿嘆息一般道：「你這個人……」

在廚房傳出開水燒沸的尖叫聲中，人們面面相覷，沒人知道發生了什麼。

初禮端著泡好的茶走出來，桃子和紅茶混合的淡淡茶香之中，她聲音輕快：「來嘗嘗我新買的蜜桃紅茶……啊，採訪完了？你們幹麼都不說話？」

沉默之中，晝川在她放下茶盤之後將她的手牽過去，嗓音溫和：「沒什麼，妳過來。」

初禮彎腰，好奇地看進他的眼睛裡。

男人眼角柔和，對她微笑。

與方才回答最後一個問題時，用毫無溫度的聲音說著「沒有原因，別問為什麼」的他，判若兩人。

幾日後。

文壇熱鬧了幾日，晝川的《洛河神書》打破「花枝獎只屬於傳統文學」的遊戲規則，把整個文壇鬧得沸沸揚揚；而關於他個人生活情感的問題則暫時被知情者捂住。

只有稍微留心的讀者在後來元月社的採訪裡找到蛛絲馬跡——

「怎麼感覺三句話不離編輯，不會是和編輯有什麼特殊關係吧？」

「結合前陣子的微博內容？哎呀我操！我們晝川戀愛了？和編輯？現在去唸中文系還來得及不，我也要當編輯啊！」

「晝川以前寫過言情？搜不到啊，是遇見了不好的事嗎？感覺十分抗拒這個……」

「被樓上說得有點擔心。」

「戀愛？晝川？我不接受！」

「…………不會是上次和江與誠大大去看電影的那個吧？」

然後開始歪樓——

「說到三句話不離編輯，話說這採訪從頭到尾沒有談及晝川老爸啊，是避嫌嗎？講道理，能夠入圍多少也有晝顧宣的面子在吧——畢竟那天宣布入圍後立刻就有他的採訪……」

「嘖嘖嘖，文壇也有太子黨的說法？」

「這麼說來，我聽說江與誠也是啊？家裡有點背景的。」

「年少成名的作家都因為有個會寫書的老爸？唉，忍不住多想了些有的沒的——

雖然《洛河神書》很好看，但是也沒好看到可以獲得『花枝獎』的地步，無聊的時候拿來打發時間的小說罷了……如果不是零用錢比較多，網路預售購買方便，我估計都不會買。如果有同樣的錢，我可能寧願去買點兒正經八百的參考書。」

「233333333 樓上想的『有的沒的』，我也想到了，內行人看門道，我也是個作者，晝川的處女作《東方旖聞錄》文筆挺成熟，看著確實不像是第一次寫長篇小說的人寫出來的東西，沒有個幾十萬的文字鋪墊，第一次寫東西的純新人很難做到這種算是下意識對語言進行提煉精簡的事……說不定是有人在後面指導。」

至此開始掐架——

「樓上的人怕是有病吧，新文學入圍『花枝獎』這麼歡天喜地的事情，非要在這說些有的沒的……」

「零用錢買參考書那個笑死我了，高貴給誰看——都是寫書的，你看不起誰啊？真是不懂，有些人一邊喜歡看網路小說，一邊又從骨子裡看不起網路小說……有點出息就是因為有背景？照你們的看法，網路小說作者就是一群魯蛇，活該天天去要飯才符合人設囉？」

「一口一個『無聊的時候拿來打發時間』這種話，作者看到得多傷心，哪怕你真的是這麼認為也不該說出來吧？還是在人家元月社官博下面。」

網路文學和傳統文學似乎永遠水火不容。

哪怕是前者在某種程度上正拚了命地證明自己存在的意義和價值，但是多少年來的固定思想讓人們不願意也不高興承認這件事。

最可怕的事，就連網路文學本身的部分受眾，因為受到了傳統思想的影響，他們也是下意識在拒絕網路文學的興起……就好像，看網路小說，本身就不是什麼光彩的事。

很多年前，提到網路小說，大部分人都嗤之以鼻：爽文、灌水、博取關注、沒下限、這種東西不配稱之為「文學創作」。

很多年後，時代在進步，就連大環境之下的傳統作者協會也試圖正視網路文學時，殊不知這種思想早已根深柢固地進入了人們的腦海中——

網路小說不是文學，能得獎，甚至只是入圍，只是因為作者家世背景特殊，或者壓根就是幸運而已。

初禮扣下手機，看了眼這會兒依靠在窗邊講電話的晝川，電話那邊的人不知道是誰，只見晝川微微蹙眉，心不在焉地時不時「嗯」一聲或者乾脆沉默……

初禮又抬起手，看了眼手機上的官方微博，把幾個亂說話的人拉黑。她正拉黑得歡快，那邊晝川掛了電話。

初禮抬起頭看他。

晝川收了手機走到沙發邊，彎下腰在她唇角親了一下：「週五跟元月社請個假，就說是跟我去做新文連載的資料收集……然後我們回一趟C市，我老爸想見妳。」

男人唇瓣的溫度還停留在唇角，初禮臉上的表情也僵在那句「我老爸想見妳」之後，她看著晝川，一臉茫然：「咱們不是一週前才正式宣布在一起嗎？這就見家長了？會不會有點著急？」

「是為了《洛河神書》的事，其實剛開始是請夏老師還有妳一起吃飯聊聊他兒子的職業人生，我覺得這沒什麼好聊的，就順嘴問了句：你要見我女朋友還帶上夏老師幹麼……」

「……」

「他們果然就把夏老師的飯局安排到其他時間了。」晝川一臉「我是不是非常聰明」模樣，「除了我爸不信我有女朋友這件事，一切都很完美。」

「……你爸不信這件事我能理解。」初禮看著面前這張欠打的臉，真誠地說，「實不相瞞，現在我也正在困惑這件事呢？」

「我是一名暢銷書作家，而妳，身為我的書的編輯，」晝川伸手，蘭花指戳戳初禮的額頭，「妳是全世界最接近本大大光芒萬丈才華之人，妳為此而傾倒有什麼值得驚訝的？」

「……」

「更何況我長得也很帥，還有錢。」

「……」

「妳撿著寶了。」

「你說夠沒有？」

初禮翻著白眼把戳在自己額頭上的蘭花指拍開。戀愛中的男人總是謎之自信，覺得自己哪哪都好，迎娶劉亦菲都是委屈了一點點……這話以前也就是聽聽，現在算是看見了活體標本。

初禮忍不住想了想以後要怎麼跟父母介紹晝川——爸媽，這是我男朋友，國內知名暢銷書作家，身價千萬，書香門第，高大帥氣，就是腦子不好使。

此時，晝川在初禮旁邊坐下，拿出手機擺弄了一會兒；這時候反而是初禮的手機先震動。

于姚：妳先讓晝川別看微博了，烏煙瘴氣的說什麼的都有……

于姚：已經到了「他能有今天全靠老爸」的程度，這次《洛河神書》入圍花枝獎，可把一些人嫉妒壞了——都還沒得獎只是入圍呢。

于姚：還有，其實我也挺好奇晝川為什麼那麼堅持不寫言情文……說他是不想寫，我看那牴觸的情緒過於強烈也不像，副主編大人妳要不問問他，滿足滿足人民的好奇心啊？

初禮看了眼手機，順手回了于姚一串「……」，這會兒她耳邊傳來「喀嚓」一聲手機螢幕解鎖的聲音，她轉頭一看，發現是晝川解開了手機螢幕，正要慢吞吞地點擊微博。

她幾乎是反射性地伸手摁住晝川的手機：「那你機票買好了嗎？」

晝川抬起頭莫名其妙地看著她：「機票什麼時候不能買？」

「我要和社裡請假才行啊。」初禮不動聲色地把手機從男人手裡抽走。

晝川突然就不動了，他安靜下來認認真真地盯著初禮看了一會兒。

本來初禮就有點心虛，直到被他看得渾身寒毛都豎起來，才看見他眼珠子在眼眶裡轉了一圈，然後聲音四平八穩地問：「網上又鬧什麼關於我的事了？」

初禮一瞬間想哭著叫媽媽，心裡可埋怨于姚幹什麼讓她阻止晝川別看微博，她這演技十秒就被影帝拆穿了——根本就是關公門前耍大刀！

而此時，晝川已經從僵硬如雕像的她手中搶回了手機。

很短的時間內，有些負面的流言以驚人的速度滋生發酵。

前幾天還好好的，突然當一個人提出了「晝川有今天是不是靠他老爸」之後，這樣的說法就迅速蔓延開來了……

「晝川的《東方旖聞錄》文筆成熟，不會又是老爸代筆的吧？第二個韓寒？」

「江與誠倒是還好，雖然第一部作品就挺紅了，但是晝川第一本真的不像是第一次寫文的人寫出來的東西……」

「剛才查了下C市的作協名單，新生代作家能加入的也只是江與誠和晝川而已，哎，果然還是……各行各業都看背景，咱們小透明只能靠自己，好氣啊！」

「不懂晝川到底為什麼紅，寫文不好看啊！」

「一直都沒看過晝川的文，今天看你們討論爬文以後去看了《東方旖聞錄》，不好看，看不下去，所以只看了開頭一點點，文筆成熟是真的，但是也不是那麼成熟，如果是處女作加有寫作老手幫忙修改並刻意留下一些生澀痕跡，就說得過去了——所以《東方旖聞錄》的作者，或者說第二作者要不要改成晝顧宣算了？」

「哈哈哈花枝獎評選組好慘啊，頭一次讓非傳統文學入圍，作者就搞出這種醜聞！」

以上，諸如此類八卦晝川身世背景的帖子迅速如雨後春筍般冒出來，髒水潑得一盆接一盆，連帶著躺槍的還有最近才新書大賣的江與誠。

就好像在陰暗處，有些人等待著他們的出事已經很久了。

這次終於找到機會，大放厥詞。

就好像前不久才有另外一名作家，也被質疑年少成名作品是父親代筆一樣……當時也是鬧得沸沸揚揚，證據呢？沒幾個。

晝川眉眼平靜地將這些回覆看了一遍，直到初禮伸手再次搶過他的手機：「別看了，這些無聊的東西，一口一個醜聞好像親眼見到你老爸替你寫文似的！他們連你的文都沒看完就在那大放厥詞……」

「這些年我和江與誠寫的書沒有七、八本也有五、六本，加起來幾百萬字，想掐我們還要去把我們的文看完，酸民有那麼高的素質他還當什麼酸民……」晝川擺擺手，在沙發上翻了個身，有些無精打采的。

看得出不是不受影響。

這些年他一直小心翼翼，不管是說話、做事都和他老爸晝顧宣拚命撇清關係。

到頭來還是出了這種事——

黑晝川的方式有一萬種，其中有九千九百九十九種會被他笑著罵「弱智」，但是這些不知道打哪兒冒出來風言風語的人，還真的就找到了唯一一種他在乎的。

不知道晝川怎麼想的。

反正初禮心疼。

事實上她已經被憤怒點燃，滿腦子都是「為什麼」和「憑什麼」，想用《月光官方微博問一問：你們這些人，到底為什麼這麼陰暗到可以嘴皮一張平白無故造謠……

她指尖冰涼，在滿心憤怒無法發洩的情況下，只能找到《月光》官博下最開始造謠晝川的書可能是他老爸寫的那個人，戳進她的微博，發現她正在瘋狂轉發網上黑晝川的各種言論，並配字「23333」、「我就說吧」、「讓大家看看」……

她從來沒有覺得「2333」這幾個數字這麼討人厭過。

初禮順著那人的微博，一路往下翻，翻到了她是個高三學生，還有貼吧帳號；再從貼吧帳號隨便搜搜發帖記錄，輕而易舉地找到了她寫的高H同人文，還有跟所謂的貼吧吧友交換信件時留下的學校、班級、姓名、家庭地址和父母手機號碼……還有照片。

要死就一起死吧。

讓妳嘴賤。

初禮將她所有的東西截圖，順手上求職網找到她所在的城市的求兼職資訊，隨便找了個人問「發傳單嗎」，那人很快回覆：什麼都做，給多少錢？

打電話給學校，以家長的名義舉報該學生帶自己的孩子上貼吧，互相傳閱淫穢資訊。

站在門口，把她的照片、班級、姓名連帶著她寫的露骨H文裝訂成冊發給路過的學生。

讓她出名。

不是高三嗎？這麼閒著上網黑別人取樂，就乾脆不要讀書了。

讓她也嘗嘗人生好像就要被毀掉的滋味。

讓她死啊。

讓她去死。

初禮捧著手機的手微微顫抖，正想要與那個追問「發傳單給多少錢」的兼職者對話，這時候，身邊的沙發突然震了下，晝川的聲音傳來。

「晚上吃什麼啊？」

初禮微微一愣，抬起頭。

看著背對自己的男人正拿著手機懶洋洋地玩開心消消樂……那一瞬間，被點燃的怒火就好像被一盆涼水迎頭潑下——

整個人冷靜了下來。

她突然意識到，自己不能這樣。

那些人抓住她的腳踝，拚命想要將她拖進名為「卑鄙」的地獄。

如果她就這樣義無反顧地去了，跟那些人在地獄裡拚個你死我活、橫屍遍野，那最後就算是打贏了又如何？

她已經身處地獄，成為和那些人一樣卑鄙的人。

——原本，她應該高高在上地俯視著他們、嘲笑著他們的。

她不能這樣。

她不要這樣。

手機像是突然發燙，在那個兼職者不停的追問中，初禮扔了手機，看著背對自己側躺的男人，渾濁的雙眼重新有了光。

她從男人後方爬到他背上，雙手抓住他的手臂，腦袋從他上方探出來：「他們黑你的證據無非就是《東方旖聞錄》看著不像是第一次寫文的人寫的——」

晝川稍稍抬起頭看著初禮。

初禮：「這本確實不是第一次寫文。」

晝川抖了抖身子，像是抖吸附在身上的螞蟥似的，想將趴在自己身上的人抖下去：「妳想都別想。」

「你就給我看一眼，時隔多年，晝川攜真正的處女作回歸《月光》雜誌，重開連載，怒斬酸民狗頭……」

「妳可拉倒吧。」晝川嘲諷似地抽了抽脣角，「晝顧宣先生說了，這玩意就是浪費時間、沒有意義、沒有價值的廢品，寫出來都是浪費紙、浪費墨——」

「晝川！」

男人抬起手用小指掏掏耳朵，一臉不耐煩，「吼什麼！」

「你一邊不滿於你老爸對你的控制，對他說的、做的、教育的不屑一顧，一邊又打從心眼裡默認了他說的話，藏著躲著沉默著，你這樣不矛盾嗎！」初禮抓緊了晝川的手臂，眉頭狠狠皺著，「現在外面的人這麼黑你，你沒做過的事為什麼就任由他們這樣造謠，你去反駁啊，去打他們的臉——」

話還未落。

她的後腦杓突然爬上一隻大手。

晝川稍稍轉回一些身子，與此同時，大手按著她的腦袋將她往下壓——下一秒，柔軟的唇瓣將她未來得及說完的話全部吞回自己的唇中。他的舌尖就像是貓的舌，探入她的口中與她貼合，再也不願意分開似地糾纏在一起……

她的呼吸由一開始的因為著急而緊促逐漸變得緩和，身體彷彿也柔軟下來了，因為他一個舌尖探入的動作輕嗚一聲，手指顫抖地彈起，鬆軟地扶著他的手臂。

晝川能感覺到，初禮就像是一隻渾身炸毛弓著背嗷嗚嗷嗚叫囂的貓，這會兒在他的懷裡被安撫，化成了一灘水，軟若無骨。

直到兩人氣息不穩才分開。

晝川垂下眼，用粗糙的拇指腹擦去她唇角未來得及吞嚥的唾液，他微皺眉，唇角卻扯出一抹笑容：「妳怎麼比我還急啊，我沒事。」

初禮盯著他的眼看了一會兒。

片刻之後，她張開雙臂抱住他，一個翻身從他的背後爬到他身前，然後毛毛蟲似地拱著身體鑽進他的懷中。

晝川順勢抬起手，像是哄小孩似地拍拍她的背。

「我剛才差點做了很可怕的事，還好你及時問了句，今晚吃什麼。」

懷中沉悶的聲音響起，晝川放在她背上的大手停頓了下，隨後他嗤笑。

「看來老天爺讓我把妳帶走還是有原因的，這叫什麼？天降正義。」

「我放過她了。」

「嗯，嗯。」

「最好記得我的大恩大德。」

「好好……做得好，做得好。」

「哼。」

「嗤嗤。」

第四章

網路時代，一切資訊傳遞的最大特點就是「快速」——「當紅暢銷書作家晝川作品是否為其父晝顧宣先生代筆」一八卦，到晚上已經是鋪天蓋地了。晝川圈內其他朋友或者相識作者不免前來詢問他發生了什麼事，無論出於好心還是好奇，問多了總讓人有些煩躁。

回顧整個事件，從《洛河神書》入圍至今遭受的無妄之災，似乎頗有一些「喜事變喪屍」的無厘頭感。

晚上，剛吃過晚飯，江與誠也來找晝川了——

江與誠：唉，我剛睡醒。

此時晝川已經被這群人煩得不行，對江與誠這樣的老油條就更沒有什麼好脾氣可言。

晝川：怎樣？

江與誠：不怎樣，打開微博鋪天蓋地都是你啊……刺眼得很，咋回事啊？

晝川：就你看見的那樣，三人成虎，你也來「安慰」我？

江與誠：……………………我跟著你一起躺槍的，我安慰你誰來安慰我？看看新聞怎麼說的——「傳知名暢銷書作家晝川當年借其父關係以傑出青年作者進入國家作協……順帶一提，江與誠也是。」

晝川：……

這段對話在QQ發生的時候，初禮正像隻樹懶似地扒在晝川身上跟他擠一張沙發，晝川就在她眼前打字，看見江與誠說的，她無情地發出「嘎嘎」笑聲，直到晝川摸索著用手捂住她的嘴。

江與誠：我他媽怎麼這麼倒楣，沒事幹跟你一起躺槍上牆頭。

晝川：特意給你看了看天貓，和《洛河神書》一起，《消失的遊樂園》又多賣了幾千本，有的商家恨不得推出兩本書打包下單免運費活動……看來大家都想看看寫文圈的權貴們長什麼樣啊。

江與誠：高大、英俊、富有、風趣、有才華、成熟、知性。

江與誠：初禮呢？

晝川低下頭看了眼初禮，初禮伸出手在他的手機上啪啪摁下「我在這」三個字，用晝川的手機發出去，晝川滿意地哼了一聲，又跟著打字——

晝川：我懷裡。

江與誠：……我就不該問。

江與誠：你們倆這是正式在一起了？啊，鬧得全世界都知道了，應該是正式在一起了吧……沒想到你這種向來不知道「責任」兩個字的人也有這麼勇敢的時候。

江與誠：不說了，分手的時候通知我一下謝謝。

江與誠：期待明天就收到這樣的「好消息」。

晝川：你作夢。

晝川：老子死也會把她一起帶進棺材裡的，火葬的話，骨灰拌一拌。

扔了手機，初禮發現江與誠和晝川還是有默契的，知道這時候晝川已經被外界各種消息煩得不行，根本不需要安慰，江與誠也絕口不提「安慰」之類相關的話……

他過來打個招呼，確認晝川還活著並還有力氣和他互懟，就果斷準備結束話題。畢竟人在情緒低落的時候，有時候過多的關心或者是安慰對他們來說反而是負擔。

有時候他們大概就想好好地自己一個人待一會兒，做一點兒完全不相關的事。很簡單的道理，然而很多人都不懂。

江與誠大概也是在低谷待過的人，知道那種名為「關心」的實際揭傷疤行為到底是怎麼回事，於是輕描淡寫地來了，雲淡風輕地走了……最後只是留下一句——

江與誠：沒做過的事，還是說一聲比較好，無論會被怎麼解讀，沒做過就是沒做過，不必沉默。

看著江與誠最後的留言，初禮和晝川面面相覷。事情發展到如今這樣白熱化的程度，面對鋪天蓋地的質疑，晝川什麼也沒說，從頭到尾保持著沉默。

現在想想，江與誠說的也不無道理：沒做過的事，為什麼要任由你們這樣造謠抹黑？

於是十分鐘後，就有了這麼多天以來，從事件有了小小的苗頭到如今徹底爆發、從頭至尾晝川唯一的一次正面回應，晝川在微博發了條新動態——

【晝川：如果造成了什麼誤會我很抱歉，我從來沒有說過《東方旖聞錄》是我本人的第一部作品。】

「發完了嗎？」

「發完了。」

「我看看？」

「看什麼看，明星經紀人啊，微博發什麼都要管。」

微博發完後晝川就被初禮收繳了手機，不讓他繼續看那些有的沒的評論影響心情。沒得上網，無所事事，兩人索性坐在沙發上看了一晚上赫爾曼的電影……從他二十年前拍的第一部電影開始看起，一共五部，兩人一邊看一邊討論赫爾曼本人喜歡的拍攝手法和原作的寫作風格，還有他從第一部作品開始，保留的東西、進步的東西……

晝川確實是這名世界級作家的粉絲，對他的每一部作品、每一部電影都能結合赫爾曼本人的成長史，說上一、兩句不同的見解。

「之前還說赫爾曼在找中國作家合作下一部作品。」

「找也不可能找我啊。」

「人沒有夢想和鹹魚有什麼區別？」

「妳又想幹什麼……」

「《別枝驚鵲》一出，全世界都在給它讓道，當初就連你晝川撞了檔期也必須靠邊站——耶，露出白牙威脅誰，我說的難道不是實話？這種齊心協力、甚至不用求神告佛就能得來的最優資源，怎麼可能賣不好書，你難道不心動嗎？不想要嗎？不想享受享受嗎？」

「……以後妳不做編輯了還能去當個推銷員。」

「《別枝驚鵲》是顧白芷出的，聽說賣得超好，哎，我好羨慕啊……」

「我好想把妳從屋子裡扔出去啊。」晝川停頓了下，「或者把『房客守則三十條』貼在妳腦門上。」

「我現在不是房客了，」初禮撐著男人的胸口稍稍抬起頭，瞪圓了眼看著他，「我難道不是你的……」

說到一半停住。

晝川勾起唇角：「我的什麼？」

初禮的臉微微泛紅，抬起手用手指去摁壓晝川唇邊翹起的弧度：「不許笑。」

「我沒笑。」

「你有，哎呀，馬的，不許笑啊！」

《別枝驚鵲》看完之後已經是凌晨一點，初禮打了個呵欠已經睏到意識迷糊，從晝川懷裡爬起來把他的手機還給他，看著晝川爬上微博看了眼評論又關上。

「怎麼說？」

「『你早承認不就好了』、『啊果然是代寫嘛』、『道歉吧，誰沒在年輕的時候犯過錯』……」晝川面無表情地簡單概括了下剛才看見的微博評論。

初禮揉揉眼睛，被雷得清醒了些。

她上微博看了眼，居然還有人說「不心虛你道什麼歉」，難以置信道：「這些人從初中開始閱讀理解就沒拿過分吧？」

晝川冷笑了聲：「想罵你，什麼理由不行啊，勉強裝個弱智也行的。」

相對無言片刻，他又伸出手拍拍初禮的頭：「先睡覺，明天早點去元月社請個假，就說妳跟我去取材，跟我回家一趟——看看我老爸怎麼說。這髒水潑他身上，別說他管不管，作協那邊也不會就這麼繼續裝死的。」

初禮抱著男人的腰，仰起頭在他胸口蹭蹭：「可以，這句話掛出去又能黑你文壇權貴黑一天。」

晝川屈指，敲敲她的額頭：「去睡吧。」

初禮張開雙臂，放開晝川，雙手背在身後，後退一步，與他拉開大約半個手臂的距離，歪著腦袋看著他。

晝川伸出手，將她拉回來，低下頭在她唇瓣上落下一個吻。

初禮無聲地笑著，露出大白牙：「我是你女朋友啊。」

「嗯。」晝川放開她，「妳是，妳是。」

初禮轉身跳上通往閣樓的樓梯，想了想又轉身趴在樓梯扶手上探出一個腦袋：「所以你得給我寫稿。」

一眼便看見男人一動未動地站在客廳，保持著她離開時候的模樣看著她，只是此時面露嘲諷：「放屁。」

他說完又笑了起來。

晝川回到房間。

他躺在床上安靜地聽著樓上的人在閣樓走動時發出的輕微腳步聲。

他雙眼微微暗沉，抬起手，用手背蓋住眼，淺淺嘆了口氣……此時，重新調回了震動模式的手機瘋狂震動，打開手機微信，來自幾十、上百的未讀訊息洶湧而來。

這一晚上，並不是真正的風平浪靜。

「晝川老師啊，在嗎？關於上次談的《洛河神書》漫畫改編的事，我們這邊上報老總，老總說報價有點高了，您看還能不能再商量？實在不行我們可能就放棄這個企劃了。」

「老師，上次談到的《洛河神書》遊戲版權，我們這邊公司法務還要再看看合同，之前說週一寄給你的合同可能要延遲兩、三天喔，抱歉抱歉……」

「老師，那個《東方旖聞錄》的投資案今晚被叫停了，不過應該不是什麼大問題，有新的進度我會告訴你。」

「晝川老師您好，之前與您詢問過《洛河神書》影視版權，經過公司內部商量，考慮了下報價五百萬的話還是有點太高了，我們這邊就先撤了……抱歉打擾。」

「晝川老師，抱歉那麼晚打擾。請問《洛河神書》的影視版權您考慮得怎麼樣了……現在鬧得滿城風雨的，想必有些競爭對手應該是撤了幾個吧，我們這邊真的很有誠意想要拿的才說服老闆堅持跟進，二百萬真的也不少了是吧，您再考慮一下……」

各種阿貓阿狗。

牛鬼蛇神。

傾巢而出。

晝川直接無視了這些人，手機的光照在他臉上忽明忽暗，手指在各種紅色未讀訊息裡緩緩滑動——

晝夫人：小川，航班號給媽媽一下，到時候讓家裡司機去接你。

晝夫人：網上言論無須過度理會，沒有做過的事，隨便他們怎麼說，無所謂的。

晝夫人：看見訊息回一下，小誠說你沒事讓我放心，但是現在你一個人在G市說話的人都沒有，媽媽很擔心你。

他手指停頓在手機螢幕上。

良久。

樓上傳來「咚咚」聲響，大概是某人赤著腳跑到窗邊發出的聲音……躺在床上的男人翻了個身，手指緩慢打字——

晝川：我沒事，她陪著我。

晝川：以前妳跟我說，男人總以為自己是有三頭六臂，可以遮風擋雨，但事實上，還是要有個女人站在身後做為指向回歸港灣的燈塔……對這種說法，我曾經嗤之以鼻。

晝川：現在嘛，慘遭打臉。

慶幸的是在狂風暴雨來臨之前。

他擁有了自己的燈塔。

黑暗之中，她始終站在那裡，像一輪永恆的月光，驅散黑暗。

面對這些前腳還一口一個「老師求你《洛河神書》版權賣給我們，價格好商量」、「老師你以後能不能和我們長期合作啊」、「老師你好棒」，後腳就變成「老師反正也不知道你接下來死活，要不咱們的合作就算了吧」、「老師你看你被掐那麼厲害，身價也該降降了，要不版權賤賣給我們吧，反正也沒別人要了」這種嘴臉的各家ＩＰ採購商、各家阿貓阿狗雜誌編輯，按照一般的小說套路，為了體現在低谷之中成長、看盡世俗炎涼的冷漠，此時男主應該是成熟、穩重、沉默，微笑著將這些人一一打發走，然後安靜等待翻盤，啪啪打臉。

然而晝川偏不。

因為在晝川看來，世界上除了初禮，第二個能夠讓他受委屈的人還沒出生，如果這個幸運兒出生了，身分大概也只能是他的兒子或者女兒。

於是第二天早上，當新聞裡都播放著「知名新生代暢銷書作家早年作品遭質疑，八〇後青年作者再次掀起『父輩代筆』風波」這樣的報導內容時，晝川蹺著二郎腿坐在桌邊，一邊吃早餐，一邊一個個回覆這些牛鬼蛇神——

「可以，這次不合作了，以後也不用合作了，注意我沒有在威脅任何人。」

「哈哈哈哈哈哈哈不賣。」

「哈哈哈哈哈哈哈不寫。」

「當我要飯的啊——我就算是要飯的也是高貴的丐幫幫主。」

「滾啊。」

「以前的合作非常愉快，至此恩斷義絕。」

當畫川以每秒十字的速度回覆這些留言時——稍微小咖一點兒的公司乾脆直接拉黑雙刪，一個標點符號都懶得浪費——初禮正捧著一碟烤好的吐司從他身後路過。

初禮越過男人的肩膀將吐司放到他面前，眼睜睜看著男人將一個問他千字八十塊約短篇雜誌稿約不約的小雜誌編輯拉黑，她站在他身後幽幽道：「想當年，我給你《洛河神書》做牛做馬一個多月，你才把自己的微信號給我……而去年元月社給你的價格是千字一百八，過完年翻了兩倍。」

初禮指著手機道：「這麼個千字八十塊就想讓你替她寫的賤婢憑什麼在你微信裡啊！」

「那天晚上和江與誠喝醉了，一個興奮大赦天下，隨便什麼人我都加進來了。」

畫川放下手機，拿起一片吐司抹了點兒果醬，「以至於今天刪人刪到手軟，我都懷疑昨晚地下組織發布了一條通緝令：誰能率先在言語上把畫川氣死，或者把他羞辱至自殺，獎金一百萬。」

初禮開始笑。

晝川皺著眉認真道：「懸賞人要嘛是江與誠，要嘛是我老爸。」

初禮笑得更加大聲。

笑著看了眼電視，晨間新聞還在很煩地八卦著晝川的事，初禮拿起遙控器換了臺，隔著桌子看晝川，然後稍稍收斂了笑：「影響很大嗎？」

「正在談的合作項目有些被擱置了一下而已。」晝川拿起筷子，眉眼自然冷漠，彷彿並沒在關心自己一夜之間可能損失幾百萬這種事，「沒多大事，沉不住氣的都撤了，大公司有經驗，就會繼續觀望，不會被捕風捉影的事蒙蔽的。」

初禮臉上的笑容算是徹底消失得無影無蹤，屈指敲了敲桌子，陷入沉思。

晝川抬起頭看了她一眼：「怎麼，怕我名聲掃地從此沿街討飯，連二狗的罐頭和妳的大米都買不起了嗎？」

聽見自己名字與「罐頭」這個關鍵字的二狗哼哼唧唧湊過來，把下巴放到餐桌邊緣上。初禮伸手抹了把二狗的腦袋，慢吞吞道：「你好好說話，家裡的大米都是我買的，你的貢獻最多就是冰箱裡的那根黃瓜。」

「……」

晝川放下筷子。

片刻的安靜讓初禮也愣了下，仔細想了想，她像是想明白了這片刻沉默打哪兒來，把手從二狗耳朵上拿開，面無表情地轉過頭對晝川嚴肅道：「我沒在開黃腔。」

「我知道。」晝川點點頭，「我的黃瓜不用放冰箱，珍藏在褲襠裡二十八年依然非常新鮮的。」

初禮：「……」

男人長腿稍稍伸開：「任君採摘。」

初禮臉上的表情繃不住了，她脣角抽搐著站起來，拎起自己的包在晝川「妳啥時候動手摘黃瓜」的詢問目光下，匆忙落荒而逃。

她走到社區門口，手機螢幕亮起來——

戲子老師：雖然這種事很荒謬，還是不放心地問一下，妳知道成年人的世界裡交往意味著總有一日水乳交融共赴生命大和諧這件事吧？

猴子請來的水軍：……

戲子老師：妳別點點點，正面回答，這很重要——重要程度甚至超越了「千字八十想找晝川約稿的弱智兒童什麼時候才能睡醒」這件事。

猴子請來的水軍：……………………反對婚前性行為。

戲子老師：妳和我都非法同居了，妳跟我說這個，妳不如說妳信基督更有說服力。

戲子老師：那明天就去結婚吧。

猴子請來的水軍：？

戲子老師：不嫁啊？

猴子請來的水軍：為什麼能把求婚這件事做出了要求我晚上回去時帶一斤豬肉給你做肉餅的風采來？

戲子老師：QAQ可是我都事業遭遇低谷了。

初禮：「……」

事業低谷了還有力氣臭不要臉地賣萌。

真想用手把「QAQ」的眼珠子挖出來。

戲子老師：哦對了，記得去請假，跟我回家。

戲子老師：感受下我家和諧的家庭氛圍，說不定妳就迫不及待想與我步入神聖的婚姻禮堂了。

猴子請來的水軍：聽說晝川老師最高紀錄就是回家七天裡以「每天對話不超過五句話、每句不超過十個字」為代價，才勉強創下了七天沒與晝顧宣老師吵架的紀錄。

戲子老師：……

戲子老師：江與誠怎麼什麼都跟妳說。

猴子請來的水軍：為了咱們早日分手，你上初一那年有一次尿床，尿完還覺得自己小便失禁肯定是因為得了絕症的事他都跟我說了。

戲子老師：這種事妳都知道了，那就更不可能分手了。

戲子老師：妳將帶著這個祕密，死了都要躺進我的骨灰就在旁邊的雙人墓裡。

猴子請來的水軍：……

接受了這一連串以「要求生命大和諧」為前提而突發的、世界上最有創意的「求婚」，初禮翻著白眼回了一連串的「滾蛋」，然後收起手機跳上了前往元月社的地鐵。

這一天是週一，到了編輯部，初禮需要把阿鬼和索恆的連載稿催一催，再到處問問哪位大神比如江與誠有沒有空寫個短篇稿子……現在初禮已經是副主編了，打著元月社《月光》雜誌副主編的旗號出去約稿，如同打蛇打七寸，一個打一個準。

把接下來的事安排妥當後，初禮準備下班之前跟公司請假個兩、三天，以「商討連載大綱」為名申請出個公差，陪晝川回家。

以上，初禮覺得自己的安排很穩妥，沒問題。

接下來她整整在電腦前坐了一天，上午開會，開完會回編輯部到處約稿，敲定了三篇短篇約稿以及把阿鬼和索恆的稿子收上來校對好，連午休吃飯都是一邊打字一邊用湯匙往嘴裡塞飯……一日下來累得頭眼昏花，閉上眼都是WORD文檔一行行的五號字……

終於在下班時間把出公差申請一路往上送到副總，也就是梁衝浪跟前，萬萬沒想到被他一口回絕：「不行。」

初禮：「啊？」

她黑人問號臉。

「妳現在是元月社的編輯，又不是晝川的個人助理，為了他一個人出公差，別的作者的事怎麼辦啊？」梁衝浪搖搖頭，「哎喲，那麼在意這一個作者的事，妳倒是去當他的個人編輯就好啦！」

其實。

雜誌編輯為了得到某個當紅作者的合作優先權或者是連載大綱，經常到外地去拜訪作者這種事根本不稀奇。

大多數情況下，雜誌社睜隻眼、閉隻眼就答應了，無論編輯到底是去玩還是真的去拜訪作者，能把雜誌本身要的東西搞回來就沒問題。

就好像上次初禮利用週末親自殺去B市，就為了拿江與誠的《消失的遊樂園》的連載合作合同，無論是車票還是機票，元月社都給予報銷一樣。事後于姚甚至告訴初禮，哪怕是利用工作日出去，公司也會批假的，為了大神資源，「出差拜訪」這種事，天經地義且理所當然。

「別的作者的事我已經安排妥當了，去外地出差也會帶著電腦隨時準備的……」初禮想不通梁衝浪為什麼會拒絕，暫時無視了他那陰陽怪氣的「去當他個人編輯好啦」這種提議，耐著性子道，「我們這還眼巴巴地等著晝川簽下下一本新書在我們雜誌優先連載——」

「那也不能為了他一個，別的作者都不管了吧？」梁衝浪說，「現在官方微博下面為了晝川的事都吵成一鍋粥了，妳又不是不知道，為了這麼一個不知道今後還怎麼樣的作者，咱們可用不著這麼緊巴著……」

「晝川這次回C市就是為了解決這件事。」

「如果他解決不了呢？」

「……」

如果說，從晝川遭人質疑、人氣受到影響這件事爆發以來，初禮只能算是一個旁觀者、以旁人的身分在努力幫助晝川走出這種情緒困境的話……

那麼現在，她終於非常有機會，直面晝川當前所面對的。

是什麼呢？

看著梁衝浪那張臉——從曾經恨不得跪在地上替晝川擦鞋，掛在他的大腿上再也不要下來——時至今日，那張臉上寫滿了嘲諷，不屑，以及輕視。

初禮想感慨，這些人怎麼做到的啊，一夜之間，翻臉比翻書還快。

反胃。

她尚且如此憤怒。

幾日之內連續面對這些嘴臉的晝川本人……又如何？

「一個作家涉及這種全方面爆發的醜聞，就像是藝人涉及黃賭毒，不說會被全面封殺，但是會就此一蹶不振消沉下去是肯定的。」

梁衝浪還在用他那輕描淡寫的語氣喋喋不休，「妳這種年輕人就不知道啦，現在網路改朝換代那麼快，三十年河東、三十年河西，今天紅遍半邊天，明天就無人問津——妳看看江與誠，當年多紅啊，如今還不是要靠簽售賣臉拯救自己的撲街；再看看索恆，這些年都快沉到海底了，現在多紅啊，微博粉絲漲得飛快，幾家影視公司想透過我們和她洽談影視合作……」

梁衝浪的話還沒說完。

站在他面前的人已經一巴掌拍在桌子上。

梁衝浪蹺著的二郎腿一停，整個人像是被那「砰」的一聲嚇了一跳，椅子往後滑了滑，他微微瞪圓了眼，看向一個辦公桌之隔的初禮——此時此刻，她雙眼怒紅，彷彿從地獄爬上來的什麼惡鬼修羅母夜叉！

「一樣的話，你有膽子去晝川面前說一遍不？你自己也知道，三十年河東、三十年河西，去年替元月社勉強維持住行銷無赤字的人是誰——晝川還沒死透呢！輪得到你來說這種風涼話？

「老梁，有些話我忍了很久，從上次書展的時候就想說，今天就直接都說了吧——時代不同了，如今的圖書出版再也不像是以前那樣，作者用信件投稿、編輯審稿、印刷廠印刷、讀者買書這麼簡單……」

初禮的手微微握成拳頭，指尖因為過度用力而泛白——

「因為有了各種方便的網路交流工具，過去的任何一個環節於今日來說可以做的交流都變多了，所以在過去哪怕是唯利是圖也能混得風生水起的混子也跟著浮出水面……作者不是傻子，讀者也不是，敷衍的態度和得過且過的做事態度，早晚會讓元月社栽大跟頭的。

「妳說什麼，妳說誰是混子？」

初禮微微揚起下巴：「我說，陽光猛烈，萬物顯形。」

梁衝浪唇角微微抽搐，「噌」地一下子從位置上站起來：「初禮！注意妳說話的態度！妳是什麼！妳只不過是一個雜誌分部的副主編而已，我是妳的上司，是元月社的副總——喔，妳以為，妳帶了幾個厲害的作者就了不得了是吧？妳倒是可以試試，如果現在我就把妳辭退，那些作者會不會跟妳一起離開，放棄我們元月社這麼好的平臺！」

「我也挺想知道的。」
初禮勾了勾脣角。
事實上，她渾身上下的血液都快凍結了，前所未有的憤怒加之梁衝浪對晝川羞辱的態度，有那麼一秒她幾乎就想把請假單摔梁衝浪的臉上告訴他：老子現在就走——
但是她還是忍住了。
索恆和江與誠的復出剛剛走上正軌，阿鬼的新連載也才剛剛開啟，眼看著她的高樓剛剛有了個結實的地基，她怎麼能把地基拱手讓人？
還有晝川……
赫爾曼明年會在中國尋找一名合作作家，這件事初禮頻繁提起的原因是她真的放在心上了。她知道晝川多喜歡赫爾曼的作品，也多麼渴望有一天能夠在更大、更寬闊的平臺上證明自己——晝川嘴巴上不說，但是他就屬於那種，小學時得了獎能把獎狀塞在書包裡一個暑假不拿出來，其實天天巴望著獎狀自己從書包裡跳出來，恨不得把獎狀貼腦門上昭告全世界的悶騷鬼……
而初禮要做的，就是那個幫他把獎狀掏出來的人。
電影、電影小說，屆時連帶著的就是一系列電影劇本小說出版，而目前國內最大的出版社無非是元月社和新盾社——如果今天她從元月社走人，到時候，元月社裡再也不會有第二個人像她一樣削尖腦袋去為晝川爭取……
她幾乎可以想像，等明年或者後年，赫爾曼的新作再次拱手讓給新盾社，梁衝浪這種傻子只會酸溜溜地撇撇嘴：那可是赫爾曼，大賣不是正常的嗎？給我這些資源，我也能大賣。

……這種臭傻子永遠都不會去想想，這些資源如果是從天上掉下來的，那到底還要他有什麼屁用！

忍住。

不能生氣。

不跟這些傻子一般見識。

期間瞳孔都因為深呼吸而放大無數倍，初禮最終還是壓下了怒火，將申請出差的單子從梁衝浪手裡抽回來。她換上輕描淡寫的語氣：「我也就是說說而已，怎麼，又不是一言堂，還不接受群臣進諫啊？出差單不批就算了，我用自己的年假總行了吧……」

初禮怒火來得快，去得也快，前一秒還一副要幹架的模樣，下一秒又像是無所謂的節奏讓梁衝浪有點跟不上。他有些傻眼似地看著初禮拿過他桌子上的筆匆匆在單子上改了兩筆，然後往他面前一拍——

梁衝浪伸頭一看，喲，還真用自己的年假了。

那梁衝浪就沒什麼好說的了。

爽快地批了假，初禮也沒說什麼，收了假單準備去人事部。她轉身昂首挺胸走出梁衝浪的副總辦公室，關上門的一瞬間，她聽見梁衝浪座位那邊小聲飄來兩個字。

「有病。」

初禮面上穩如泰山，頭也不回匆匆離開。

多虧了老苗一年來的苦心栽培，這幾個月來遭遇的一切教會她最重要的一件事就是：別和傻子一般見識，犯不著。

晚上回家的時候，初禮已經收拾好一切的情緒。

在最近的風言風語之中，晝川每天把更新往微博上一扔就立刻下微博，不看評論、不看轉發、不看私訊，本著「你們隨便罵我看不見就是不存在」的鴕鳥原則，做為網癮少年的他把過去十幾年落下的英劇、美劇、日劇、韓劇都補了，然後整個人就閒成了一條鹹魚。

所以每天初禮下班之後，跟在她身後進進出出廚房、上上下下閣樓樓梯、卸妝時蹲在（靠在）洗手間門口眼巴巴等著的，除了二狗，如今又多出一個她家男人。

初禮從鏡子裡瞟了眼晝川：「有事？」

他心情不好。

而且看著好像正在為什麼事煩惱。

晝川露出一個猶豫的表情，彷彿一句話在舌尖吞嚥三遍，最後慢吞吞地問：「請假了嗎？」

「請了。」初禮低頭打開潔面儀，「嗡嗡」聲中摁臉上，「你像個祥林嫂似地一天唸叨三遍，我還能忘？」

「確認下日期，這週三到下週一。」

「對。」

晝川盯著初禮，片刻之後微微蹙眉：「元月社沒給妳使絆子吧，根據我對他們的瞭解，梁衝浪可能會說出什麼即將過氣的作者讓妳別花太大心思這種鬼話……」

「……」

看。

司馬昭之心，路人皆知。

梁衝浪還覺得自己演技一流呢，結果連晝川這個智障都看出他的不妥來。

「沒有的事啊，」初禮用潔面儀震動臉蛋，說話也有點抖，只是泡沫之下面色平靜、眼神堅定，「他有一百個膽子也不敢說這種話，你可是晝川。」

從鏡子裡看去，靠在門邊的男人臉色稍稍好看了些——這些天大概也是被欺負得狠了，這會兒連梁衝浪那種狗東西怎麼做都能影響到他……穩如晝川，什麼時候輪到梁衝浪來左右他的心情。

初禮看著晝川這模樣也是心疼，踮起腳拍拍他的腦袋。

晝川愣了下。

這時候初禮洗好了臉，洗洗手，從他身邊蹭過準備去做飯，晝川猶豫了兩秒後也跟在她身後像是小尾巴似地跟進廚房。

這時候手機震動，晝川打開來一看，是知道「晝川等於L君」後坦然接受設定，興高采烈與晝川大號接軌的阿鬼。

當時阿鬼表示：「有什麼好生氣的，騙就騙了唄，你十八歲生日那天你父母突然告訴你，孩子對不起騙了你十八年其實我們家裡資產上億，原本你不用那麼辛苦讀書的……你第一反應難道是覺得天崩地裂、要把切蛋糕的刀架在自己的脖子上尋死尋活嗎……別身在福中不知福了，實不相瞞我等著這一天等了二十幾年都沒等到。」

在你身後的鬼：問了嗎？

晝川：……

在你身後的鬼：她怎麼說？我覺得今天下午初禮跟我說話的時候隔著螢幕都透著一股生氣，不是生機勃勃的生，是angry。

晝川：妳嚇唬誰。

在你身後的鬼：我沒想嚇唬誰，但是我覺得我好像嚇唬到你了，哈哈哈哈哈哈哈哈哈哈！

在心裡默默送給阿鬼「媽的智障」四個字，晝川收起手機，長嘆一口氣……愁。

此時正背對著他切菜的初禮聽見了他的嘆息，心頭一驚，心想難道是剛才自己的演技太差被看穿了？

樹倒猢猻散，牆倒眾人推，連梁衝浪這種狗東西都能騎到頭上踩一腳的事他知道了？

他在嘆氣。

這種時候，一個人肯定很難熬吧？

難怪今天她一回家他就跟在身後跟那麼緊，是不是她不在家的時候，又有什麼不長眼的人蹬鼻子上臉來欺負他了？

晝川這麼驕傲的一個人，這些日子到底是受了多少委屈——

「咚咚」切菜的頻率慢了下來，初禮越來越走神，直到菜刀一滑，指尖傳來刺痛，她「啊」地叫了聲扔了菜刀，低下頭看見食指指尖被切了一道挺長的口子，鮮紅的血液湧出，她皺起眉。

「怎麼了？」

身後男人低沉的聲音響起，緊接著眼前變暗，大概是橫在她身後的人彎下腰越過她的肩膀看了眼。

在看見她指尖的傷口時，晝川狠狠皺起眉：「怎麼回事，切個菜把妳笨得……」

初禮動了動脣沒來得及說話，下一秒便被晝川牽起手快步走到廚房外，醫藥箱從熟悉的地方拿出來，他從醫藥箱裡拿出消毒棉片——

初禮愣了下。

上一次他還眼睛都不眨地把酒精往傷口上倒。

「看什麼？」晝川伸手把初禮摁沙發上，「上次用酒精不是疼得哭爹喊娘嗎？然後我去網上查了查，給矯情鬼清理傷口用什麼消毒比較好——」

他一邊說話，手上的動作卻小心翼翼，用消毒棉片仔細替她清理了傷口周圍的血。

「傷口這麼深，下狠勁切啊，切個萵筍用得著那麼大力不，妳是不是有毛病……」

教育的話還沒說完。

下一秒，握在手心的手被抽走，原本沉默坐在自己面前的小姑娘「嚶」了聲，雙眼通紅撲進他懷裡，纖細柔軟的手臂死死地抱著他的脖子，鼻尖壓在他頸部大動脈的地方。

晝川並不知道發生了什麼事。

他就知道此時此刻懷裡的人哭得可傷心了，像是受了什麼天大的委屈，當他抬起手沉默拍拍她的背，她就哭得更加賣力……就好像天塌下來了似的。

開閘洩洪啊。

怎麼啦？

晝川當然不知道初禮抱著他就像是抱著一個受盡委屈的寶寶，光是腦補一下他下午一個人在家裡面對那些勢利佬的欺辱就受不了地眼淚嘩嘩往外流……而此時，晝川也只能抱著她，任由她哭得上氣不接下氣。

手機震動。

晝川艱難地從口袋裡掏出來，手放在初禮背上，解鎖看了眼。

還是鬼娃。

在你身後的鬼：我想了想，大佬您別不是還沒開口就問吧，臥槽大家都是成年人了，水到渠成，請求滾個床單有那麼難⁉

早上她不答應那是早上，十二個小時過去了，您怎麼知道這期間有沒有什麼驚天動地的變化？

把生活都活成脖子以下不能描述的節奏——

這麼響應祖國號召，下次人大開會您當中小學生健康心理模範代表啊！

有熱滾滾的液體順著頸子流過鎖骨，晝川放下手機，伸手將埋在自己頸部的臉抬起來——手中那張臉因為哭得起勁而憋得通紅，睫毛上還掛著淚珠搖搖欲墜，一雙眼紅紅地瞇著，無論如何都不像是韓劇女主角梨花帶雨那樣好看……

但是唯獨對晝川是有奇效的。

他手一軟便鬆開手：「別哭了、別哭了，不就是切了手指嗎？至於哭成這樣，小學生似地……」

初禮順勢重新倒進他的懷裡，額頭頂在他胸口上，在上面蹭了蹭眼淚：「不是因為這個……嗝兒嗚嗚……」

「不是這個，那是因為什麼？」晝川一手拍她的背，抽過紙巾替她胡亂擦擦眼淚，「是我說什麼了？我又沒罵妳，就是讓妳以後小心點兒——妳心靈就這麼脆弱？妳看妳在外面母老虎似的，怎麼一回家就成了哈士奇，要是讓梁衝浪那種人看見……」

初禮哭聲一噎。

正想說「我他媽才不會在那個王八羔子眼前掉眼淚，把我腦袋剁了我也不會」！

但是話還沒說出口，瞇成一條縫的眼先看見男人被他自己說的話愣了一下，然後又伸手把她拎起來，皺著眉一臉嚴肅：「不行，妳要哭回家裡哭。」

——如果連眼淚都不能成為特權，老子上竄下跳歷經九九八十一難成為妳男朋友是圖什麼？

——這世界上有權利看見妳的眼淚就腿軟的人除了妳爸，只能是我。

晝川這話說得特別理直氣壯，說完還覺得自己十分有男子漢氣概。在他看來，這宣言和言情小說男主角會說的話也就差個標點符號了……

殊不知「男子漢氣概」和「直男癌晚期」中間就隔了薄薄的一張紙。

晝川說完還沒美滋滋夠，便突然感覺到自己的衣袖被人扯了扯，他微微一愣低下頭，便對視上一張可憐巴巴的臉。

初禮小巧的鼻尖紅紅的，此時輕輕翕動，小聲地問：「晝川，我也不知道我為什麼總是哭，你是不是討厭我了？」

晝川：「……」

沒有人會討厭耳朵貼在腦袋上奶聲奶氣「嗷嗚嗷嗚」瞎嚎的哈士奇幼犬的。

沒有人。

這種狗飛天遁地、拆家搗亂，除了替愛斯基摩人拉雪橇算正式工作之外，在全球各地都是混吃等死的存在，卻至今沒有從世界上滅絕的唯一原因就是因為牠們的可愛——

就像妳。

就像妳。

就像妳。

被這樣眼巴巴地瞅著，晝川再也忍不住「嗤」地笑了。在初禮愣怔地看著他的笑臉而一臉懵逼時，他捧著面前這張溼漉漉的臉，準確地在她柔軟的脣瓣上印下自己的吻。他小心翼翼含著她的脣瓣，大概是口紅還沒卸乾淨或者是別的原因，他覺得自己好像吃到了玫瑰花的香味，這種味道在早晨剛剛畫完妝的初禮身上經常聞得到。

舌尖探入她的脣裡，聽著她抽泣一聲後配合地啟開牙關任由他順利探入。

晝川捧著她的臉的手滑落在她腰間。

初禮跪在沙發上，這會兒仰著臉接受他的吻，當晝川的指尖從她衣服下襬探入，輕而易舉地摸到她因為彎著背、尾椎自然小凹與背部肌肉形成的一小條溝壑……

她不是沒有感覺到他的手——

事實上，在他的手觸碰到她腰間的第一瞬間，她就像是蝦子似地輕輕顫抖了下，與他相纏的舌尖遲疑片刻，他及時伸手扣住她的後腦杓不讓她挪開。

直到她的呼吸變得不穩，空氣之中的曖昧幾乎將人溺斃，她感覺到男人的手在她腰間裙子的搭釦上不懷好意地摸索，然後在她完全沒反應過來時，只用兩根靈活的手指一推一壓……初禮便感覺到腰間一鬆！

「晝川！」初禮小小驚呼了一聲，舌尖掙扎著從男人的口腔中退出，「你你……」

二狗還靠在廚房門邊遠遠地看著。

她羞紅了臉。

晝川的手卻懶洋洋地扶在她的腰間，手指在她腰上被裙子勒出的淺淺痕跡上拂過：「都勒出痕跡來了，是不是胖了啊？」

初禮臉上的紅直接從臉蛋燒到了耳根和脖子根，她瞪著用慵懶嗓音問她這種混帳問題的男人，眼裡還帶著之前哭過後尚未乾涸的水光。

然後下一秒，她聽見男人在耳邊低笑，「噗」地一下子，她整個人從跪在沙發上被撲倒仰躺陷入沙發裡，頭髮亂飛地遮住眼，她感覺到之前受傷的指尖被一個柔軟溼熱的東西飛快地掃過，愣了愣。

「沒流血了。」晝川的聲音低沉而微微沙啞，「還包紮不？」

說這話的時候，他的手就放在她的大腿上。

裙子搭釦打開了，因為之前的連續幾個動作，拉鍊退下一半，這會兒正鬆鬆垮垮地掛在胯上。已經是五月末，天氣逐漸炎熱，初禮只穿了一雙過膝襪，於是這會兒，她膝蓋與裙襬之間的腿內側肉就直接貼在男人的腿上。

他跪在她腿間。

一隻手撐在她頭頂一側，懸空在她的上方。

……這這這是要幹什麼？

初禮瞪大了眼，眼睜睜看著晝川那張英俊的臉落下來，越靠越近。他再次親吻她，這一次比之前溫柔婉轉，輕啄她有些紅腫的唇帶著微微瘙癢；但是很快的，他的舌尖便抽離，溼潤的吻稀碎而凌亂地落在她的眉心、眼睛、鼻尖，然後帶著一串火熱的溫度向下蔓延——

他叼住她耳垂下方的一小塊肉時，她嗚咽一聲，稍稍揚起修長的頸部。

像是油畫裡，祭臺上向惡魔獻祭的少女。

不遠處，二狗從趴著改為坐起來，仰著腦袋中氣十足地「嗷汪」地叫了聲！

感覺到身下的人彷彿回過神來似地顫抖了下，晝川忙碌之中，順手抓起放在茶几上的鑰匙往那隻狗砸去。二狗跳起來，哼哼唧唧咬著尾巴轉身跑回自己的狗窩裡。

晝川的吻在初禮潔白的脖頸流連，肆無忌憚地留下一串紅色的痕跡……他玩弄一般地用牙咬著她的鎖骨，然後繼續下滑，高挺的鼻尖來到她胸前不知道何時被打開的第四顆釦子附近。

初禮低下頭，看著晝川的鼻尖埋入自己凌亂的襯衫裡。

她抬起手，緊張地用手背蓋住眼——

隨後她發現這樣更糟糕，反而讓她的感官更加敏銳……她甚至能感覺到他稍稍偏過頭，鼻尖有意無意地觸碰到她襯衫下最後遮羞布的邊緣！

「晝川……」

「嗯？」

初禮張了張口想說什麼。

這個時候，她放在茶几上的手機突然驚天動地地尖叫起來，把這會兒頭腦發熱的兩個人都嚇了一跳！初禮眼巴巴地看了一眼晝川，晝川無奈地與她沉默對視片刻後，嘆了口氣爬起來，伸腦袋看了眼。

「……是妳媽。」

初禮聞言掙扎著想爬起來，晝川順手一把將她摁回沙發上，長臂一伸將她的手機抓起來扔給她……初禮手忙腳亂地接過手機，滑開通話鍵，把手機放到耳邊，用稍有些沙啞的聲音說：「喂，媽媽？」

眼角餘光看見聽她說完這三個字的男人就變了臉色。

她莫名其妙地看了他一眼，並不知道自己這會兒用帶著剛哭過的沙啞柔軟聲音叫「媽媽」時，聽上去有多引人犯罪……晝川深呼吸一口氣，一番毀天滅地的思想之後只想殺了自己。他覺得自己很變態，因為世界上大概很少有男人會衝動到想把女朋友乾脆一口吞進自己的肚子裡。

「我沒有哭，是有點感冒了……嗯，工作很順利啊，我不是升職副主編了嗎？所以工資也漲了——妳跟爸爸說了這事了嗎？讓他別老惦記讓我回家。」

初禮躺在沙發上專心地講電話。

這時候突然察覺到男人一隻手抓住她的小腿。

她愣了愣抬起頭看了他一眼，不知道他要幹麼，卻突然感覺到腿被一股力量拉起來，然後……腿彎處穩穩地掛在他的手臂上。

這個角度……

「我……」初禮講電話的聲音瞬間都磕巴了，「我也換了租的房子了，現在住的地方很好，社區環境特別好……媽媽，妳有什麼事打電話給我？」

往常和家裡講電話她總要膩歪一會兒，然而這會兒看著晝川伸手將她腿上的過膝襪脫下來，初禮毛骨悚然得只想趕緊掛電話！

她抬起腳踹了晝川一下，後者搖晃了下，卻垂著眼屹立不倒地繼續將她的過膝襪拽下來——搖晃之中，初禮的裙子下襬往下滑落，她連忙伸手去捂。

晝川拍開她的手。

另外一隻大手穩穩握著她的小腿肚，低下頭看了眼她的腳，彷彿抑制不住似的，他俯身，在她的腳背落下一吻。

之後便如同著了魔。

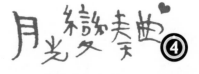

第五章

細碎的吻從初禮的腳背至腳踝，再到小腿一路向上，晝川半闔著眼，像是十分認真地做著眼下這件事。初禮的呼吸變得急促，眼眶再次變紅，想要落荒而逃，那條腿卻被晝川拽在手心動彈不得。

電話那頭，初禮聽見她老媽提到了男朋友，提到了相親，什麼小姑姑的老公的表妹的兒子國防大學畢業，高大挺拔、帥氣英俊、前途無量，人家都不一定能看得上妳——

她才不管。

她眼裡只有晝川。

此時晝川的吻來到她膝蓋上與裙襬之間大概被稱作是「絕對領域」的地方，他冰涼的鼻尖就頂在她大腿內側，大概是聽見電話裡的聲音，他動作稍一停頓，掀起眼皮子瞥了她一眼。

這一眼裡包含的訊息讓初禮的頭髮都快豎起來了。

「媽，我不要相親了，我——啊！」

她著急忙慌的撇清被自己的尖叫打斷，只是因為晝川伸出舌尖舔了舔她的大腿肉然後張嘴一口咬下。初禮放在身側的手抬起來捂住嘴，然後趕緊一口咬住不讓自己的異常被電話那邊察覺。

晝川稍稍撐起身體。

沙發發出不堪負重「嘎吱」的聲音。

他定定地看著她，面無表情，用口形道：相親？

這樣做的時候，他的大手就撐在她大腿上，彷彿為了強調自己的存在，它又往上滑了滑，這會兒，他的指尖已經快要碰到了、碰到了……

根本沒辦法說出口的地方。

初禮又快被逼哭了，她感受到晝川無聲傳遞的威脅，她都不知道這通電話講完她還能不能活著見到明天的太陽……

搞什麼。

他不是心情不好嗎？

為什麼還能這麼生龍活虎地威脅人？

心情不好就能這樣嗎！

他的手往哪放？

他的手怎麼能放在這！

如果她說錯了什麼，他是不是就要……

「我不相親，我不相親。」根本不敢繼續往下想，初禮抓緊手機，手心全是汗，盯著晝川那雙炯炯有神的眼，都不知道這話到底是說給誰聽的，「我有男朋友了，對對，真的有了，非常優秀……」

語氣裡帶著討好的氣息太重。

可惜被誇獎的人依然面無表情，好像是很難討好到的樣子。

初禮被她媽一通電話坑了個底朝天，屁滾尿流地掛了電話，扔開手機……空氣還是凝固的，彷彿有什麼箭在弦上，不得不發。

是什麼，她根本不敢細想。

初禮只能硬著頭皮，張開雙手抱住男人的腰，小聲地顧左右而言他：「晝川老師，我餓了，我們叫外賣吃好不好？」

……求你了，吃飯吧，吃飽了就不「餓」了。

「吃飯？」晝川僵著身體撐在她的上方，看著縮進自己懷裡的那一團，他眼色沉了沉，嗓音喑啞，「妳知道我現在只想吃什麼的。」

環在他背上的雙手悄悄收緊，她緊張得一顆心都快跳出喉嚨了。

晝川的大手就搭在她的大腿上，溫度隔著裙子布料傳遞，手腕微微一動，於是，再次被撐開一些的裙子拉鍊發出「呲啦」一聲。明明是平常換衣服的時候幾乎都聽不見的聲響，此時在安靜的客廳裡卻被放大到一個可怕的音量，每一分、每一秒都在刺激著初禮的大腦神經。

男人修長的指尖一點點地在吞噬她大腿上的皮膚，引起大片的雞皮疙瘩。初禮看不見他的手指，腦海中卻突然清晰地想起曾經無數次，她站在他身後、趴在他的椅子上看著他的指尖在鍵盤上跳躍，敲打下一行行的文字……

晝川一個小時最快的時候能打六千字。

初禮曾經感嘆過「手指太靈活啦你」……現在看來，還真是太靈活了點兒，一言不合就得寸進尺地觸碰到他不應該觸碰的地方。初禮的大腿肌肉緊繃，當晝川指尖撩過時，她伸出手，一把捉住他的手腕，抬起頭看著他。

晝川的手配合地停下來：「第一次？」

初禮瘋狂點頭——已經擺好了姿勢等著男人笑著說：那算了吧，我等妳做好準備。

卻不料男人笑是笑了，只不過說的是：「好巧，我也是，那接下來請妳多多指教。」

被這個人不按套路出牌的回答弄得愣了下，緊接著初禮的臉終於從煮熟的爛番茄變成了燒開的水壺——從耳朵到脖子根紅得發燙，耳朵都要冒出兩股氣來，腦海中「嗶嗶」一響個不停，她忘記了正常呼吸的節奏。

初禮憋了半天，從牙縫裡擠出一句：「……我怕是，指教不了你。」

晝川唇角邊的笑容擴大：「那我教妳。」

他的聲音聽上去輕描淡寫，與此同時，他瞥了眼初禮的腿，一條腿還穿著過膝襪，另一條腿已被他脫得乾淨，凌亂的裙子下襬遮掩住的地方，似乎還殘留著他剛才不知輕重咬出來的一道牙印……在那麼隱密的位置，牙印消失之前，就變成了只有他和她知道的小祕密。

微微瞇起眼，晝川也感覺到自己心跳的加速。

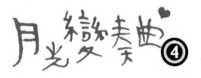

看著她死死抱著自己，完全交予信任的模樣，她懵懵懂懂彷彿並不知道他腦海裡已經把不純潔的內容演成了一部每集一百二十分鐘的連續劇……光是想想，晝川就興奮起來。

大手輕而易舉地將那一塊薄布退下一些。

像是要好好記住每一秒發生的事情一般，刻意放緩了動作。

他將她稍稍從自己的懷中拎起來，讓她仰起頭接受自己的吻；與此同時，指尖觸碰到的柔軟讓她微微瞪大了眼，他加深這個吻，將她所有的嗚咽和驚慌吞入腹……

他能感覺到靠在懷裡的人因為他指尖的每一個細小動作細微顫抖，當他放開她的唇瓣，她大口呼吸，雙眼變得朦朧迷離。她靠在他的身上呼出灼熱的氣息，讓他的頸窩溼潤一片。

空氣彷彿都變得潮溼、溫熱了起來——

讓人躁動不安的熱。

衣服的摩擦聲都成了世間最好聽的催眠樂曲。

而初禮不是沒有感覺，她抱著他的脖子，整個人都像是失去了力氣，有那麼一瞬間她想尖叫哭泣地扯著他的頭髮怒罵「別他媽蹭了，來幹吧」，但是這種話在喉嚨裡打轉三百回合後最終被她吞回肚子裡。

「晝川，晝川……老師。」

「嗯？」

「我總覺得……現在，還太早。」初禮的「早」字因為男人一個指尖勾起的動作差點走音，配合著一聲剛跑完八百米馬拉松的氣喘，她腳趾都緊緊勾了起來，「……我害怕。」

她的聲音擁有百分百的真誠，說起話來都帶著顫抖的氣音，晝川完整地接受到她的羞澀和對接下來可能要發生的一切的恐懼——因為她在他懷抱中真的抖得不像話，渾身的肌肉都是緊繃狀態。

此時男人的唇瓣就在她的耳邊。

聞言，他柔軟的唇蹭了蹭她的耳廓，居然真的拿開作惡的手。面對「我害怕」這一句，晝川沒有多說什麼勸慰的話，只是輕輕「嗯」了一聲，聲音低沉得教人心都化了。這一瞬間，初禮想到的詞大概只有，耳鬢廝磨，以及，相濡以沫。

「嗯」表示，他知道了。

初禮稍稍放開晝川，退後一些，紅著眼看著他面無表情地抽過桌子上的面紙擦了擦那隻修長的手。

潔白的面紙擦過手之後，因為被弄溼而蔫巴下來，然而他卻面部自然得好像什麼事都沒有發生過一樣。

初禮眼睜睜看著晝川扔掉那團面紙，感覺自己乾脆就這樣在世界上消失算了……畢竟眼前發生的一切，這他媽的也太讓人難為情了點兒。

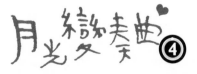

初禮捂住臉。

這時候，原本坐在沙發上的晝川站起來，彎腰拉開她捂住臉的手，屈指點了點她的額頭：「我去廁所解決下，妳叫外賣。」

初禮愣了下，抬起頭看著他。男人挑起眉：「妳不是餓了？」

初禮「喔」了聲點點頭，晝川看她這傻得沒邊際的模樣，嘆口氣放開她的手，正想轉身準備離開，這時候忽然感覺到衣服下襬的一角被牽起，他停頓了下，轉過身，看見一個黑漆漆的頭頂。

晝川：「……還有事？」

初禮低著頭、紅著臉，手死死地拉著他的衣角。

她也不知道這時候她還手欠地拉住他幹麼。

只是下意識地不想就這樣讓他離開，僅此而已。

令人窒息的沉默持續了大約一分鐘，在晝川終於忍無可忍地想要問她是不是想要整死自己的時候，才聽見她吭吭哧哧說：「要、要不，還有別的法子不？」

空氣再次凝固。

晝川：「有。」

初禮抬起頭茫然地看著他。

晝川：「妳轉過去。」

初禮聽話地轉過身。

晝川：「趴下。」

初禮猶豫了下，慢吞吞趴下。

聽見身後傳來衣服摩挲的聲音，緊接著男人呼吸的氣息在靠近……初禮停頓了下，想要爬起來看看他在幹麼，只是這時候，從身後伸來的大手將她摁了回去。

那隻大手捂著她的眼，周圍陷入一片黑暗，她聽見男人用沙啞的聲音說：「就這樣，別看我。」

黑暗讓初禮只能惴慄不安地感覺到他俯下身來，結實的胸膛貼上她的背，言簡意賅道：「腿，併攏。」

一步一指令。

初禮只是下意識地按照晝川說的去做，於是下一秒便感覺到有滾燙的溫度觸碰到她的皮膚，她被燙得嗚咽一聲，背部緊繃，手抓緊了沙發上放著的靠枕邊緣。這對他來說好像也並非一件容易的事，她耳邊，他呼吸的氣息變得前所未有的沉重，捂在她眼上的手微微收緊。

如果她看得到的話，大概能看見他手背凸起的青筋。

還有他額間的汗。

接下來一切都遵循著本能，黑暗之中，初禮只能感覺到從雙方接觸的地方，有灼人的溫度向全身擴散。好不容易放鬆下來的神經又緊繃了，當他細碎的吻落在她的頸部、背部，她能感覺到從眼角流淌出滾燙的淚水，滲透了他遮在她眼上的指縫。

客廳之中安靜得如此可怕，衣服摩擦的聲音、肌膚相親的聲音，還有，他的喘息。每一刻都透過黑暗放大在她的耳朵裡——

有時候無意間的碰撞會讓她發出小聲的倒吸氣聲。

緊接著，他的動作就會變得更加粗魯一些，或者放肆一些。

直到那一片最細膩的皮膚被摩擦得一片通紅，哪怕是有溼潤黏稠的汗水以及其他混合物做為緩衝也無濟於事，火辣辣的疼痛夾雜著別的什麼……初禮感覺到汗水將她上身的襯衫溼透了，這才是五月末的天，偶爾走在大街上還得加件外套。

時間一分一秒過去，對於擠在沙發上的兩人卻彷彿過了一個世紀那麼久遠。

當晝川放開她的眼，兩根手指捏著她的下巴將她轉過來親吻她泛紅的脣瓣，腿上溼潤伴隨著空氣中突然擴散開來的雄性氣息……

初禮窒息片刻，下一秒張開脣，接受男人的舌尖闖入……嘗到了淡淡的鐵鏽味，不知道是誰咬破了自己的脣或者是別的什麼。

晝川小心翼翼用舌尖描繪她的脣瓣。

親吻著用舌尖舔去她面頰上淡鹹的淚水。

她閉著眼，讓他柔軟的脣落在自己的眼睫毛上，同時下意識因為瘙癢往後縮……晝川輕笑：「這麼愛哭的。」

他伸手將她抱進懷裡，心滿意足地拍了拍她的背：「謝謝。」

初禮：「啊？」

「沒有把我趕進廁所……」晝川抱著她，彎腰將茶几上的面紙拿過來，「給妳擦擦，弄得妳腿上都是，妳怎麼都沒反應啊，不難受嗎？」

初禮差點咬了自己舌頭，一把奪過他手裡的面紙，粗魯地擦了兩把，結果被磨紅的地方一陣疼痛，她狠狠皺起眉「嘶」了聲，暴躁地推開他的臉。

他只顧在旁邊嗤嗤地笑，看著她擦腿，表情非常標準地，像裡番（註3）的痴漢。

初禮發現，心滿意足之後的戲子老師特別溫柔、特別好說話。

按照以往點外賣的經驗，如果那天晝川想吃粥而初禮想吃蓋飯，那晚上肯定是會吃粥的。

這一次當初禮單手拿著手機滑著外賣看吃什麼的時候，晝川就沉默地坐在一旁，用繃帶小心翼翼地替她包已經沒在流血的手指頭。

「吃什麼？」

「聽妳的。」

「……漢堡。」

「行。」

這傢伙不怎麼喜歡吃西餐，最多早餐吃點兒烤麵包，還常常鬧著乾脆早餐也吃飯多好……

初禮放下手機，一臉驚訝地看著晝川，只見他頭也不抬，將她包好的手放下後，又不知道從哪兒弄出個藥膏來，一隻手拿著藥膏，一隻手向初禮的裙襬伸來……

初禮反射性往後縮了縮，晝川的指尖只來得及碰到她的裙襬，抬起頭挑眉：「不是疼嗎？擦藥。」

註3　成人色情向動畫。

那語氣正人君子得不行。

不過初禮還是說「要不我自己來吧」，晝川也沒反對，直接把藥膏遞給她，又把她的手機接過去繼續點外賣。初禮轉開蓋子挖了一點兒清涼的膏藥，指尖涼颼颼的，探入裙子底下，摸索著找到了這會還疼的地方，往上抹了抹，藥膏刺激得皮膚又刺痛了下，她「唔」了聲，抖了下。

然後剛才還好好的氣氛頓時變得有些奇怪。

初禮能感覺到一雙灼熱的眼盯在自己的臉上掃來掃去，她抬起頭便發現原本應該專心點外賣的人這會兒歪著腦袋看過來，那雙眼裡好像又有了熟悉的暗沉……

初禮縮回手，渾身警惕：「看什麼看？」

「……妳別發出聲音，別抖。」

「憑什麼，我疼啊！」

「妳想想，要是一個男的旁邊坐著一個小姑娘，手在自己的裙子底下，還咿咿呀呀地叫喚著一邊微微顫抖，這畫面是什麼效果。」晝川盯著初禮緩緩道，「妳這樣，我就想讓妳更疼了。」

初禮被他一句話說得腳軟，腳趾頭蜷起來，罵著「臭流氓」，用手中的膏藥砸他。

晝川穩穩接過膏藥，又把點好外賣的手機遞回給初禮，轉開了藥膏挖了點兒出來，強行掰開她的腿。

相比起初禮自己來，晝川下手總有些沒輕沒重的，再加上指尖粗糙，初禮被疼得齜牙咧嘴的。

「疼疼疼。」

「這樣呢？」他力道輕了些。

「好一點兒，還是疼……嘶，你上藥就上藥，別到處亂碰。」初禮一把摁住晝川的手，瞪他。

「又不是故意的，妳別這麼敏感啊，我就幫妳上藥……剛才弄得有點久，好像有點磨破皮了。」

晝川的語氣輕描淡寫，直到手背和曲起的手指碰到了別處……初禮急喘一聲，抓起沙發上的靠枕捂住自己的臉，牙齒死死咬住下唇，渾身的熱量彷彿都集中在小腹，然後化作一股暖流，大腿肌肉緊繃著，注意力完完全全被壓在她裙底的大手吸引——

不試試，都不知道自己能這麼色。

抱枕之後，初禮不得不改為死死咬住自己彎曲的指尖才沒發出聲音，衣料摩挲之中，伴隨著男人手腕輕微移動，有涼涼的空氣鑽入裙底。迷迷糊糊之中，她聽見男人輕笑一聲，又碰了碰，然後將手拿出來。

晝川接過迎面砸來的抱枕，誠實地說：「這次是故意的。」

初禮臉上的潮紅還未褪去，用帶著咬痕的手顫抖地拉下裙子：「不上不上了，破皮就破皮……」

晝川彷彿沒聽見她的碎碎唸，看了眼自己的手背：「妳又溼了。」

一個「又」字，說得如此精闢。初禮「啊啊啊啊啊」地抬起雙手堵住耳朵，晝川稍稍傾身將她的雙手拉下來：「我幫妳？」

怎麼幫？

初禮一臉懵逼。

彷彿看明白了這會兒愣兮兮看著自己的姑娘在問什麼，他想了想，一本正經道：「用嘴。」

初禮將自己的手從晝川的大手裡搶救回來，也是面無表情、一臉正經道，「你有多遠給我滾多遠。」

最後是在外賣送來之前，初禮推開晝川跳下沙發，落地的那一瞬間膝蓋軟得差點跪地上，還是身後男人眼疾手快地撈了她一把才沒丟這個人。

她一瘸一拐地走上閣樓，用保鮮膜包了手指頭和腿上破皮的地方去洗澡——包的時候這次看清楚了，真的很紅，破皮，慘不忍睹。

猴子請來的水軍：真的破皮了，你幹的好事。

晝川：照張看看？

猴子請來的水軍：呸！空手套色情圖片啊！

晝川：這話說的，妳不給我看我怎麼關心妳？

初禮扔了手機，繼續一瘸一拐地進了浴室。

幾日後，初禮背著包準備跟著晝川踏上「見家長」之路。

說實在的她有點緊張，別看她在元月社耀武揚威地天天在大神作者屁股後頭追打要稿，見到真正的文壇大佬，她還是有點沒底氣的，滿腦子都是「我該說什麼」、「我該做什麼」、「怎麼樣才顯得我有文化」……

更何況，那還是晝川他老爸。

於是，出發前一晚，初禮還窩在晝川的書房裡拚命惡補晝顧宣在花枝獎獲獎的那本作品——這次去，提到花枝獎是斬釘截鐵的事，而晝顧宣得過花枝獎這事也不是什麼祕密，這麼好的拍未來公公的馬屁機會，初禮不想錯過。

初禮這麼做的時候，晝川也搬了個小板凳坐在旁邊看書，不同的是他翻的是一本外國原文成人童話，有格調又有點可愛的模樣。他一邊看書還一邊抬起頭看看初禮，看她微微蹙眉讀書，然後片刻之後翻過一頁。

「晝川，這裡的主人公A說，黃埔從來都活在每一位學子的心中，那樣的精神將千秋萬代、世代相傳——這裡的『精神』是指什麼？」

「作者序言裡有。」

「喔。」

晝川放下手中的書，單手支著下巴看著坐在燈下、嘩啦啦去翻序言尋找答案的小姑娘。

——這傢伙天生是個當編輯的料吧，畢竟如果她想，她總是能哄得作者非常開心。

看看他晝川當年是怎麼被她套上的，再想想江與誠那根老油條，還有這會兒對她死心塌地的索恆、阿鬼……還有她當上副主編後，一堆聚集來的作者。

……不止一個人跟晝川說，幫你做《洛河神書》的那個編輯人怎麼這麼好呀，又聰明，真羨慕你好像和她走得很近，以後出書都不用愁了吧。

這話意味著什麼，晝川心裡倒是清楚。

放了以前，他或許就直接否認了，他會告訴那些傢伙，在哪出書都一樣，誰家給的條件好自然簽給誰。

而如今，他對於這樣的回答變得有些遲疑，他會含糊地打著哈哈糊弄過去，或者回答個模糊的「誰知道呢」……

只有他自己才知道，親眼見證過她為作者做過什麼、爭取過什麼，盡了多大的努力……

那一天在書展，江與誠的簽售舞臺下遠遠地看著她，從頭到尾站了兩個小時都毫無怨言，水也沒來得及喝一口，只是專心致志陪在江與誠身邊為他保駕護航——當時，晝川產生了一些奇妙的幻想：如果這時候坐在簽售舞臺上簽售的是他晝川就好了。

後來嫉妒到怒髮衝冠，大概也是由最初這個想法衍生而來的。

……無關她現在是不是他女朋友這件事，就算她跟他這會兒不是「那樣的」關係，他可能還是——

「我臉上有什麼東西啊？」檯燈下的人抬起頭，摸摸自己的臉，笑著說，「幹麼老這麼盯著我看啊？」

……嗯，還是有點關係的。晝川面無表情地迅速自打臉想道，充其量也能算是一個加分吧，畢竟這種甜得牙疼的笑容讓人根本沒辦法拒絕。至少作為她男朋友的他是做不到。

「你不用這麼認真看那個老頭的書，這次見面難道不是討論我入圍還有被黑的事為主，他要是自戀到針對自己的書，問那麼深入的問題，我就跟他打一架。」

「……說起這個，我也想說，我還以為你沒讀過你老爸這本書呢，」初禮掀起封面，「結果我隨便提一個書裡的問題，你都知道答案在哪找。」

「……」

晝川有點後悔提起這個話題。

他低下頭繼續翻自己的書。

「其實還是挺崇拜自己的老爸的吧。」初禮在書桌下伸腿踢了踢他，「所以這次入圍是不是其實也挺高興的，並不像表面上表現得那麼無動於衷？」

「妳廢話真多。」

「我們晝川啊，」初禮合上書站起來，笑咪咪地伸手摸著男人的頭髮，「說著是二十八歲，本命年都過完兩次了，心裡頭還是十八歲中二少年呢，喔喔，乖啦乖啦——」

晝川無奈地把她的手從自己頭上拿下來。

把手中的書扔開，將坐在扶手椅上的人拉起來坐到自己懷裡，一隻手固定在她的腰間不讓她亂動彈，他伸長脖子親吻她的唇角：「我是十八歲沒發育好的中二少年還是二十八歲成熟男人，妳還不清楚？」

「……」初禮愣了下，低下頭對視上他的眼，意識到他在開黃腔後，轉了把他的臉，「晝川，你家裡人要是不喜歡我怎麼辦？覺得我是藉助工作之便勾引他們兒子的狐媚子啥啥的……」

「妳最近在看什麼稿？」

「……一個總裁文，男主家是壟斷甜點生意的大企業，女主是街邊賣糯米飯的。」

「……這稿退了，理由是腦洞太大到都快漏了，帶來不正確的社會影響。然後妳只管忘記自己是個賣糯米飯的，拿著我爸媽禮貌性給第一次見面的兒子女朋友的紅包跑路，錢咱倆分分，給妳找個賣糯米的店面，讓妳不用風吹雨淋。」晝川大手扣住她的腦袋讓她低下頭，含住她的唇角，「剩下的，關他們屁事啊。」

初禮順勢含著男人的舌尖，「唔」了聲含糊道，「你這時候不是應該安慰我——沒事，他們肯定喜歡我？」

「……我要知道他們喜歡什麼類型還用得著整天吵架？」晝川無語道，「這麼多年我家也沒因為父子雙方有一方先動手殺死對方上新聞頭條，由此可推，別怕，我家一家都是君子。」

「嗯？」

「君子動口不動手，我爸就是現實中的鍵盤俠、紙老虎，沒殺傷力的。」

「……我怎麼突然覺得你家父子關係挺好的？」

「賣糯米飯賣傻了吧妳。」

瞻仰完未來公公的書之後，初禮心滿意足地闔上她的閱讀筆記。這時候晝川還在看書，於是初禮就用腿蹬著旋轉椅，滑到他的凳子旁邊，湊到他耳邊，拉長聲音小聲地「喂」了聲。

呼出的熱氣噴灑在男人的耳邊，後者揉揉耳朵抬起頭，一眼就看見腦袋靠在他肩膀上的人正拿著手機在搜飯店。晝川想了想：「幹麼，妳要帶我去開房？」

放在他肩膀上的腦袋動了動，「不訂個飯店，我到C市睡橋洞底下？」

晝川放下書：「難道不是住我家？」

初禮瞪圓了眼：「怎麼會是住你家？」

晝川想了想：「我家客房很多，如果妳不想睡客房也可以跟我擠擠……」

這話一聽就哪裡不對，初禮腦袋都搖成了波浪鼓：「哪有小姑娘第一次去男朋友家裡就和他擠擠的，這擠不了，這擠不了……」

話說了一半突然發現晝川盯著她的臉，一臉好像很高興的樣子不知道在瞅什麼。在初禮的困惑之中，晝川伸手戳了戳她：「再說一遍。」

「啊？」

「我是妳的什麼，再說一遍。」

初禮頂著一張「馬的智障」臉：「男朋友。」

晝川大手揉揉她的腦袋，在她臉上吧唧親了口，聲音中帶著難得明顯的笑意：「說得好……能做我女朋友的小姑娘會是什麼正常的小姑娘，妳別跟她們一般見識，就是要和我擠擠睡。」

「睡不了，睡不了。」

「我就抱著妳睡，什麼也不幹。」

初禮抽了抽脣角，一臉諷刺：「我就蹭蹭，不進去。」

晝川深深地看了她一眼：「……是真的沒進去啊。」

他臉上大寫的：我很誠信。

初禮一隻手捂著耳朵，拒絕聽他這些騷言騷語，另外一隻手推開他的腦袋，在晝川不滿的目光中飛快地在手機訂好飯店。

她走出書房準備睡覺時，身後投來的目光還是那種躍躍欲試想要說服她的不甘心。

初禮回到自己的房間關上門，刷牙洗臉完擦著頭髮爬上床時發現手機有了特別關注的微博更新推送，她愣了愣還以為自己的眼睛出了問題。特別關注什麼的，她只關注晝川一人，而最近他除了更新，明明都不怎麼發微博的……

初禮抬起頭看了眼牆上的鐘：現在明明不是他的更新時間。

她拿起手機劃開看了眼，晝川確實於十分鐘前發了條微博——

【晝川：

警惕，小姑娘們。

男人一旦得了甜頭，就像是惡狼嘗了腥，回不去了。】

初禮：「……」

這一條微博的指向性太強，讓人暫時忘記了晝川正處於腥風血雨當中，吃瓜群眾踴躍發言提問：請問晝川先生第一次嘗腥是什麼時候？

這條提問在萬千留言中被晝川翻牌，他意味深長地回：《洛河神書》大賣的第二天啊：）

如此回答，讓人們不禁猜測——

溫潤如玉公子川到底是在說大家想的那個方面呢，還是壓根就是在說賣書的事？

強行解釋的話，這句話也可以理解為「一旦有了大賣的書就無法接受下一本的撲街」這件事，不然怎麼解釋這跟《洛河神書》大賣有什麼關係……呃，畢竟是晝川大大，說話總是神祕兮兮的呢。

這麼多天，難得晝川微博發了一條氣氛相對輕鬆的文，讀者粉絲們紛紛留言調侃，活躍氣氛。

只是在這個地球上，除了晝川，大概只有一個人心知肚明《洛河神書》預售第二天發生了什麼——簡單來說就是，有一個小編輯，剛剛創下了年度暢銷書的豐功偉業，轉頭就在公司受了委屈，回到家對著作者一頓哭哭啼啼，然後捧著他的臉，占了他的便宜，也讓他占了便宜。

一分鐘後，江與誠以言簡意賅的「流氓」二字轉發時，初禮想到那天名不正言不順的親吻的每一個細節，也漲紅了臉，心跳加速地披著馬甲在下面留言——

「色情博主，舉報了。」

第二天兩人坐飛機飛往C市。

當晚他們便受邀在C市的某家餐廳共進晚餐。

初禮想像過一萬次與晝川的家裡人見面的場景，可能是嚴肅的，可能是和藹可親的，可能是充滿了粉飾太平的——至少晝顧宣老師會看在外人的面子上，扮演一下父慈子孝，好歹關心關心兒子的近況，畢竟兒子快被掐成一具乾屍。

初禮有很多幻想，所以在前往赴宴之前也有了很多的劇本，要怎麼樣才能討家長喜歡啥的。

她對劇本的嚴格程度已經到了進餐廳時不許晝川牽她的手，以免晝川家人覺得她是個輕浮的小妖精……

對此晝川覺得非常荒謬：「妳最好記得，我第一次主動牽妳手的那晚，妳在微博上竄下跳，連發十幾條微博，就像是一條失心的瘋狗。」

「……騙人，你沒有我私人微博。」

「我有。天天在我微博下留言，一邊嘲諷著又難以掩飾愛意的人只有妳一個。」

「……」

初禮推了晝川一把，拍開他伸過來的手。兩人肩並肩，雖然穿著同一色系非常情侶裝的衣服，但是走進餐廳時，初禮昂首挺胸、一臉正義——彷彿她和晝川就是純潔的編輯與作者關係。

在約好的包廂裡見到了晝川的父母。

今晚晝顧宣穿得非常居家老幹部風，整個人看上去和藹又可親，這是初禮第一次見到真正意義上的文壇巨匠。她站在門外，勉強維持著平靜的聲音禮貌地問候過後，等她自己反應過來時，她的雙手緊緊地拽著晝川的大手——什麼矜持風淑女劇本，不存在的。

晝顧宣看著初禮，猶如看著一名拯救他兒子於水火的優秀編輯，笑吟吟。

晝夫人看著初禮，眼睛掃過她死死與晝川纏繞的手，小姑娘弱柳迎風般靠在她高大英俊的兒子身邊，臉微微紅，兩人十分登對的樣子，她猶如看著兒子未來的媳婦，笑吟吟。

晝川看著初禮，看著那雙平日裡只有看見自己時才會忽閃忽閃的眼這會兒猶如繁星璀璨地看著他老爸，羞澀又尊敬，他一點兒都笑不出來。

他微微蹙眉，伸手捏著她的下巴把她的臉轉回來：「幹什麼妳，和我老爸約稿是《星軌》編輯的事，妳別想搶人家飯碗。」

初禮被他捏著下巴抬起頭，臉上的微紅還沒褪去，口齒不清道：「……《月光》偶爾也可以颳起一場傳統文學風，提高提高讀者素質以及雜誌整體品味——」

晝川：「……」

看來已經不會好好說人話了。

溜鬚馬屁，張口就來，信手拈來。

他掀起眼皮掃了眼晝顧宣老師，年近五十，依然能夠享受著少女的崇拜……此時，晝顧宣的一雙眼裡閃爍著滿意的光，連帶看晝川的眼神都溫和了一些，二十幾年破天荒頭一回，大概是因為他兒子給他找了個「合格且有品味的迷妹」兒媳婦。

大家入座之後，上菜，邊吃邊聊——就像是中國人大多數的交情習慣在飯桌上完成，三個冷盤加一道湯上齊後，想像中的冷場從未存在過。

從元月社聊到剛剛退休離職的夏老師，連湊在一起說說行銷部那些人壞話這種破話題，晝顧宣都能搭上話。

最後話題回到了《洛河神書》。

晝顧宣：「看得出這本書內容經過了精心的刪減和添加，我看了一些，和小川以前寫的書品味並不在一個層次——」

初禮：「這是我做的第一本書，也是晝川老師在元月社的第一本書，所以大家都十分重視，光是一校就花費了一週左右的時間……有時候需要刪減不合適出版的章節內容時，還會遭到老師的頑強抵抗。」

晝川：「……」

晝顧宣：「他很固執，大概是像他媽。」

晝夫人斜了丈夫一眼，掩唇笑：「哎呀，亂講。」

初禮：「我看著也不像，伯母人很隨和的，笑吟吟的——我和晝川老師認識的頭三個月，他一直都是擺著冰塊臉地衝我呼來喝去。」

晝顧宣：「從小生長在書香門第，教他禮義廉恥，結果就養出這麼個叛逆性格、不懂禮貌的兒子，真是教人見笑了。」

初禮笑咪咪道：「但是大家都知道他人本質還是好的，只是嘴硬心軟，所以沒有人會跟他較真的。」

晝夫人：「有的有的，他高中時候的語文老師可是恨死他啦，退休時謝師宴也不肯去，請帖明明都發到家裡來了，就是不肯去，直接就扔垃圾桶了——一點兒走過場的社會人情都不講，誰勸都沒用，這個兒子，真是愁死人了。」

晝川：「……」

初禮：「這事晝川老師也曾經稍微跟我提起過，高中時代似乎是有一些不愉快的碰撞……如果要公正評判的話，確實也不是晝川老師的錯。」

晝顧宣：「哼，那人家小誠怎麼又能和那個老師相處愉快啊？」

晝夫人：「哎喲，你又不是不知道你兒子的啦，從小就跟老師過不去——小學時候就跟英語老師吵架，非說老師講的知識點是錯的，結果還真是錯的，讓老師下不了臺就結下梁子，天天吵、天天吵，還是用英語吵架的咧，笑死人了你不知道！」

晝川：「……」

晝顧宣：「要不是成績還過得去，早就被學校當問題兒童退學了！」

初禮：「原來小學就這樣……晝川老師至今一身傲骨。」

晝夫人：「長不大的哦，我這個兒子，妳要辛苦了。」

晝顧宣：「光長個子，不長腦。」

初禮：「不辛苦，不辛苦的！」

晝川：「……」

怎麼，要不要替你們拉個「這些年作惡多端的晝川同志批鬥大會」的橫幅掛腦袋上？

看看各個興高采烈地細數我黑歷史，然後一起搖頭感慨的樣子……

嚇唬誰啊？

今天來幹麼的？

難道不是來替我解決解決被網上酸民黑成乾屍這個實際性問題的？

這節奏看著是吃完飯以後桌邊的三個人就要宣誓加入「晝川黑」大軍的樣子。

此時，現場的氣氛和諧得過分。

只有完全插不上話的晝川本人覺得好似見了鬼。

只是愉快的對話到最後總是會結束，最後的話題還是不可避免地來到關於晝川最近發生的瑣碎事務上。令初禮驚訝的是，晝顧宣不可能不知道晝川最近的情況，也不可能不知道他兒子正處於心靈脆弱的階段……

連晝川他媽都一副小心翼翼的模樣與他說話，但是晝顧宣卻還是直來直去、有啥說啥。

「雖然花枝獎是入了圍，但是也不用得意，這部作品距離得獎還差了幾個等級。」晝顧宣淡淡道，「我知道你們現在這些媒體，很喜歡吹捧作者，宣傳的時候什麼名頭都拿出來吹，銷量也浮誇，作假都成了行規，所以他們拚命把你這個入圍誇大，還做什麼採訪的——在我們那個年代，都是實打實出來的成績，我拿了作品去參賽，就沒有不入圍的時候，啊，那怎麼沒人採訪我？」

晝川筷子都沒抖一下地扒飯，聞言抬起頭看了他老爸一眼：「不知道，可能記者也怕被你氣死吧？想多活幾年有什麼不對的……」

初禮在桌子底下踢了晝川一腳。

從晝夫人的上半身動作來看，她要嘛也是在桌子底下踢了晝顧宣一腳，要嘛就是伸手掐了下他的大腿。

晝顧宣才不理，繼續懟自己的孩子，繼續教育：「你不要上了天似的，以為《洛河神書》入圍就全是你自己厲害，你想想看，如果沒有初禮當初把刀架在你脖子上，逼著你去送評，今天還能有你什麼事？」

晝川捧著碗沒說話，低頭看了初禮一眼，初禮有點緊張。

「她也沒拿刀架在我脖子上，就是哭著想要送。」晝川聲音四平八穩，「我原本是不想送的，也不稀罕送，但是你也知道，女人的眼淚最厲害了。」

氣氛稍有緩解，晝夫人笑了起來。初禮尷尬地紅著臉拉扯他的衣袖，壓低聲音警告：「說什麼呢你……」

「少得了便宜還賣乖了你，」晝顧宣用筷子隔空點了點晝川，「這事確實是初禮功勞大。」

「文不是我寫的啊。」

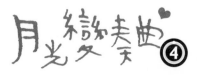

「是你寫的怎麼著，你也就是趕上了好時候，這兩年文壇也在開放接納類別，無論如何，今年花枝獎肯定也要做出一點兒表態——小誠的新書我也看了，也是初禮

做的是吧，賣得挺好的，寫得也有靈氣，不就是沒趕上好時機嗎？不然我看他也一樣能入圍。」

……完了完了。

要不是這會兒當著長輩的面，初禮真的想扶額頭、揉眉心。晝顧宣老師真的和傳聞的一樣，晝川最煩聽見什麼，他就非得說什麼。

……難怪晝川天天說，江與誠就是「隔壁家的小孩」，看來還真的是。

「江與誠那本加上簽售還比我少個五萬首印，這就賣得不錯了，怎麼沒見你誇我一句賣得不錯——到我這就剩吹噓銷量、浮誇作假，耶，他沒吹百萬首印啊？」

晝川看向初禮。

初禮唇角抽搐，這時候再不站在晝川這邊，他扒手要掀桌子了。於是初禮只能在心裡對江與誠默默說了句「老師對不起」，然後點點頭老實道：「……那還是，吹了一下下的。」

晝川用鼻孔朝著他老爸。

晝顧宣「哼」了一聲：「我說的話你別不愛聽，我說錯什麼了嗎——現在的寫作者，心浮氣躁，寫東西之前做準備，第一時間想的不是你透過作品要表達什麼，而是想著，我這麼寫能不能紅……這麼想，能創作出什麼好作品。」

晝川笑著道：「你說的這不是隔壁小誠嗎？昨天還拉著我討論了一波現在當紅題材的看點……迎合市場，迎合應試教育，迎合思想過時老頭正是隔壁小誠拿手的。」

晝顧宣：「你說誰是老頭？」

晝川：「不心虛聲音那麼大做什麼。」

晝顧宣：「反了天了你，就這德行，難怪網上那麼多人罵你！」

晝川：「他們也罵你啊，為老不尊，替兒子寫文。」

晝顧宣：「我替你寫個屁！」

晝川放下碗：「對，你趕緊去做個專訪，就這麼跟那些人說道說道——甭管他們信不信，看你臉上那苦大仇深的，估計也得信了。」

晝顧宣：「你死心吧，我不會去的，教他們繼續罵你。」

晝川：「好像能罵死我似地——你不幫我，那你叫我回來幹麼？機票不要錢的啊？」

晝顧宣：「我是要見見初禮，誰知道你回來幹麼？」

晝川：「……」

這餐飯從最開始初禮主場時的和諧友愛，到晝川、晝顧宣父子開始旁若無人地對話，氣氛從赤道上空一路撒丫子狂奔至北極圈，旁人是拽都拽不回來。

空氣中瀰漫著一股火藥味。

初禮想像中「嚴厲老父親難得站在兒子這邊與他一起痛斥網路暴力堅決挺兒子，兒子痛哭流涕與父親緊緊相擁感慨這麼多年過去雖然總是吵架但是你果然是我親爹」這一幕並沒有出現……

晝顧宣老師說：教他們繼續罵你好了。

晝川老師說：好像能罵死我似的。

……呃，嚴格來說，搞不好晝顧宣老師的話，也算是從另一方面激勵了晝川的生存鬥志？

吃完飯，晚上九點半。

把初禮送回飯店的路上，晝川看了眼欲言又止的她，一隻手握著方向盤，另一隻手拍拍副駕駛座的小姑娘：「不用安慰我，習慣了。」

晝川這麼一說，初禮頓時覺得他更加委屈了，於是在回到飯店以後，晝川一言不發跟著她進了房間，她也就睜隻眼、閉隻眼地沒有趕人……

關上門，她就被壓在門後的牆上。

男人的吻如雨點落在她面頰上，最後與她的唇瓣貼合，舌尖輕易啟開她的牙關闖入；男人的大手貼在她的腰間，滑動著鑽入襯衫下襬，冰冷的觸感貼合上溫暖細膩的皮膚時，她微微顫抖。

「晝、晝川……」

「嗯？」

「不要在這裡……」

「那到床上去。」

「……」

她想說的不是這個——

但是想想，嗯，今晚也算是親眼目睹她家寶寶如何受了委屈，那一句「你給我滾蛋」無論如何也說不出口……於是她沉默著被壓入柔軟的床鋪裡，任由晝川的大手在她的腰間、小腹摩挲遊走，指尖似有似無地觸碰她內衣下因為推搡而微微上移後、被擠出來的那一小塊隆起的肉……

他們到飯店是十點，最後晝川離開時大約是十一點半。

兩人就像是剛剛觸及新事物的嘗鮮者，每一個微小的新發現都能讓他們不厭其煩地磨蹭很久。雖然總感覺時間、地點都有些怪怪的，最終也還是沒做到最後，但是不妨礙飯店的房間被二人滾得亂七八糟……

最終晝川紅著眼爬起來，親吻懷中人殷紅的唇，嗓音沙啞：「我去廁所解決一下。」

然後他爬起來進了洗手間。

初禮躺在床上，胸口起伏，轉過身，床單上滿滿都是她身上的香水味和晝川身上的氣息……她的臉漲得通紅，看向剛剛被關起來的洗手間門，鬼使神差地爬起來，沒有穿拖鞋，踮著腳一路小跑走到門前，趴在門上。

洗手間的門是個推拉門。

推拉門稍稍拉一下，就能打開一條縫，初禮貓著腰隔著門將耳朵貼上去，聽著裡面傳來令人面紅耳赤的動靜，還有男人略微粗重的喘息……

站在柔軟地毯上的腳趾蜷曲，初禮心跳加速，渾身的血液加速流動，同時有些腿軟。

那種不管不顧地想要拉開門、張開雙臂、視死如歸地衝男人咆哮著「來吧，我不怕」的衝動幾乎要燒壞了腦子，初禮踉蹌著離開洗手間門邊，撲回床上，抱住枕頭，死死地咬住自己的手指，整個人蜷縮了起來。

與此同時。

畫家。

畫夫人端來甜湯，放到丈夫面前，看著他喝了一口，終於還是忍不住伸出手指戳戳他的背，埋怨：「你今天做什麼那樣講話？我問你，出門前我們不是說好了，今天你要好好說幾句人話的？」

畫顧宣被戳得搖晃了下，挑起眼皮：「說什麼人話，從頭到尾都是妳在自說自話，我有答應妳？」

「哎喲，你這個老古董還有理了——不知道網上罵咱們兒子罵得多難聽啊，你不安慰他就算了，還拚命說什麼他入圍根本不是什麼值得高興的事，所以呢，他白白被人嫉妒，白白被掐啦？」

畫顧宣喝了口甜湯，被畫夫人的話雷笑了：「他要找安慰上我這來找？」

畫夫人被這一句反問問得啞口無言。

「他來之前就知道我會說什麼，」畫顧宣放下碗，「指望我安慰他是不可能的。妳們也少像是他遭受什麼罪似地為了安慰他，什麼事都慣著他——妳們女人不懂……」

「不懂什麼，你講給我聽。」

「這種時候，越是小心翼翼，越是加重他的負擔，該怎麼樣就怎麼樣嘛——啊，網上那些人說，他是找人代寫的，他就真的是找人代寫的了？那到底是不是，他自己，我們，還有他身邊的人能不清楚嗎？」

「……」

「都是無稽之談，不足掛齒。」晝顧宣淡淡道，「這點不足以打倒晝川，能傷害一個人的永遠不會是流言蜚語，只要他腰桿本來就是直的，他就永遠不會倒下。」

「……哦喲，你這個老古董，」晝夫人呆滯了下，「還滿會說話的啊。」

「那是我兒子，」捏著鼻子把甜得要死的甜湯灌進喉嚨裡，晝顧宣放下碗，「我不懂，還有誰懂……搞不好他正利用妳們這些女人氾濫的同情心拚命占著什麼便宜，妳們，被他賣了還替他數錢吧？」

飯店裡。

抱著枕頭的初禮小小打了個噴嚏，抬起手揉揉鼻尖，她始終望著洗手間那扇虛掩著的門。

第六章

晝川領著初禮在C市溜達了幾天，該吃吃、該喝喝，這幾天晝顧宣對晝川被黑代筆的事絕口不提，沒有人知道他到底怎麼想的，晝川也不是很清楚——但是那晚上的正面爭執之後，他也懶得和晝顧宣繼續糾結這個事，全當回來一趟就是陪初禮度假的。

晝川的微博在那晚的「餓狼宣言」之後又陷入沉寂，但是這並不代表那些酸民就會放過他——

週日下午，網路上爆出新的「黑點」，有人去查了《洛河神書》的全國舊華書店銷售總量，迄今為止，一共也就十二萬左右。做為實體書銷售管道主要擔當，舊華書店都只賣這個數，也就說，其實《洛河神書》的銷量距離當初吹牛的「首印銷量百萬」差了不止一星半點！

網上人們再次震驚：哇，大大不要臉，吹噓自己的銷量啊！

「這事一看就是業內有人想搞你。」

初禮趴在晝川背上，抱著他的脖子、貼著他的臉；晝川趴在床上，玩著手機，兩人疊疊樂地疊在一起。

「一般人哪裡懂查什麼銷量，而且他明顯就是知道，一般實體書銷量肯定會有吹噓成分才去查這個東西——這對業內來說很常見，幾乎每個作者預設都會在銷量上打一波廣告，但是讀者又不知道。」

「誰呢？」晝川問。

「不高興你得獎的人吧。」初禮摸摸他的臉，「恨你的人。」

「那多了去了。」晝川嗤笑，「晚上看看他還能說什麼吧，估計還有些後續……」

而事實證明晝川果然是個烏鴉嘴。

晚上，一波未平、一波又起，後續果然出現了——這一次出現的是個專訪錄音檔，採訪者和被採訪者都用了滑稽效果的變聲器。

採訪者A：「耶耶，大佬，好久不見，說說這次知名作家晝川在網上腥風血雨的事？」

被採訪者B：「這件事我也有聽說……代筆不代筆我不知道，畢竟沒有證據對吧？但是那個銷量，咯咯咯咯咯……」

採訪者A：「是真的吹噓作假了是嗎？」

被採訪者B：「是的，《洛河神書》首印大概只有三十萬左右，具體數字我不清楚，我也是聽朋友說的，沒有元月社吹得那麼厲害……現在實體書市場整體下滑，你們都不知道這個行業現在落魄得有多慘，怎麼可能有銷量一百萬以上的書出現，不可能的。」

採訪者A：「你在暗示什麼？」

被採訪者B：「咯咯咯咯，我什麼都沒說啊！」

採訪者A：「當初《洛河神書》在某當、某東，不也說銷量排行榜第一嗎？」

被採訪者B：「那個榜單是可以買的。」

被採訪者B：「更何況那是二十四小時銷量第一，你想想，如果當天開賣的只有你一本書，別的書都賣很久了，一天銷量只有七、八本，那你怎麼可能不是第一，哪怕你只賣了二十本，也是第一——這種看不到銷量的地方才是最好作假的。」

採訪者A：「但是某寶的預售量就很厲害。」

被採訪者B：「那個估計是真的，集中很大一部分購買力在某寶上，所以其他電商應該也被分了一些購買力走……總之《洛河神書》的首印就是三十幾萬左右，不會再多了。」

採訪者A：「吹噓銷量的意義是什麼？」

被採訪者B：「就造成書很紅的錯覺，吸引跟風購買的讀者，還有最重要的一點是吸引版權商——你書紅，遊戲、電影、電視劇IP開發商就找上門來想買。那一個透明的東西，和一個紅的東西，價格能一樣嗎對吧？不可能一樣的，《洛河神書》這種造勢，遊戲和電影、電視劇版權，沒有個四、五百萬，晝川可能談都懶得跟你談……」

採訪者A：「這不是騙人嗎？」

被採訪者B：「市場效應嘛，這算騙人嗎？」

被採訪者B：「這算黑點嗎？我覺得還好吧，咯咯咯咯，相比起代筆來說，這種事也沒什麼好驚訝的……」

採訪者A：「我們只是想透過各方面瞭解晝川老……大大是不是一個喜歡弄虛作假的人。」

被採訪者B：「好吧好吧，也有道理。」

採訪者A：「謝謝你接受採訪。」

被採訪者B：「沒關係、沒關係，我也正在關注這件事呢，閒著也是閒著。」

採訪至此結束。

初禮和拿著手機的人對視一眼，初禮欲言又止，晝川說：「等等。」

說著他低下頭在手機上摁了摁，用軟體調出《名偵探柯南》背景音樂，這才伸手對初禮做了個「請」的姿勢：「請開始妳的表演。」

初禮：「在各行各業，最喜歡把作者稱為『老師』的，肯定是出版行業的人，剛才那個採訪者差點順口就叫了你『晝川老師』；而被採訪的那個人，對你的書什麼情況瞭解得爆炸，首印開口就是三十幾萬，雖然刻意模糊了具體數字，但是毫不猶豫地用上『三十』這個數字說明他對這件事的真實性很有把握。」

「再然後，他提到了關於IP版權開發商，看似無意間提起利害關係，實際上也是在提醒那些開發商不要用那麼高的價格和你拿版權，說明他很清楚這件事對你的影響最大的傷害點到底在哪……」

晝川：「所以？」

初禮：「在黑你的過程中，被採訪者還順便黑了一波才吹噓完首印銷量也破百萬的《消失的遊樂園》，畢竟最近的暢銷書就這一本——真相只有一個，這個被採訪者不止是黑你那麼簡單，他好像還有點要衝著元月社，或者是我來的意思……」

晝川：「結論？」

初禮：「真相只有一個，這個被採訪者還用個毛變聲器啊，不如直接做個結尾——我是老苗，一個剛剛從元月社被掃地出門的過氣編輯，以上說的都是事實，請你們相信我！」

晝川：「……」

初禮：「這些狗東西，真是死了還要散播一下屍毒來噁心噁心你……一看有機會報復就湊上來踩一腳。」

初禮皺著眉，伸手去打晝川手裡的手機：「說完了，BGM關了，鬧心不鬧心，這時候還有心思鬧。」

晝川笑著關掉了《名偵探柯南》的背景音樂，看了眼手機微信，果然正因為那個採訪錄音檔而爆炸——新一波「砍價」、「低價求合作」、「你這個東西不值這麼多錢啊大大我們的合作要重新考慮下」之類的風暴再次出現……

看似又是一晚上損失幾百萬的節奏。

晝川直接關了手機，垂下眼，想了想後：「今晚吃什麼？」

初禮單手撐著臉，情緒蔫蔫的：「隨便吧。」

晝川：「吃火鍋，來C市怎麼能不吃火鍋。」

初禮不說話，晝川伸手掐了下她的鼻尖：「說句話。」

初禮：「我只想爆炸。」

晝川笑容不變：「我都沒炸，怎麼，還沒嫁給我就開始擔心我的存款縮水，妳很未雨綢繆啊朋友。」

初禮掀起眼皮瞪了晝川一眼，見他嘻皮笑臉地好像沒多大事，緊皺的眉頭放開了些，被他拖拽著出門準備去吃晚餐。

週日爆發的「銷量作假」事件對晝川來說是一次「信任危機風暴」。

被蒙在鼓裡的路人讀者，很輕易就根據採訪錄音檔裡那兩個人的引導，把「銷量作假」和「代筆」劃上等號，徹徹底底把晝川摁進了「虛假」的椅子上，釘死。

途中不是沒有人站出來說，銷量吹噓這種事在出版界根本就是一件很平常的事情，每個作者都會做；但是出版界相關人員就那麼些人，其中是晝川的粉，又願意站出來替他說話的人屈指可數，比起那些輕易就受到輿論導向而下定義的人來說，輕而易舉就被湮沒在人海之中……

元月社做為吹噓銷量的主要宣傳方，也是被罵得狗血淋頭，這時候更不好站出來為晝川說話。

晝川也保持沉默，從C市回到G市後，乾脆大門不出、二門不邁。

他微博照常更新連載，只是轉發和評論肉眼可見地變少，好像真的有人在脫粉；而偶爾也會收到評論：現在更新的東西是你自己寫的嗎？一想到這個就沒辦法好好看下去。

《洛河神書》的版權洽談也陷入了停滯狀態，按照往常的一部作品完結前後兩個月所有版權就銷售一空的情況，如今都快半年過去了，所有的版權還在手上，眼瞧著只有要嘛賤賣、要嘛爛在手裡兩條路可以選。

晝川表面上沒說什麼，但是他心裡清楚自己迎來了事業的低谷。

要說他之前能將所有的抹黑都視作鬧劇，沒有什麼能影響他的實質傷害——

那麼現在有了。

對於一個作者來說，最重要的是什麼呢？

是讀者。

一個作者，可以受到質疑，可以受到詆毀，也可以接受自己創作靈感枯竭需要重新再出發地突破瓶頸；但是對於作者來說，最受不了的是什麼呢——

大概是來自讀者的質疑。

寫文這件事，其實就是單純地把想要說的故事說給想要聽的人聽，有些人一上來就惡言相向「爛文」、「不好看」、「無聊」，這些對作者來說都可以一笑而過；而作者受不了的，大概是真正的讀者轉身離開。

雖然只是寫文與看文這麼簡單的關係，但是實際上還是在意的吧。熟悉的讀者留下「對你很失望」這樣的評論轉身離開後，也許這個讀者甚至覺得作者不會看到他的評論。

但是其實作者會看到的。

等待著作者的，甚至是一天的情緒低落或者反思。

當這樣的評論越來越多。

離開的讀者越來越多。

被流言蜚語影響到的人群越來越龐大——

實質性的傷害就出現了。

到了無法坐視不理的地步。

然而能做什麼呢？可悲的是，什麼都做不了。

當一個人註定要成為千夫所指之人時，他說什麼都是錯的；甚至會有人問：如果你沒做，為什麼要辯解那麼多？

人們歸根結柢就是在糾結《東方旖聞錄》到底是不是他本人的第一部作品，如果是的話，那為什麼一個人天生會擁有成熟的文筆和寫作手法？

網上所有的詆毀，都只需要晝川把那些曾經束之高閣的真正的「處女作」手稿交出去後就能平息——

然而不幸的是，這玩意，偏偏是晝川寫作路上不可觸碰的心結。

因為這一本，他發誓不再寫言情相關，之後的作品全部都是男主向。

因為這一本，他和父親水火不容，手上的作品再也沒有給對方看過，甚至在剛開始沒那麼紅的時候也拒絕沾沾父親的光，讓父親寫個推薦語什麼的、他甚至拒絕元月社在宣傳的時候帶上「晝顧宣推薦」這輕描淡寫、沒人在意真假的五個字……

所以最終，晝川選擇沉默。

轉眼四天過去。

對於很多吃瓜群眾來說，這件事幾乎要被他們遺忘，他們轉身投入自己的生活、工作、學習中去，茶餘飯後的話題也從「晝川代寫」換成了其他的娛樂八卦。

但是他們曾經在晝川微博下的質疑、詆毀留言卻留了下來。

變成了晝川房間裡煙霧繚繞的菸味，和房門前堆成小山似的啤酒罐……每天初禮下班回家，都能拎著一個袋子的啤酒罐走到社區垃圾站去扔掉，日復一日，直到某天專門蹲點等啤酒罐的收垃圾阿婆都看不下去。

「小姑娘，妳家怎麼天天有那麼多啤酒罐，別不是有人在酗酒吧？妳要勸一勸啊，長期酗酒哪裡要得，我大兒子就是酗酒得了病——」

陽光下，拎著垃圾袋的初禮的心狠狠地抽痛了下。

就像是有人將手伸進她的胸腔，拽緊了心臟，然後拚命壓榨、扭轉。

最可恨的是這個時候她也不知道自己能做什麼，從一開始的勸解到後來的沉默……初禮拖著麻木的步子回到家，那扇門始終緊閉。

這讓初禮想到很久前，他們還沒有在一起的時候，曾經晝川也因為心情不好把自己關在房間裡，放放《Lost river》，放放《青藏高原》……那時候他最多是喪，而不是接近死亡。

初禮來到那扇門外，站定，屈指，敲了敲門。

「晝川。」

「晝川，你開開門。」

「晝川，你出來和我說一句話好不好？」

「晝川……」

喀嚓一聲，在門外的人聲音逐漸帶上哽咽時，門終於被打開。房裡面的人眼睛裡充滿血絲，鬍子拉碴，他從門縫後露了張臉，看了眼門外低著頭的人，愣了下，然後笑：「怎麼又哭了。」

聲音中帶著嘆息，他伸手，用充滿菸味的指尖替她擦了擦眼淚。

「別哭了，多大事啊。」他的聲音很平靜，「這幾天我也沒怎麼，就是有些事想不通較上勁了——想想也很奇怪，認認真真寫了那麼多年，積累下來口口聲聲說喜歡我的粉絲，因為連證據都沒有的捕風捉影就輕易轉黑了，到處跟人訴苦說自己這麼多年喜歡上一個不值得喜歡的作者……」

初禮茫然地抬起頭看著晝川，看著他的脣瓣一開一合，突然恐懼起來——

「所以，我都想好了，這樣好像也沒什麼意思，要嘛乾脆就不寫了吧？」

最可怕的話，還是被他說了出來。

要說當時有什麼想法，初禮發現所謂的「眼前一黑」真的不是說說而已，一口氣憋在胸口，提不上來也嚥不下去，堵得她幾乎忘記怎麼正常呼吸。

眼淚都停止流淌了。

她就呆呆地看著晝川。

「晝、晝川，我知道，你不要個人責編，不要誰對你的寫作生涯規劃負責，你不信任任何人……」初禮大腦都快空掉了，「但是就一次，就這一次，你信我一次好不好？」

她伸出手，小心翼翼地抓過男人的手。

指尖冰涼。

大滴的透明液體掉落在他的手背。

「反正不能更糟糕了，你就把那本手稿交給我，讓我試試……我們試試。」初禮垂下腦袋，泣不成聲，「我拚了命也會把它做好，所有資源、所有人脈，哪怕這次之後我做不成編輯，我願意。」

空氣陷入沉默。

水珠順著晝川的手背滑落，滴落在地。

站在他面前的小姑娘哭到腳軟，跌坐在地上，手還牢牢地牽住他的食指，就像是抓著最後一根救命稻草。

晝川從來沒想到自己輕描淡寫的一句話，對於另外一個人會有這樣大的影響力……

就彷彿，天都塌下來了。

那樣山崩地裂的強烈恐懼與不安。

人的情緒是一種很微妙的東西，就像是晝川，總是處在上一秒想通了，覺得這都沒什麼；下一秒又想不通了，覺得這都叫什麼事？

說不上是從什麼時候情緒到達了即將崩斷的邊緣。

仔細回想起來，好像上一秒甚至還能微笑著告訴前來關心的人「我沒事」，下一秒突然想到那些離開的讀者，想到他們轉身離開的時候是什麼樣的心情，說了什麼又做了什麼，那樣負面的情緒湧入時……

這麼多天積累的情緒就爆發了。

其實在微博或者透過寫信給元月社鼓勵他的讀者也不少，他們自始至終相信晝川不是外面的人說的那樣的作者——這樣的鼓勵很有用，也許有那麼一秒，晝川覺得自己獲得了救贖，又有重新站起來的動力。

可是二十條鼓勵裡，偏偏夾雜著一條冷嘲熱諷，就可以將所有的鼓勵帶來的力量盡數抹去。

他也不想這樣的。

可是沒有辦法不在意。

而此時此刻，晝川看著坐在他腳邊低頭哭的初禮，他心想，她應該也很疲憊吧，每天活在家裡的低氣壓裡。按照往常，他應該把她抱起來，拍拍她的背，然後笑著安慰她沒事的，哭什麼，一切都會過去。

可是十指掙扎著動了動，卻發現自己連屈指的力氣都沒有了……他只能勉強地、用幾乎感覺不到的力道，回握那抓著他食指的那隻柔軟的手，他說：「抱歉。」

「你道什麼歉！」

「……我也不知道。」

很抱歉沒有像是小說裡的男主角那樣，在天塌下來的時候挺起腰為妳支撐著……

我果然——

不是一個會寫言情小說的傢伙。

晝川將初禮安置在沙發上，二狗看懂了天天遛牠的女主人哭，也讀懂了天天餵牠吃飯的男主人的喪，牠嗚咽一聲，尾巴不再翹起，而是垂落在雙腿間，轉過身，垂著耳朵低頭回到了自己的狗窩裡，蜷縮起來。

而晝川坐在沙發上，安靜地等著初禮哭個夠。

看著身邊的人哭得抽抽搭搭，也不願意放開他的手，她是真的被他衝動下一句「不寫了」嚇得魂不守舍……

晝川嘆了口氣，抬起手摸摸她的腦袋，總覺得自己不應該這樣，只是走出房門，看見她為自己的事哭，那一瞬間負面情緒到達了前所未有的顛峰：他意識到自己不想再讓這件事傷害或者連累身邊任何一個人。

跟著躺槍被叫「文二代」的江與誠，或者初禮。

結果衝動之下又做了更糟糕的事，說了不該說的話，惹她哭得更加傷心……

有沒有能夠彌補的辦法啊？

……眼下，看上去，又似乎是，有的。

她又提到了關於那些殘稿的事，眼下晝川也有些猶豫，腦海之中倒是有一個聲音在說：答應她吧，就把原稿給她，哪怕她不是你的女朋友，撇開感情的事情，你應該是認可她做為一名編輯的能力。
責編。
個人責編。
並非毒藥，毋須如此抗拒——
更何況，就像是索恆過氣之後，無論如何也沒有埋怨過老苗的不是或者哪裡做得不好……因為一個將死之人，還害怕什麼毒藥似的做法，那未免太過可笑了。
畢竟他們已經沒有什麼可以輸掉的東西。
這一天晝川走出房間，走進書房裡，然後把自己關在書房裡整整一宿。
第二天，初禮掛著腫得像是桃子似地眼睛從沙發上爬起來時，看了看時間，已經到了上班的時間。客廳裡空無一人，晝川的房間門開著，裡面沒有人。
初禮來到書房門口，躡手躡腳地推開門，一眼就看見男人趴在書桌上熟睡——在他的手邊，放著一大疊整整齊齊的手稿。
初禮走近，翻看了幾眼，發現這些手稿被按照順序盡量排放在一起，手寫字跡和泛黃的紙張說明了這些東西存在的年代已久，偶爾某張紙上還會出現一個化學公式或數學驗算——大概是這傢伙上課的時候突然手邊沒計算紙，順手拽過稿紙來用一用……
然後隔兩、三行，他又若無其事地將前面未寫完的內容繼續寫下去。
……那個時候，「創作」對於晝川來說應該是一件簡單又純粹的事吧？

初禮放下稿紙，正想回客廳替晝川拿個毯子披一下，然而就在她轉身即將離開書房時，身後傳來了動靜。

初禮看著慢吞吞從桌子上爬起來的男人，衝著他微笑了下，嗓音沙啞道：「把你吵醒了？」

晝川揉了揉眉心：「沒事。」

片刻沉默。

然後兩個人異口同聲地叫了對方的名字——

微微一愣後，他們相視而笑。晝川淡淡道：「妳先說。」

「晝川，我真的很期待有一天你能把那一疊稿紙交到我手上，但是我希望那個時候，你眼中接過這些稿紙的人不是你的女朋友，而是你的責編……」初禮猶豫了下，緩緩道，「我不想以我們兩人之間的關係勉強你去做任何你不想做的事情，眼下，把這本你真正的初部作品公布於眾是最有效的解決辦法，但是我想了想，你確實也有你的顧慮……」

她深呼吸一口氣：「如果你想好了，再把它交給我，以編輯的名義，我發誓我會盡全力做好它，就像我會全力做好每一本經我手的書一樣：將它好好地包裝起來，以它做為最好的媒介，讓作者與讀者面對面地對話。」

「……」

書桌後的男人聞言沉默片刻。

「我也正巧想說這個，」他垂下眼，手無意識地放在手邊這疊稿紙上，修長的手指在紙面小幅度滑動，他淡淡道，「我想妳多給我一些時間，容我再考慮一會兒。」
初禮點點頭：「那我去上班了？」
晝川：「去吧。」
初禮往外走了幾步，然後又停下來，轉過頭，看著晝川。當視線與男人對視上時，她扶著門框，指尖摳了摳門框留下的一個小小指甲痕跡，遲疑道：「……那今天，還會更新嗎？」
她的目光充滿了小心翼翼。
以及懼怕。
就像是強迫自己抬起頭對待惡夢裡發生的一切似的，她「咕嘟」地嚥下一口唾沫，心裡想的是：如果晝川再把昨天那句令人絕望的話重複一遍，她可能會，可能會……好吧，她也不知道自己可能會幹麼。
——是「寫作」這件事成就了「晝川」。
——是他不可或缺的一部分。
——看著他指尖跳躍於鍵盤上，敲出一個個有趣的故事，那專注的側臉，早已經是初禮所熟悉的畫面……
——她不能失去。
——他也不能失去。
初禮眼一眨也不眨、緊張地盯著晝川，直到他臉上露出一個苦澀的笑容點點頭說「嗯」。她鬆開了門框，一路小跑像是一陣風似地颳到他面前，在他脣瓣上落下一吻。

晝川，要嘛「乾脆就不寫了吧」這句話，就當作是咱們倆之間的祕密好了，我幫你把它塞回潘朵拉的魔盒裡……你答應我，再也，再也不要打開它。

接下來，週三，晝川沉默著。

週四，晝川依然沉默著。

週五，晝川持續沉默到讓初禮非常想提醒他：你是不是有稿子想給我看看？

然後是週六。

當工作黨休息、當小學生放假，當初禮頭疼地以為整件事情沒有一絲一毫的進展，並準備垂頭喪氣地過這史上最糟週末時，週六早上，做完早飯的初禮習慣性地打開電視，然後一愣，發現她未來公公在電視裡。

晝顧宣出現在一個收視率很高、受眾很普遍、家家戶戶早上吃早飯時幾乎都會看的談話節目裡……在說晝川的事。

「很早以前，早到高中一、二年級這樣，晝川曾經拿過他寫的文給我看——注意我這裡用的是『寫』，就是在作文紙、稿紙上，一個一個字寫的那種……那個時候我告訴他，晝川，你要寫書，我是支持的，但是你還小，要寫書就去寫一些正經的東西，這些東西對你有好處。

「我為什麼這麼說——因為當你在寫一些正經的東西，比如說你寫一個唐代歷史小說，寫的時候，你就會想去查資料，作為寫作者，肯定希望自己的文章面面俱到，那你在查東西的過程中，就會接觸到很多課堂上學不到的知識，這些知識會沉澱，一輩子都在那裡，受用終身。

「這是我認為年輕人對寫作應該抱有的態度——而不是一開始寫這東西，是為了紅，為了做什麼天才作家，為了錢而去寫……這些東西，你長大之後再去接觸也不遲。入行的時候，你就應該是擁有純粹的、愉悅的態度去面對寫作這件事。」

「晝顧宣老師在這裡跟我們提到了晝川老師的早年寫作，那麼我們回到今日的主題：老師，您當年是否真的有對《東方旖聞錄》進行過專業指導呢？」主持人笑著將麥克風遞給晝顧宣。

「我剛才就在回答這個問題，他那時候寫的東西我是不認同的，也不認為他作為作家紅起來是一件心急如焚的事……所以我不會做這種揠苗助長的事情。我知道現在網路上，人們對於他的第一部問世作品，覺得過於成熟，那其實確實不是他的第一部作品，在此之前，他曾經有過幾十萬字的文字創作經驗……」

節目鏡頭掃向現場觀眾，眾人都是有些震驚騷動。

主此人：「這件事我們從來沒有聽說過。」

晝顧宣面無表情：「因為那部作品，導致我們父子大吵一架，晝川當著我的面撕掉了一些稿子又燒掉了一些，剩下的殘稿我不知道去哪了，你們有興趣的話可以跟他要要看——」

節目現場觀眾喧譁，嗡嗡討論聲四起。

晝顧宣：「至於這件事的真實性，想求證很簡單，去問問他高中時代的同學就知道了嘛，應該也有不少人看過那個鬼東西的……我聽說當時在他學校很風靡，人人傳閱。」

晝顧宣：「我不知道有一些人，為什麼要造謠關於我替我兒子創作這件事——你們有沒有證據？人證也好，物證也好……你們都沒有。」

「但是我有。

「我有人證，是當年晝川那些看著他寫稿的同學；我也有物證，當然物證你們得跟晝川去要，雖然我覺得他不一定會給你們，因為這些年稍稍提到那個稿子的事他就跟得了狂犬病一樣……

「在這裡我還想提醒一下某些人，世界並不如表面上看上去那麼美好，也並不如你們想像中那麼黑暗……作協的大門永遠敞開，歡迎有能力的青年作者加入，你們想來，就拿出你們的作品，作品本身，就是進入作協唯一的敲門磚。」

節目的訪談到了最後，顯示出採訪時間，大概是上週三，也就是初禮和晝川雙雙坐飛機回家裡的前一天。

只是節目被安排到這會兒才播出……

嘴上說著「不管，讓網上的人罵死你好了」，實際上晝顧宣卻在兒子開口請求的更早之前，就已經做出行動。

「……啊。」

初禮有些迷茫地拿出手機上網看了眼，奇妙的是，網上立刻就對這件事做出回應——

一些很早以前就發聲說「晝川在《東方旖聞錄》早些年前就有其他作品，我見過」、「我是晝川高中同班同學，不知道你們在黑什麼，《東方旖聞錄》我看著他上自習課時寫的，手稿和出版稿也就錯別字的區別」、「你們肯定不知道晝川當年寫的那本處女作言情多好看，我們多少姑娘被圈粉，當然主要原因也是因為他長得帥」的微博被挖墳……

這些微博留言都是幾天之前就發出來的，只是當時被淹沒在討伐聲中。

而此時，已經進入節目的尾聲，最後居然還有彩蛋——

是針對節目錄製之後過幾天出現的後續，對晝川銷量吹噓作假的事，製作組又與晝顧宣做了次電話採訪！

晝顧宣依然表現得非常老司機——

「現在誰都玩這一套，你可以去把近些年的書一一查一遍銷量，你會發現，數字永遠都和你記憶中『暢銷書』不同……那全民吹牛的話，就不好意思針對一個人說他虛偽了對吧？你不吹，別人也會吹，你能忍自己賣了三十萬，結果在面子上反而落了賣三萬卻吹噓自己三十五萬的書一層嗎？

「覺得自己受委屈花了高價的版權商也不用氣，其實歸根究柢你們買的還是暢銷書——你們花五百萬買來的是吹噓銷量一百萬、實際銷量三十萬的書，那跟你花一百萬買來的是吹噓銷量三十萬、實際銷量三萬的書……沒有區別的，只是一個說法而已。

「你別管經銷商吹噓是多少，它本身賣得多，只會吹得更多，不影響它做為暢銷書的事實——我這麼說你們能明白嗎——當然，我覺得這個現象不值得提倡，整個出版界應該肅清這種浮誇吹牛的風氣。」

雖然總覺得哪裡不太對，但是有理有據，令人信服。

初禮發現，晝川平常正常的時候總是戲巨多，油得很。

……看來這點像他老爸。

晝顧宣是個披著正經皮囊的老油條，整個訪談現場，包括主持人在內，所有人都被他說得一愣一愣的……那信服的表情可不是節目效果能做得出來的。

初禮放下遙控器。

她站起來，走到晝川門前，聽了聽裡面，鴉雀無聲。初禮伸手拍門：「晝川？你醒醒，出來看看……剛才晝顧宣老師在電視裡替你洗白，這洗白，高級洗白啊，洗到中央電視臺去了啊，有點厲害的！」

幾秒後，面前緊閉的房門「喀嚓」一聲被人打開，晝川站在門縫後面露出一張蒼白的臉，揉著眼睛，睡眼矇矓地問：「怎麼了，大清早鬼吼鬼叫的，我好不容易睡一下……」

隨後便感覺到站在門外的人用肩膀頂開門，晝川下意識地側過身讓開，初禮立即像是泥鰍鑽進他的房間。

她「嘩啦」一聲拉開遮光窗簾，讓清晨的陽光傾灑而入，照亮黑得伸手不見五指的房間，驅散黑暗。

她隨手拽過散落在地上的超市塑膠袋，將垃圾桶裡滿得快要溢出來的垃圾盡數倒進去，瞬間就紮成三個鼓囊囊的袋子扔到角落。

她再把床頭和電腦前的空啤酒罐、泡麵盒、外賣盒子捏扁了塞進第四個最大的袋子裡。

枕頭邊、滑鼠旁，打開的香菸盒子的菸全部抽出來撅斷，扔掉扔掉扔掉……

初禮跳上床，枕頭、被套全部抖落出來換掉，再看到枕頭上還有菸燙出來的一個小洞時，還抬起頭狠狠地瞪了呆呆站在門邊的男人一眼。

晝川：「啊？」

站在床上抖被子的人扠腰：「山頂洞人的生活該結束了，老師，打起精神來！」

晝川聞言，往門邊一靠，笑得像個痞子：「我一直都很有精神，不然妳來摸摸。」只是那笑意未達眼底，嗓音也因為睡眠不足而低沉沙啞……他站在那裡的時候，陽光照在他的臉上，卻彷彿照不進他的眼底，驅不散他眼底的灰暗。

初禮手動了動，第一次發現原來比阿貓阿狗大個十倍的人形生物隨便往那一站也可以讓人心疼。但她知道這時候晝川最不缺的就是「同情心」，於是不自然地將眼睛挪開：「別在那嘻皮笑臉的了，你開電腦看一眼CCTV新聞，今天的《訪談節目》……晝顧宣老師上電視了，怒斥網路暴力造謠生事。」

晝川：「騙鬼啊妳，他之前怎麼說的妳沒聽見啊：就讓網上的人罵死你好了。」

初禮拉著晝川，將他摁在電腦前面坐下來，彎腰替他打開電腦：「側面證明你倆是親生父子啊，嘴硬心軟什麼的，最拿手了……自己看一眼就知道了。嘖嘖，你這房間裡的味道，天花板都薰黃了吧，你這週抽了多少菸？」

在晝川「喀嚓喀嚓」點著滑鼠慢吞吞打開CCTV官方網站的時候，初禮站在他身後用蘭花指撚起他一根頭髮：「你多久沒洗頭了？」

點擊滑鼠的聲音一頓，晝川說，「妳出去。」

初禮放下他的頭髮，在他肩膀上擦擦手：「我知道你最近心情不好，但是咱們好歹，嗯，好歹也注意下形象——我是你女朋友沒錯，但是還不是你媳婦，女朋友還是希望男朋友的個人形象稍微整潔俐落一點兒的……」

「我怎麼不整潔俐落了？」

「幾天沒洗頭了你？」

「……」

「洗澡了嗎？」

「內褲，內褲有天天換。」

「不洗澡換內褲有什麼意義？」

「我得隨時防止把自己淹死在浴缸裡的衝動，所以不能隨便洗澡，妳看我房間連網路線都拔了，就是為了防止隨時把自己吊死在天花板上……妳不是連我準備當個要飯的都不介意嗎？」

初禮：「……」

我記得很久之前你跟我說出「沿街乞討」這鴻鵠之志時，我就明確地表示出「醜拒」，這會兒怎麼就突然變成「不介意」了？

初禮閉上想要反駁的嘴，站在晝川身後，看著他以比平常反應力慢一拍的速度點開CCTV新聞頻道節目表，滑鼠移向今天早晨剛剛播放完畢的《訪談》節目時……她轉過身，去幫他收拾房間。

窗戶打開。

空調打開。

香氛機打開。

她將床單、被褥換成新的，丟了一地的髒衣服全部塞進洗衣機裡；再繞一圈，回來把晝川身上那一套衣服一起扒下來，只給他留一條內褲讓他蹲坐在電腦前，然後拍上洗衣機的門。

當晝川半開的房間門傳出了《訪談》節目的前奏，初禮走回房間裡彎腰撿起地上放著的四個垃圾袋：「老師，看完記得去洗澡，你都快餿了。」

坐在電腦前的人頭也不抬，掌心向內、手背朝門，掃了掃。

站在門口拎著四個垃圾袋的人看了看煥然一新的房間、灑入的陽光、目不轉睛盯著電腦螢幕的男人，勾了勾脣角，轉身出門，倒垃圾去。

因為想給晝川一個安靜思考的時間，初禮還牽上了好久沒有出門的二狗。二狗的狗爪子指甲有些長了，踩在社區的道路上發出「噠噠」的聲音。

二狗一蹦一跳地在前面一路小跑，跑快了就停下來，咧著嘴吐著舌頭回頭看初禮，看初禮衝牠笑笑，牠才轉過頭繼續撲蝴蝶去。

連狗都知道「放下心來」是一種什麼樣的感受。

在垃圾站遇見了上次收垃圾的阿婆，把手中裝酒瓶的塑膠袋遞給她時，初禮說：「這大概是最後一袋了，謝謝。」

阿婆打開塑膠袋，將壓扁的啤酒罐扔進竹簍裡，抬起頭看了眼初禮：「今天天氣不錯，梅雨季節連續好幾天下雨，好不容易放晴了。」

牽著狗的小姑娘聞言抬起頭，頭頂是碧藍的天和燦爛的陽光，她牽起脣角：「是啊，可算是放晴了。」

「家裡人還好吧？」

「沒事了。」

「好好好……那就好。」

初禮跟阿婆揮揮手，轉身離開，帶著二狗到社區門口買隻燒雞。有了吃的，多一步都走不動的二狗立即自己叼著裝燒雞的袋子，扯著牽引繩往家裡一路狂奔。

初禮用鑰匙打開門已經是一個小時以後。

回家的第一秒，二狗很有規矩地擦擦爪子，然後把燒雞倒進自己的飯盆子裡，搖著尾巴開吃。

初禮放下鑰匙和牽引繩，抬起頭眼巴巴地看了眼晝川的房間，房門還是半打開著，裡面好像沒有動靜。

她惴惴不安地走近，隨後聽見了浴室中傳來的嘩啦啦水聲。

她微微彎起脣角。

初禮站在浴室門外：「我回來了。」

浴室裡的嘩嘩水聲中，有人「嗯」了一聲算是應答。

初禮的手撐在門邊：「《訪談》節目看完了嗎？」

「嗯。」

「是不是親生的？」

「嗯。」

「回頭打個電話給晝顧宣老師？那天在餐桌上齜牙咧嘴的，這麼一對比是不是覺得自己非常無知且沒良心？這一次做節目，保質期好歹也有半年吧，伯母也該放心了，看來你家今年該過個好年……」初禮靠在浴室門邊刷微博，「微博上好多跟你道歉的，哦喲這些粉絲啊，可以說是非常牆頭草了，有一個昨天還鬧著讓你出來道歉，今天就自己來道歉了，還被人截圖了，尷尬——」

她碎碎唸到一半，浴室的門突然從裡面被人打開。

男人探了個瘋狂往下滴水、上面還有泡泡的腦袋出來：「妳能不能讓我好好洗個澡？」

捧著手機站在門邊的初禮愣了下，隨即笑眯了眼，從門縫裡伸手摸了摸男人溼漉漉的臉：「好的，洗乾淨點兒啊。」

晝川含糊地嘟囔著什麼，把腦袋縮回去，「啪」地關上門還順便落了鎖。

初禮站在門外笑著說「搞得好像我想破門而入似地」，轉過身回到客廳，發現已經用十幾秒嗑完一隻燒雞的二狗正臥倒在沙發上，大尾巴垂落下來，正很愛乾淨地用一張白紙擦嘴。

初禮：「……」

真的是一條很愛乾淨的狗。

和你那邋遢的主人完全不一樣。

吃完了燒雞還知道用紙擦嘴，你的主子卻連好好洗頭、洗澡都不會，就這樣你還是一條單身的狗，而你的主人卻找到了我這樣仙女似的女朋友……

呃。

哪來的白紙？

初禮走過去，從二狗爪子底下將那張沾滿了燒雞油汙的白紙搶救出來，然後一秒就看見上面飄逸清秀的字跡——

男人抬起手，粗糙的大拇指腹在那因為緊繃而抿成一條直線的唇角飛快蹭過。

花眠：「？」

花眠：「！」

無視了面前這張瞬間因為錯愕而懵逼的臉，男人反手看了看大拇指上的褐色汙漬，豆沙似的質地……不是血啊。

初禮：「……」

這女主角的名字可以說是非常讓人眼熟了。

絞盡腦汁想了想這玩意是啥，幾秒後趴在沙發上的初禮變了臉色，摁著二狗，越過沙發靠背伸腦袋一看，才發現沙發後面，從通往閣樓的樓梯第二格開始，類似她手上這樣的稿紙被狗叼了一地……

她笨手笨腳地直接從沙發靠背翻過去，衝到樓梯前，這才發現此時此刻在她面前的樓梯第二格，放著一大疊被狗踩得亂成一團的稿紙……

氣血一下子湧上腦袋。

初禮彎下腰，將那些稿紙像是抱著寶貝似地撿起來，撿了一半，視線被淚水模糊，她站在樓梯口，激動得手都在顫抖，帶著驚喜地伸腦袋叫了聲：「晝川！」

浴室裡傳來男人不耐煩的聲音：「又幹麼？」

初禮掛著眼淚，站在樓梯邊，懷中抱著那一張張凌亂的手稿，笑得像個傻子。

自始至終，他們之間從來沒有說過「謝謝」二字。

她陪他走過的那長長一段的黑暗時光，他沉默著，卻都看在眼裡、記在心上。

當有一天，帶著溫度的陽光終於驅散陰霾——

他將給予一切——

她想要的。

他能給的。

晝川洗完澡走出浴室，一眼就看見他的小姑娘正抱著他的稿子，坐在他的床上，一張一張認認真真地看。房裡的窗戶關上，之前的菸味已經散去，香氛機裡噴灑出來的柑橘味占據了鼻腔，陽光傾灑而入，照在她的側臉。

緊繃的精神一下子被放鬆原來是這樣的感覺，睏倦的睡意席捲而來，覺得自己可以安心地沉睡，不再擔憂什麼時候被惡夢驚醒。

就像那隻驚弓之鳥回到森林，落在枝繁葉茂的參天大樹之上，耳邊只有風吹過的聲音。

「我發現這些稿紙的時候，你的寶貝狗兒子正用其中一張擦嘴。」彷彿是感覺到晝川的視線，坐在床上的人頭也不抬地說。

晝川走到床邊，伸腦袋看了看初禮放在膝蓋上的稿子，後者伸手將他溼漉漉的腦袋推開：「走開，別把水滴稿子上了，這麼多年了，這些紙脆弱得像薄脆餅一樣……有些墨都淡了。」

其實這些稿子當年真的被晝川摧毀了一部分。

所以稿子並不全，是斷斷續續的。

偏偏她看得津津有味，也是奇怪得很。

彎了彎脣角，晝川反手把浴巾像是狼外婆似地包腦袋上，爬上床，蹭到初禮旁邊——新換的被套和床單有一股淡淡的樟腦丸味。晝川順手拿起最上面的那張稿紙：「看到哪了？」

「男主見了女主轉頭就走，女主又眼巴巴地跟上去問：你為啥見了我就跑。」初禮抖了抖手中的稿紙，「男主說，怕嚇著妳……哎呀我去，這麼溫柔的男主和你沒有一星半點相似，就你這情商能寫出這麼細心的男主，你這玩意真放出去又該有人說不是你寫的了。」

「……怎麼不是我寫的，我還記得這一章是上語文課的時候寫的，我還記得很清楚，當時在上〈出師表〉。」晝川嘖嘖兩聲，「在寫到男主轉身就跑，女主起身捧著飯盒去追的時候，有個小小的斷章，看見沒？」

初禮掃了眼：「看見了。」

晝川面無表情：「當時被語文老師那個短命鬼叫起來讀課文，加翻譯其中一段大致的意思。」

初禮想了想，居然覺得很有畫面感，於是嘻嘻地笑了起來。就好像當時她就坐在晝川旁邊，教室裡很安靜，因為所有人都看著晝川，所以她也可以光明正大地抱著一本語文書就這麼仰著腦袋看他，看著他滿臉不情願地站起來朗讀課文，然後慢吞吞地逐句翻譯古文……

初禮微微瞇起眼，突然想起今天早上微博被翻出來的那些晝川高中同學的留言，其中不少已經結婚、娃都兩個的姑娘提起他時，字裡行間滿滿都是崇拜……

「我要是知道我以後的對象從高中時就風靡全校，我肯定爭取早生幾年。」

「喔。」晝川瞥了她一眼，「妳看看妳這風風火火的模樣，高中時肯定是個缺心眼的傻子，我年輕時最煩人家咋咋呼呼的，肯定躲蟑螂似地躲著妳。」

初禮聞言，挑高了眉毛，掄起拳頭就想揍他——

晝川抬手捉住她的手腕，壓下來塞進被子裡，只是就再也沒有放開手：「年輕的時候就喜歡女主這種小姑娘，柔柔弱弱的，善解人意，說話就像是蚊子哼哼，內心溫柔而強大……」

初禮想了想。

她說話、做事總是一驚一乍，隨時都像是炸了毛的貓或者吱吱亂叫的猴子；老苗在職時她隨時想著怎麼跟他幹一架，現在則隨時想著怎麼跟梁衝浪幹一架。柔弱和她不搭邊，這就算了，偏偏內心不怎麼溫柔且不怎麼強大……

動不動就哭。

上一次哭哭啼啼好像還是十分鐘以前，要說新鮮程度，這會兒她鼻尖和眼眶還微微泛紅……

——很好，和自己沒有一絲相似。

初禮正咬著後槽牙暗自摩擦，這時候又聽見晝川慢吞吞道：「以及胸大。」

初禮低下頭看了眼自己的胸，下意識地挺直腰桿，揚起下巴掃了男人一眼，忍不住踢了他一腳：「那你怎麼看上我的？」

「我不知道啊，可能是著了妳的道，以前沒戀愛過，和那些女同學又是露水姻緣……」晝川停頓了下想了想，好像這詞不該這麼用，於是糾正，「和那些女同學又是擦肩而過的純潔關係，從來沒有人用天天做飯給我套住我，有一天，天天做飯的人突然跟我表白了，我就慌了，不答應以後沒飯吃了怎麼辦，所以還是答應吧？」

初禮：「……」

初禮：「你就不能誇誇我。」

晝川：「誇妳什麼？」

初禮沉默了下，指指自己的胸前。此時此刻，她就像是小學語文課本裡的描述——像隻驕傲的小公雞，挺起了自己的胸脯。

晝川盯著她的臉看了一會兒，然後目光下移——

那目光就像是有溫度、有電流，從她的額頭開始，至眼睫毛，使得她垂下眼；至鼻尖，使得她抽了抽鼻子；至唇瓣，使得她抿起了唇……就像是一陣劈哩啪啦的電流從面頰滾過，當她的臉微微泛紅升溫，有些緊張地吞嚥一口唾液時，那一道視線伴隨著「咕嘟」一聲輕響，滑落至她揚起的修長勁脖與鎖骨。

臥室裡安靜得嚇人。

只有香氛機發出的咕嚕咕嚕聲響。

迎著窗外的陽光，初禮可以清晰地看見吊兒郎當坐在床上的男人臉上每一絲變化——伴隨著他視線的移動，他長長的睫毛就像是振翅欲飛的蝴蝶，原本瞳色被光照成淺棕色，當那蝴蝶揮舞翅膀落下，便遮去了他眼中瞳色變深邃的模樣……

現場氣氛有些緊繃。

初禮放下指著自己胸口的手，想要尷尬地笑一笑，表示自己是開玩笑的。

然而在她脣角勉強挑起的第一時間，她看見晝川的身體微微向前傾斜，緊接著那無論拆開還是合起來都很好看的五官便無限在她眼前放大。

柔軟的觸感觸碰著脣瓣，伴隨著男人的沐浴乳香味，這樣乾淨香甜的氣息配合著窗外的陽光就是無敵的殺手鐧，有讓人脊椎都化成一灘水的能力。

初禮「唔」了聲，腰一軟靠在身後的枕頭上，膝蓋上放著的稿紙散落在床鋪上，男人的舌尖探入她的口中。

大約是兩個月前。

她還在煩惱著，晝川到底喜不喜歡她啊，晝川為什麼不主動牽她的手，晝川為什麼不會主動吻她。

然後是兩個月後。

被子底下緊緊纏繞的十指、輕輕磨蹭她唇瓣的柔軟溼潤的唇舌，都像是在無聲地證明著什麼……

「我也很想誇妳啊，」稍微拉開彼此的距離，晝川的嗓音微微沙啞，「妳倒是先讓我眼見為實。」

初禮還沒反應過來什麼叫「眼見為實」。

下一秒便被撲倒在柔軟的床上——

散落了滿床的稿紙有一些被掀起來，飄在空中然後安靜地落在床邊的地毯上。

初禮驚呼一聲，掙扎著想要爬起來把那些寶貝疙瘩收好，然而身體支起一半便被男人一把摁回去——原本側坐在床鋪邊緣的男人跨坐上來，手撐在她腦袋一側，一條腿壓著她的膝蓋叫她不要亂動。

原本壓在她肩膀上不讓她亂動的大手忽然移動，掀起她衣服的下襬鑽入，手順著她的腰際線向上滑動……

初禮的呼吸一窒。

男人的吻變得有些急躁，從她的唇一路順沿而下，最終在鎖骨下方的位置停住。他的鼻尖頂著一塊微微隆起的軟肉，那兒觸感微涼；再近一些的話，他可以聽見此時此刻她加速的心跳。

夏天用的薄被被拉起來，初禮的眼前陷入一片黑暗。

更加封閉的空間裡，男人身上散發的氣息讓她身上每一寸皮膚都不得不緊繃，彷彿髮絲都在尖叫。她抬起手，不安地觸碰男人的面頰，後者拉住她的手，帶著嘆息低頭親吻她的掌心。

然後將她的手狠狠壓在腦袋一側。

黑暗之中，初禮感覺貼身的衣物在一件件離去。

男人粗糙的指尖劃過的每一處都讓她不禁顫慄。

她對接下來可能發生的一切感到未知恐懼而後退時，能感覺到有一張有些粗糙的稿紙就壓在她的背上，那因為下陷而拱起的紙張稜角刺在她的背部……

疼。

卻彷彿渾身的熱都集中在他抵著的地方。

她聽見他咬著牙，唇瓣貼在她的耳際，用低沉的聲音跟她道歉，當她的眼眶變得溼潤，與此同時，他的動作卻與他溫柔聲音根本不成一致的越發凶狠——

她口中溢出的聲音被撞擊得零零碎碎。

那張前一秒還生怕晝川身上的洗澡水弄溼損毀的稿紙，現在反而被她背部的汗珠弄得一塌糊塗……

初禮手軟腳軟地被翻過去，臉深深陷入枕頭裡，當被人從身後進入的時候，她迷迷糊糊想的是：希望晝川還記得這章寫的是什麼……啊，雖然，本來就有很多缺失，再缺這一章好像也不會山崩地裂。

「唔……」

「專心點兒，妳。」

身後男人的警告聲中，初禮被重重往前撞了下，額角因此冒出青筋，滾燙的眼淚從眼角滑落……她覺得，自己的腿，怕是要廢了。

這一天，初禮和晝川，就像是斷了腿的連體嬰，膩膩歪歪地在床上，一天沒下床。

外面的世界翻天覆地成什麼模樣，他們誰也不知道，畢竟已經是連下床拿個外賣的力氣都沒有的程度——初禮的手機早就不知道被扔到哪個角落，從百分之五十的電被梁衝浪打到沒電而自動關機這種事，也是很晚之後才發現……

晝顧宣老師當然也不知道——

當他率領著在眾人眼中只會「喝茶遛鳥開會」的諸位作協幹部，在各大媒體平臺掀起「抵制出版商行為，作者埋單」、「抵制網路暴力，還文學創作一片淨土」的新風潮時……

他的兒子正忙著白日宣淫，恨不得從此君王不早朝。

寫文的事，哪有做愛做的事開心。

根本沒有人知道發生了什麼，人們只知道當網上正在為晝川的事吵得熱火朝天，道歉的道歉、嘲諷的嘲諷時……叮咚一聲，晝川微博更新了，就四個大字——

「今天不更。」

……在被掐得最狠的時候都沒斷更的人，斷更了。

眾人一臉懵逼。

第七章

第二天是週日，初禮不用面對腰痠背痛還要去上班的窘迫，一覺睡到日上三竿，在晝川的懷中醒過來，她睜開一隻眼——

房間裡開了空調，窗簾拉開一條縫，陽光從那一條縫隙照入房間。

面前隆起一座人形的小山，遮擋去大部分的光。

門外，二狗的鼻子在門縫下「呼哧、呼哧」地深呼吸，發出極大的、象徵「本狗餓瘋了」的動靜。

晝川還在睡，把手臂從初禮的脖子下抽出來，他翻了個身，發出不耐煩的夢囈，閉著眼，大手摸索著拍拍身邊的人：「妳去餵下狗，再讓我睡一會兒。」

初禮爬起來，攀爬上側著身背對自己睡著的男人身上，看著他眼底下連日來因為睡眠不足的黑眼圈在陽光下近乎透明，她探出個腦袋，「……老師？」

閉著眼的人沒反應。

柔軟的指尖像是羽毛似地掃過他的眼角。

「晝——川——老——師……」

拖長了尾音的呼叫中，晝川的大手一把扣住在自己眼角亂騷擾的指尖，而後爬上她的腦袋，插入她的髮絲之間，有些粗魯地將她的頭摁下來，半閉著眼、充滿睡意地抬起頭胡亂在她脣角吻了下，放開她：「去餵狗。」

初禮趴在他的身上，勾起脣角。

新的一天到了。

陽光和狗，還有她的男朋友，一切都顯得很美好。

躡手躡腳地爬下床，拉開房門，一眼看到規規矩矩蹲在房門外的二狗，初禮伸手摸摸牠的大腦袋……這時候又像是想起什麼似的，她低低「啊」了一聲，隨即轉身來到床邊，扶著自己的老腰彎下身，從床底掏出手機——

整整一天一夜在床上亂來的後果就是，手機徹底沒電，自動關機了。

初禮吐了下舌頭，將手機放進口袋裡拿去充電，輕輕替晝川帶上了門，進廚房開罐頭餵狗，最後回到自己的房間刷牙洗臉一番，換了套衣服，走出來的時候發現手機已經充好電自動開機——

未接來電（78）梁衝浪。

未接來電（10）于姚。

未接來電（15）小鳥。

還有一些其他人零碎的來電，無數微信未讀訊息，二、三十條都是催促她看見訊息盡快回電話，就好像昨天一天，全世界都在找她。

初禮目瞪口呆。

初禮大致地看了下，好像是她和晝川「顛鸞倒鳳」、「風流快活」的時候，晝川那個身為省作協副主席的老爸除了上電視之外，還搞了其他的舉動——

一、晝顧宣老師公布一件事，那就是「晝川代筆寫文」事發之後，他曾經找來一批專家，由專業角度鑑定了《東方旖聞錄》這本書並無他晝顧宣本人的修改、寫作痕跡。

儘管擅長的題材不同，涉及的領域不同，但是一個人的寫文風格是不會變的，「寫文風格」這玩意說起來有些玄，但是實際把差不多的句子放在一起對比，就能發現兩個作者對同一事物的描寫各有風格，且對比明顯。

晝顧宣老師認為，這種無中生有的謠言，不僅是對晝川本人的汙衊行為，同時也是對他的一種侮辱。

二、聯合作協數名前輩——大部分是當初幫晝川《洛河神書》網路預售轉發的那些——發出了對元月社對此「汙衊代筆事件」沉默裝死不作為、關鍵時刻想要將一切推到作者頭上的規避行為的譴責。吹噓首印是當前實體書出版界不成文的潛規則，但這種行為本身就由「出版商」自發操作，作者雖然有知情不報的錯，只是在這件事裡，不應該承擔主要責任。

三、各行各業，各有規則，希望元月社能夠站出來給眾人一個交代，否則將會發起後續抵制行動，恐再難與元月社有出版合作。

以上，三條聲明陸續發出，元月社上下從一開始的傻眼到方寸大亂。元月社和新盾社不一樣，元月社本就是傳統文學起家的出版公司，如果眼下被傳統文學最大輸出單位抵制，那元月社離宣布明天倒閉也就差一步。

而此時，元月社正在進行上市前最後重要的評估階段，出這事，上市什麼的怕是想也別想了。

所以這件事並不像梁衝浪所想的「只是一個作者的寫作生涯日常起伏」，總的來說，是讓元月社可能傷筋動骨的大事件——

元月社何總給梁衝浪的壓力很大，讓他務必搞定晝川和晝川背後的作協，否則就必須滾蛋。梁衝浪做事，從上次封面出問題就可以看得出他主張「裝死到底」原則，只是這一次，裝著裝著，不小心就踢到了鐵板。

于姚昨天傳給初禮的最後幾條微信是這麼說的——

于姚：妳和晝川老師手機怎麼都關機？

于姚：……再沒反應我明天中午直接去晝川老師家拜訪了啊，老總快把我們逼死了。

初禮想了下，手指懸在手機螢幕上半天，最後回了個「1」，表示：已收到，然而這事並不知道該怎麼辦。

……初禮是真的不知道該怎麼辦。

哪怕是冷靜下來，站在元月社在職編輯的角度去想，不去拍手叫好，也覺得這事她吹吹枕邊風都沒有什麼卵用——

事情做都做了。

晝川如果突然要他老爸「拉倒吧算了」，然後不了了之，那晝顧宣老師顏面何存，站出來相挺的作協老師們顏面何存？

更何況，事到如今，晝川大概不可能說「算了」。這麼多天他抽的菸、喝的酒，受到的煎熬……

初禮放下手機。

她將早餐弄好擺在餐桌上，然後小心翼翼推開了晝川的房門——男人還保持著她離開時的姿勢睡在床上，聽見開門聲動了動也沒轉過來……

初禮手腳並用地爬上床，蹭到晝川身邊，也不管他到底醒了沒，就跟他咬耳朵。

「老師，晝顧宣老師請了專家鑒定《東方旖聞錄》非他代筆。晝顧宣老師率領作協眾位老師掀翻元月社，元月社面臨明天就要倒閉的危險；梁衝浪欲懸梁自盡；網路各路酸民群體來您微博下轉發留言：大大對不起，大大請原諒我們，我們願意為自己的行為做出補償並晒出一堆《洛河神書》和《東方旖聞錄》購買訂單紀錄……以上為今日晨間新聞內容提要。」

晝川眼睫毛顫抖了下，緩緩睜開眼。

「事情過去了就過去了，」他嗓音沙啞，「但是原諒什麼的，恕我直言，做不到。」

果然。

初禮：「……」

「最開始肆意地攻擊，像是終於找到了地方妥善安置自己無處發洩的負能量……在發現自己做錯了之後輕飄飄一句『大大對不起』就飄然離去——他夾雜在千千萬萬個道歉之中，誰又會注意到他，這一句『對不起』，給他造成過什麼影響嗎？無非就是一邊吃著早餐哼著歌，動動手指打幾個字而已，」晝川懶洋洋道，「這種道歉就算了吧，留著對自己的人格說，豈不是更好？」

晝川：「妳可以拿我的手機，上我的微博，挨個對那些說『大大對不起，請原諒我』的人說：不會原諒的，請你立即去世。」

初禮：「……」

晝川：「做錯事就想得到原諒，不被原諒反而惱羞成怒的話——我倒是想看看這些人的嘴臉到底能難看到什麼地步。」

這小心眼。

倒是深得人心啊。

多少公眾人物被欺負後，打落牙齒和血吞，微笑著說「沒關係」，換來一句不鹹不淡的「大度」人設……而晝川，向來是不屑這種事的。

不過開著他的帳號跑去和這些人互嗆的事，初禮當然也不會做。雖然可能連晝川自己都忘記了，但他還是萬千少女粉絲心目中的「溫潤如玉公子川」，這些少女粉絲中有不少是從一而終地站在晝川這邊替他說話，如今真相大白……

又何必傷害她們，讓她們三觀破碎得懷疑人生呢？

這種事的受害者，初禮覺得有她一個就夠了。

統一好了「不會輕易原諒」對策後，初禮點點頭，推了把晝川，「吃早餐不？」

「吃。」晝川說，「妳端上床來給我。」

「……哈？我沒聽錯吧，晝川，你別得寸進尺喔！還讓我給你端上床來！按照正常的青春偶像劇套路，這麼特殊的早晨，難道不是應該你先起床，輕手輕腳去廚房做早飯，然後自己都顧不上吃就將熱騰騰的早餐端到我面前，以一個輕吻喚醒睡夢中的公主我，讓我起來吃早餐並且餵到嘴邊？」

初禮伸手去捏晝川的鼻子，「你呢，大清早把我搖醒，開口第一句話就是讓我去餵狗！播報昨日錯過的新聞！現在還讓我替你把早餐端到床上！」

晝川翻過身，雙手抱住初禮的腰，腦袋埋進她懷裡，「我累。」

「……你累什麼？昨晚我讓你停一下好好睡覺時，你不是這麼說的。」

「有氧運動中，一個平板支撐維持三十秒已經算是一個節拍，可燃燒幾百卡路里，昨晚我在妳上方平板支撐了多久妳自己算……」

「……」

「而妳就躺著。」

「還成我的錯了。」

「我只是在描述客觀事實。」晝川鼻尖上拱，像狗似地深深埋入初禮胸口，挑起眼，「洗澡了？」

「能不洗嗎？」

男人原本放在她背上的大手往下摸。

就在這時，門鈴響起，二狗跳起來「嗷嗷」亂吠。

初禮拍開晝川的手：「于姚。」

晝川：「她來幹麼？」

初禮：「拯救距離倒閉只有一步之遙的元月社。」

晝川鼻尖蹭在她胸前白皙細膩的皮膚上，聲音含糊道：「來得很是時候，給我的『打死不原諒』又添加了一個堅定的理由。」

初禮：「……」

于姚進來的時候看見客廳裡只有初禮一個人，她的電腦放在沙發上，上面有打了一半的稿子……電腦旁散落著厚厚一疊手寫的原稿，于姚指了指那些手稿問：「這是什麼？」

「晝川老師的真處女作。」初禮端著一杯牛奶和三明治，用手臂推開晝川房間的門，把早餐送進去後轉身走出來，對正好奇地拿起一張稿紙在看的于姚說，「妳知道晝川老師為什麼宣誓不寫言情嗎？因為這篇文是言情；妳知道晝川老師為什麼本本書的男主都是白衣嗎？因為這本書的男主是黑衣……」

于姚一臉驚訝地放下稿紙。

「就像是初戀時被長捲髮女生狠狠甩掉後，從此以後的戀人都是短髮一樣……」初禮在于姚身邊坐下，拍拍胸口，「隱藏在心中不願承認的痛。」

她話一說完，發現這本書的女主姊姊還真就是長捲髮。

初禮囧著臉摸了摸自己的短髮。

于姚停頓了下，像是沒在意她的小動作：「……這書簽出去了？」

初禮：「還沒有，稿子還要改吧，畢竟有缺失……我先做牛做馬替他打進電腦裡。」

于姚：「妳知道現在網上對於晝川的話題討論度已經到了一個前所未有的高度嗎——所有人——注意是所有人，都在討論晝顧宣老師提到的晝川的那本處女作……」

初禮的眼皮抖了抖：「我剛才看了下，好像是這樣。」

于姚捏緊手中的稿紙：「『晝川寫文從來不帶感情戲之謎』、『晝川男主從來都是白衣士之謎』……都在這本書裡，讀者知道了，會瘋的——就像是晝川老師在下一盤很大的棋，用整個寫作生涯弄這一本書的設定……」

于姚的語氣讓初禮忍不住抬起頭看她一眼。

于姚沉默了下：「初禮，我決定不久後就要辭職了。」

初禮：「啊？」

于姚：「接下來大概會到另一個相關的領域去發展，至少不會再碰實體書出版行業——妳把這本書拿下來，做為給我的餞別禮吧，我給妳一個主編的位置做為回禮。」

初禮有些懵，沒想明白于姚怎麼突然就不想幹這一行了……她看著于姚，所有的疑問都寫在眼睛裡，只是慢吞吞地回答，「我盡量吧，妳也知道目前晝川對元月社……話說回來，妳怎麼想到要辭職？」

于姚笑了笑：「這兩天妳手機關機，不知道外面都發生了什麼——公司老總頭天晚上還無視了我們提出『要不要站出來替作者承擔責任』的提議，和主張『不要沒事找事』的梁衝浪稱兄道弟，置身事外地八卦晝川天亮之後是死是活。

「天亮之後，晝顧宣老師的訪談節目一播出，發現一把火已經燒到自己身上，立刻翻臉不認人，在微信群裡大罵高層『事情可控之前不作為』，鬼知道這個週末我們都經歷了什麼……如果夏老師還在，至少事情不會變成今天這個模樣。」

于姚想了想，繼續道：「所以我選擇辭職也是這個原因，已經相當厭煩了不停地在為行銷部那些人亡羊補牢這件事……」

初禮冷笑了聲。

行銷部的人其實不是智商低。

他們就是眼光太商業，把全世界都當傻子。

無論是作者還是作者的書，在他們的眼中只是「能賣」與「不能賣」的區別。能賣的作者就捧著，賣不動的就扔一旁，等他能賣了再撿起來。梁衝浪曾經說過的一句話很具有代表性：給我赫爾曼以及他的資源，我也能大賣。

行銷部的人永遠不會想的是，人家憑什麼給你，要是隨隨便便就能拿回來，還要你幹什麼——反正情懷、人性什麼的，這種東西在他們看來從來都不是重點。

而老總恰好也是個商人，所以總是和行銷部臭味相投；編輯們在意的那些東西，在他們看來反而是多餘的，編輯們只需要負責收稿、約稿、校對、跟印刷廠接洽就行了。

夏老師走後，在行銷部穩坐東宮的情勢下，元月社越發向著這條路上走偏。

「平常沒事的時候總想著，要那麼多編輯幹麼，要不是要上市評估，巴不得把我們全部趕走才好。」于姚說，「出了事，就知道錯了，第一時間找的也是編輯，推著我們上前線來探作者口風……」

于姚說這話的時候，晝川打著呵欠、頂著雞窩頭、端著吃完的早餐盤子走出來了。

二狗從沙發上跳下來，「噠噠」地跟在他屁股後面，指望能吃上一口剩下的麵包。

初禮的目光跟隨著男人進了廚房。

不一會兒，廚房裡響起嘩嘩的水聲，片刻後，晝川不疾不徐的聲音傳出來：「既然這樣，妳們不趁著這個機會給行銷部一個教訓，還等什麼？」

初禮和于姚對視一眼。

「純商人的角度來看，這本書還沒出就先有了話題度，梁衝浪應該也想要這本《命犯桃花與劍》吧，」晝川從廚房裡探了個腦袋出來，「那就以此要脅他，幹點兒什麼，跟妳們磕頭認錯怎麼樣？」

初禮拿起那些稿紙，左看看、右看看，「這本書什麼時候有名字了？」

晝川面無表情：「我剛取的。」

初禮：「……」

晝川：「總不能老是處女作、那本書、這本書這麼叫吧？」

初禮：「你答應把這書給元月社？」

晝川：「我還沒答應，但是妳可以藉著討好我的理由整整梁衝浪啊……反正眼下聽妳們說的情況來看，就算讓他上直播平臺跳鋼管舞，他也會去的。」

初禮沉默了下，「我認識你的時候你還不是這種老賤人。」

只是一個會嚷嚷著「當老子要飯的啊」的智障。

「跟妳學的。」晝川洗好了盤子，甩著手上的水走出來，斜靠在廚房門邊，一副吊兒郎當的模樣，「『作者就是編輯手中的武器』——這句話是妳說的，印象深刻。而我，和江與誠那種破銅爛鐵不一樣，我是『尚方寶劍』，見此劍如見皇帝，爾等行銷部平民，還不速速下跪。」

他說著，一隻手的食指、中指併攏，成劍狀比劃刺出，同時單腳勾起作金雞獨立狀。

于姚：「……」

初禮面無表情：「賤內戲多，見笑。」

中午。

勉強看在初禮的面子上，晝川的態度也就不是那麼堅決地抵制元月社，于姚一顆心放下來，午飯也沒留下來吃就匆忙回家休息去了。

初禮拖著連續宅在家裡數十日沒出門的晝川出去買午餐和晚餐的食材，社區保安看見晝川均是一副很驚訝的表情，類似於「你居然還活著」這樣……

他們前腳剛進超市，梁衝浪的電話就來了。

初禮接了電話，那邊一副「謝天謝地」的語氣，試圖跟初禮商量，看看能不能和畫川發表個聯合聲明，一起澄清下這些天的事——因為有畫川出面的話，可能可以稍微緩解一下畫顧宣的連環攻擊後，網上沒有獲得畫川正式原諒、滿腔憋屈無處安放的酸民對元月社鋪天蓋地的討伐。

人總是下意識甩鍋的動物。

這些沒有獲得原諒總覺得哪裡不太對的人，輕易就找到了元月社做為背鍋俠，將這些天自己被帶的風向、被打的耳光一股腦塞給了元月社。

元月社被罵得狗血淋頭的下場就是梁衝浪被罵得狗血淋頭。

當他難得像是喪家犬似的，支支吾吾問初禮能不能好好勸勸畫川，站出來拯救一波元月社的聲譽時，初禮正和畫川一起挑優酪乳。

用肩膀和腦袋夾著手機，初禮彎腰拿起一盒優酪乳看了看，心不在焉地答道：「是，我也知道這兩天元月社被罵慘了，于姚早上和我說了這事，嗯，我就說了吧，畫川還沒死透呢，老梁呀，你就是太著急……」

畫川低下頭看了初禮一眼，初禮衝他齜牙笑。

她一臉興高采烈，絲毫沒有語氣裡那種「哎呀我早就說了」的遺憾模樣。

「畫川還沒跟我聯繫呢，我只是他在元月社的編輯，又不是他的什麼人。」初禮轉過身看著畫川，然後眼睜睜看著那個跟她「不是什麼人」關係的男人彎下腰在她的唇上親了一下。初禮轉過身繼續講電話，「他要是生氣元月社，估計也不太想理我。」

電話那頭的梁衝浪沉默了下，然後用「妳他媽耍我啊我明明知道偏偏我又不能揭穿妳好氣啊」的語氣幽幽道：「聽說妳和晝川是情侶關係。」

「早分手了。」初禮放下優酪乳，看著推著超市推車走在前面的男人聽見她的話回頭看她一眼，「被你這麼一提醒，可能我被甩這件事也跟元月社有關……」

梁衝浪在電話那邊頓時變得鴉雀無聲。

這時候，小推車來到計畫生育安全用品套套旁邊。

晝川停了下來。

初禮看了一眼：套套這玩意，晝川家裡以前有一盒超市買大米送的，品質不佳，但是昨天沒得挑，也就湊合著用完了。

她正想說買一盒吧，這時候看見推著車的男人一臉嚴肅地對售貨員說：「來一箱。」

初禮：「……」

那小姑娘估計是暑期打工，看著還沒初禮年紀大，頓時滿臉飛霞。

初禮走上前，踮起腳，用手捂著晝川的嘴將他往後摁，同時還要一本正經跟梁衝浪爭論——

「你要討好晝川，還不得對症下藥啊，之前網上做採訪那人是誰，找出來，讓他公開道歉……你不知道是誰？嗯我也沒說你知道啊，你要知道還得了對吧，這事就詭異了——哈哈哈，是，我開玩笑的，你別緊張——我的意思是元月社法務部除了列印合同之外，多久沒好好幹點兒正事了？你讓他們發發律師函，讓那個發影片的人賣下隊友啊。」

初禮捏著手機，隨手拿起一盒日本產的套套看了眼，還沒來得及看明白就被一把搶走。

初禮：「嗯？」

晝川：「日本的偏小，裝不下。」

初禮：「……」

站在貨架旁邊的售貨員「噗」的一聲掩嘴笑。

晝川拿起一盒歐美款的大號套套，看了眼：「加大號有嗎？」

初禮匆忙跟梁衝浪說「行了你先做這事做漂亮了再想著找晝川」之後掛了電話，一把把晝川手裡的套套搶回來：「加大號個屁啊，買這玩意你也要耍酷，虛榮心是破玩意是這麼使的嗎？」

「跟妳買XXS號裙子回家後掛衣櫃裡說『瘦了以後穿』有什麼區別？」

「我能瘦，你那東西多用用能變大？」

「怎麼不能？」

「當我三歲小孩啊，又不是沒見過、沒用過——」

「我不跟妳吵，」晝川大手扣住初禮的臉，將她往後推了把，「大庭廣眾之下，嚷嚷著討論男朋友的尺寸，妳能不能文明點兒？」

初禮瞪了他一眼，搶過超市推車自顧自昂首挺胸走開，留下晝川一人站在原地，片刻後轉過頭對售貨員說：「加大號，要一箱。」

站在收銀臺前，初禮彎腰看了看晝川抱著寶貝似地抱的那一箱套套：「咱們家裡什麼時候還住了個黑人兄弟？」

「什麼意思？」

「……字面意思，我覺得這個超市裡能有這個 size 的套套賣，應該歸功於旁邊有個國際住宅區，裡面住了不少黑人兄弟。」初禮抬起頭看向晝川，「怎麼，你今天好不容易洗白了，是準備做一波慈善做為迴向，挨家挨戶上門發套套順便跟他們講解一波計畫生育？」

晝川用手肘將初禮推開，從口袋裡掏出錢包：「少廢話，讓開，我自己用。」

「不知道這東西大了會滑下來嗎？又不是沒用過。」

「不知道我大嗎？又不是沒用過。」

「……」

可以，男人的三個錯覺——

一、我很大。

二、她被操得欲仙欲死，哭喊求饒。

三、我一晚上九次不帶停。

交了錢，晝川拎著裝在袋子裡的大套套，腳底抹油似地走了。初禮拎起裝了其他食物的袋子，跟在健步如飛的晝川屁股後面……一路小跑跟出了超市，晝川這才放緩腳步，等身後的人氣喘不勻地追上，他將她手裡的那個袋子接過來，轉身，繼續向前。

速度不減。

此時正午，陽光猛烈。晝川穿著的人字拖踩在地上發出「嘎吱、嘎吱」的聲音，乾淨的白T恤伴隨著他走路的動作下襬從褲腰滑落。初禮兩手空空跟在他身後，探頭探腦地去看他面無表情時顯得有些刻薄的側臉，跟了一會兒，然後抬起頭，目光從他寬闊的肩膀越過——

她不自覺地張開雙臂，從身後「噗」地一把抱住晝川的腰，臉埋在他背上，蹭了蹭，撲鼻而來的是陽光混合著洗衣粉、沐浴乳的香味。

走在前面的人步伐一頓，那原本冷硬的下巴曲線稍稍變柔和。

「幹什麼？」拎著兩個超市大袋子，他放慢腳步，拖著身後那個抱住他腰不撒手的人，一邊走一邊問，「又想要什麼賴？」

初禮跟在他後面，笑嘻嘻：「沒什麼，就是想抱抱你。」

「……是不是心虛了，意識到隨便質疑男朋友尺寸的自己罪大惡極？」晝川想轉身用手指敲她腦袋，奈何現在兩隻手都拎了東西，只好轉了下自己的腰，「自己心虛去吧，撒手，不給抱。」

他話語一落，身後的人嘻皮笑臉地抱得更緊，雙手扣在他的腰前，鼻尖抵著他的背：「晝川。」

晝川：「幹什麼？」

初禮：「沒事，就叫叫你。」

晝川挑眉：「……有病吧？」

初禮唇角抽搐了下，滿腔少女心被懟得稀巴爛，抬腳踢了腳晝川手裡拎著的某個袋子：「自己灌水和二狗扔著玩吧！」

此時兩人已經回到社區附近，周圍的人少了許多，來來往往的車輛、人群的喧譁似乎也被隔在了一牆之外的另一條街道……男人手中沉重的塑膠袋被初禮踢得嘩嘩作響。

「妳說什麼？」男人拖長了聲音，保持著被初禮環抱的姿勢轉過身來面對著她，一臉嚴肅，「可以，還學會威脅我了。」

「我沒威脅你啊……」初禮縮回手，然後放在晝川胸前拽了拽他的襯衫，晝川順勢彎下腰，隨即便見到面前的人踮起腳摸了下他的耳垂，毛茸茸的短髮蹭到他的耳邊，小聲說，「晝川，我腰疼。」

暖暖的熱氣從耳廓吹拂而過。

作賊似地氣音裡還帶著甜滋滋的笑意。

晝川一側臉，唇瓣便觸碰到就在臉旁的柔軟臉蛋——今兒週末，初禮出門也沒化妝，皮膚白皙得在陽光下近乎透明，他幾乎能看見她薄薄臉皮下的青色血管……高挺的鼻尖蹭蹭她的面頰：「我揹妳？」

初禮嗤嗤笑著，稍稍拉開一些和他的距離，左右看了看，看見旁邊別人家門前的臺階，三步併兩步跑過去站在最高的臺階上衝著晝川招招手，晝川走過去，背對著她彎下腰，她爬上他的背。

身體騰空而起時，她笑了一聲，鼻尖像是狗似地湊近他的後頸拱了拱，一雙眼都彎成了月牙狀：「揹得動不？手裡還拿著東西。」

「揹不動。」拎著超市塑膠袋的大手穩穩托著她的屁股，卻說著冷酷無情的話，「妳給我下來。」

「那你把超市的袋子扔了吧，我不下來。」初禮隨口答道，手攀爬上晝川的肩膀，「有個問題想問你很久了，最初見面的時候戲子老師手無縛雞之力，肩不能挑、手不能提，從什麼時候開始變成大力士的？」

「從我成了某人的男朋友那天開始。」

「啊？」

「她在書房睡著的時候，我得有力氣把她抱回房間；她生病的時候，我得有力氣把她拖去醫院；她走不動路賴地上打滾的時候，我得有力氣把她揹回家裡……這大力士狀態我得持續到一百歲——」

男人的聲音不緊不慢，初禮的下巴搭在他的肩膀上，側過臉可以看見他脣瓣一張一合，想也不想地將那些話說出口——沒有腹稿，自然而然——說話的時候，他的背部嗡嗡震動，她能感覺得到。

初禮用手環住他的脖子：「然後呢，然後呢，到一百歲然後呢？」

「等她死了以後還得替她抬棺材。」

「……」

初禮環在他脖子上的手鬆了下，問了句「你說啥」，還以為自己的耳朵出了毛病。

晝川背著她慢吞吞地往家走，用四平八穩的聲音道：「等以後咱們老了，要死妳先死，兩眼一閉什麼也別管了就美滋滋上路去——兒子、女兒的眼淚啊，孫子、孫女的嚎啕大哭啊，這些東西我替妳聽著就行……妳這麼愛哭的人，翹辮子的時候肯定也要哭，到時候兒子、女兒還覺得妳是不放心他們怎麼辦，我還得在旁邊跟他們解釋解釋：你媽這就是愛哭的毛病，沒事。」

晝川想了想：「不然誰也不能安生——一想到要是我先死了，妳帶著咱們兒子女兒、孫子孫女在醫院驚天動地地嚎，哭到手軟腳軟，連殯儀館電話都忘記打的畫面，想想都覺得自己得多活兩年。」

初禮：「……」

她這會兒都不知道自己該覺得詭異，還是順從心意地承認自己他媽的居然還有那麼一點點的感動……她放開他的脖子，不老實地摸了摸晝川的頭髮，問：「然後呢？」

「還有什麼然後啊？」晝川停了下，大概還真是有點累了，直起腰將趴在自己背上的人往上推了推，「妳到奈何橋前等一等，我稍後就到唄。」

初禮的臉埋在他的背上，嗤嗤笑，伸手拍拍他的肩膀：「想得真遠。」

「這叫居安思危。」晝川一臉嚴肅，「妳懂什麼，我是嚴謹的人。」

是。

嚴謹的人。

世界上就是有這麼一種直男——

在妳對他說出「今晚月色真美」的時候，在他的腦海裡，已經拉起了妳的手、滾好了床單、步入了神聖的婚姻禮堂。

將來會與妳有一雙兒女。

兒子長大做什麼，女兒長大不許嫁人。

等兒女長大成人，妳與他白髮蒼蒼。

夕陽西下，老頭、老太太牽著手在河邊散散步。

最後，連妳的靈堂長啥樣他都想好了，黑白色就不必了，要是少女心的粉紅色……

墓碑上都要雕個 Kitty 貓那種。

「想得太遠了，我還沒決定好要不要嫁給你呢。」

「那不行，妳已經是我的人了，放古代必須嫁給我。」

「萬一我爹媽不喜歡你這窮酸書生呢？」

「妳就跟他們說，妳就喜歡我這副窮酸相。」

「……」

兩人有一搭沒一搭地閒聊，轉眼就到了家門口，二狗遠遠聽見腳步聲，頂著大太陽從屋裡走出來，趴在鐵門上嗷嗷亂叫，長鼻子從鐵門縫隙裡拱出來。

晝川轉了個身，初禮伸手摸摸二狗的鼻子。

「嘖，讓妳摸狗了嗎？讓妳開門！」

「……我沒帶鑰匙。」

「腦子也沒帶吧……下來、下來。」

樣子。

正午的陽光將他們的影子縮在腳下，短短的，卻是重疊在一起，分也分不開的樣子。

喜歡一個人，就是喜歡賴在他的身邊，沒事說著話也想要蹭蹭他，或者摸摸他的頭髮，就像是得了肌膚饑渴症，且病入膏肓，無藥可醫。

初禮覺得自己就是這個狀態沒錯了。

她發現她已經不能好好地坐在沙發上跟晝川認真說會兒話——比如這會兒。晚餐過後，原本兩人各自占據沙發一頭，開始認真而嚴肅地討論接下來應該怎麼乘著作協大佬們發威的東風為晝川被黑的事收尾……

「我都快不認識『晝川對不起』五個字了，」晝川低著頭看手機，「這幾天在微博上的更新短篇都轉發好幾萬，討論文章本身的屈指可數……」

「自帶話題度不好嗎？雖然是場無妄之災，但是好歹結果是好的，現在你又是網紅啦！」初禮挪著屁股往晝川那邊挪了挪，「我跟梁衝浪提出要把那個接受採訪的人揪出來的事你也聽見了，我是覺得那個人不是老苗也跟老苗有關。」

晝川：「為什麼？」

初禮將擋在兩人中間的抱枕拿起來，放到身後：「女人的第六感，我看不起在背後搞小動作或者閒言碎語的人，這次的事情給我的感覺和以前被老苗噁心的時候一模一樣。」

晝川嗤笑。

初禮伸長脖子湊到晝川面前：「這件事我不會讓它就這麼不了了之的，不管背後是誰，我要把他揪出來——還有，你都已經遭了罪，這罪不能白遭，我得想想接下來怎麼做咱們才能把這件事作為推你再往上走一步的助力。」

晝川低下頭，看著那張近在咫尺的臉。

初禮從晝川手裡抽走手機：「從現在開始，那些來談《洛河神書》版權的，來談你那篇《命犯桃花與劍》版權的人，你都不要理了，他們以前怎麼對你，現在只會著急又心虛——不止是元月社老總，所有公司的老總都一樣，他們才不管前一天晚上是不是和那些版權佬說好了到你這要怎麼壓價或者乾脆不要你的版權，現在他們只會暴跳如雷地翻臉不認人，問那些版權佬：《洛河神書》的版權怎麼還沒拿回來？你們是不是廢物啊！」

初禮學得有模有樣，晝川跟著笑，稍稍後躺，原本盤腿坐在他跟前的人便得寸進尺地跟著爬上來。

初禮的手攬著晝川的脖子，臉湊到了他的下巴底下，繼續不疾不緩地道：「而那些可憐的版權佬，想到他們之前對你的態度，現在你又不回覆他們，他們就會開始心虛加著急……可是又不能不拿下你的版權啊，怎麼辦？只能往上拚命加價，自己跟自己較勁。」

晝川低下頭看著賴在自己身上的人——

一切發生得那麼自然。

三句話以前她還在沙發對面規矩地坐著，這會兒就蹭他懷裡了。

「手機關機一晚上，明天早上起來，說不定《洛河神書》的單方版權就會突破五百甚至一千萬。」

「相比起這個，我更想知道另一件事。」

「嗯。」

晝川的大手扶在初禮的腰上——

「妳是怎麼跑我身上來的？」

話語剛落，便感覺蹭著他的小姑娘抬起頭，眼巴巴地看著他，眼睛漆黑得深不見底卻是一片明亮。

面對他的提問，初禮老實巴交地回答：「不知道啊，我猜大概是因為想吻你。」前一秒還在陰險狡詐地算計版權商，後一秒就軟綿綿地說著「大概是因為想吻你」這樣的話，眼下懷中人的精神分裂讓晝川的雄性征服慾得到了極大的滿足。他伸出雙手，將趴在他身上的人往上提了提，而後低下頭準確地吻住她的唇瓣……

柔軟冰涼的觸感像是麻糬冰淇淋最外層的皮，不同的是用舌尖撬開，口腔之中卻是溫暖溼熱的，他勾住她的舌尖，翻了個身將她壓在沙發上——

大手從她居家睡衣的下襬鑽入，準確地摁在某處時，見她揚了揚脖子，發出「嗯」的一聲短暫又急促的輕呼。

初禮捉住晝川的手：「等下，正事還沒說完……」

「不等了，」晝川將自己的大手抽出來，「妳自找的。」

在燈火通明的客廳裡做那種事總給人一種荒誕的感覺。

好在今天天熱，下午出去溜達一圈的二狗這會兒吃了飯、喝了點兒優酪乳就回狗窩睡覺去了，不知道客廳發生了什麼。牠最多是聽見遠處傳來壓抑似疼痛又不像的鼻哼時，懶洋洋地將大腦袋從狗窩邊緣抬起來——

豎起耳朵聽一會兒，確認那不是主子們因為難過發出的聲音，牠的大腦袋又砸了回去，嘆了口氣，換了個睡姿，安心閉上狗眼。

客廳中的對話還在斷斷續續的。

「晚點、晚點起來發個聲明……呀，你別突然——」

「疼？」

「……也不是很疼，就是……我讓你明天發個聲明，就說《命犯桃花與劍》原稿缺失部分，修改後會擇日在微博進行公開連載，」初禮用微微汗溼的掌心捧著晝川的臉，「……聽見了嗎！」

晝川動了動腰，引來身下人一陣聲音變調的驚呼，伴隨著沙發發出「嘎吱」一聲不祥的聲響，他的手撐在她腦袋旁邊：「聽見了。」

初禮：「……」

晝川：「妳的東西弄了我一腿都是。」

初禮頓時滿臉通紅，順勢掐了把晝川的臉，雙手掛在他脖子上，稍稍抬起上半身親吻他的唇瓣，含糊道：「那一會兒你擦擦……」

話語剛落，便感覺到男人的身體繃緊了些，接下來，便又是一番翻雲覆雨，所謂的共赴生命大和諧——

在開上跑車之前，晝川修仙似地甚至對「開車」這件事都沒多大興趣。這會兒在秋名山上兜了一圈，他這才發現原來開車是一件多麼愉悅的事情。如果可以的話，他想保險桿都不上了，乾脆把車撞個稀巴爛然後拖回家，沒人跟他爭也沒人跟他搶，他自己能美滋滋地開一輩子。

……這想法是有點變態，沒錯。

但是在釋放的那一刻，晝川確實就是這麼想的，他覺得自己必須把身下那個會被他弄哭的人娶回家，畢竟眼下這般風景，千金不換。

想到要是下手晚了可能會被別人看去，他可能會坐哆啦A夢的時光機回到過去炸爛這個世界。

「還好。」晝川低下頭，在懷中人微泛紅的鼻尖落下一吻，「還不算太晚。」

初禮：「啊？」

晝川：「晚點寫公告。」

「嗯。」初禮嗓音微微低沉，「好好寫，想對讀者說的、對蓄意抹黑的人說的，都寫出來。」

於是，這一天晚上十二點。

晝川的粉絲們翹首以盼，終於盼來了這麼多日以來，晝川唯一一條不是更文、而是對於最近幾日這些事的正面回應微博——

【晝川：

感謝所有人對近日來發生的事情的關心，由衷感謝自始至終站在我身邊，相信我的讀者們。

實話實說，這些天的流言蜚語對於我本人來說確實造成了極大的困擾，並不是因為自己是個成年男人，又向來有身為公眾人物的自覺，就可以淡然面對這一切。

我試圖解釋過，說過《東方旖聞錄》非本人第一部作品，微博發出後遭到了極大的惡意曲解，等待著我的是更多鋪天蓋地的質疑，所以接下來我保持了沉默。在所有人決定要掀翻你的時候，你的所有言行舉止都會被惡意誇大扭曲，連呼吸都是錯的。

為什麼不出來澄清？

為什麼有處女作卻不願拿出來證明自己？

為什麼裝死放任自己的粉絲與網軍罵戰，自己隔山觀虎鬥？

正面回應所有抹黑的一句話：我不說話，因為我有我的理由，但是你不會聽，所以我也不想浪費唇舌試圖說服一個本來就不準備相信我的人。

證明一件事不存在本來就是非常困難的，請問那些胡攪蠻纏的人——

我沒做過的事，你讓我解釋什麼？你又想聽到什麼……畢竟在你們看來，蒼白無力的「我沒有」，其實就是最真實的回答。

情緒最低谷的時候也曾經想要放棄，但是被某人揍醒之後也清醒了過來——

有些事，怕，就要輸一輩子。

感謝我沒有放棄。

※最後：本人高中時代第一部長篇小說《命犯桃花與劍》將會在三日後，草稿稍作整理並精心修改後在微博同步連載，修改稿和原稿會給出圖文形式對比……

這對我而言也不是一件容易的事，個中原因畫顧宣先生的訪談節目裡也略有提到，如今拿出來不是要給盼望著我早點死的人一個解釋，而是要給那些始終相信我的人一個交代。

以上。

週末愉快。】

晝川的微博發出後，不僅晝川的手機炸了，就連初禮的手機也炸了——

蒽花味浪味仙：《命犯桃花與劍》我們必須拿下，哪怕是微博同步連載也沒關係，妳去拿來，不惜一切代價，八月刊的《月光》上必須出現這本書的連載。

蒽花味浪味仙：其他條件好說。

蒽花味浪味仙：讓我個人或者元月社公開道歉都可以。

蒽花味浪味仙：影片內容已經錄影存證，相關律師函也已經發送給新浪微博平臺……這件事影響很大，現在整個出版界被牽扯進來，背後又有作協坐鎮，平臺那邊也表示了相當重視，現在正在等待工作人員回應，他們答應最晚明天上午十二點之前給予答覆。

蒽花味浪味仙：根據我對平臺的瞭解，一般這種糾紛，平臺為了免責或者遭受輿論指責，最後肯定會把使用者資訊公布，妳想要的不就是這個嗎？

蒽花味浪味仙：把這些進度告訴晝川，現在估計所有出版公司和出版社都在盯著這本書了，這本還沒發表話題就那麼足——必紅。被別家拿走，大家都不要幹了。

蔥花味浪味仙：我們現在是劣勢，至少得拿出態度來。

最後一條訊息是時隔兩個小時後，梁衝浪發來的。

蔥花味浪味仙：晝川回妳訊息了沒？

梁衝浪最後的一條訊息裡充滿了一種濃郁的絕望感。

初禮在念這條訊息的時候，正手軟腳軟地趴在晝川床上，背後墊著晝川的枕頭，腦袋枕著他的胸，整個人像是八爪魚似地扒在他身上。

「梁衝浪快急得跳樓。」

「倒是跳。」

「連願意讓你微博同步連載我們也要簽下來這種狗話都說出來了，」初禮嘖嘖兩聲，「早知如此，何必當初，早點站出來解決你的事把鍋自己背好，說不定你一個感動就獨家授權我們了。」

「亡羊補牢向來是貴社傳統美德。」

初禮動了動腦袋，抬起頭頂著男人的下巴：「能補不？」

晝川沒說話，看著是有點猶豫——如果不是初禮問出這句話，這會兒他怕是直接要讓那人滾了……奈何佳人在懷，枕邊風什麼的，吹兩口，還真是有點招架不住。

見晝川不說話，初禮自顧自地將手機拿起來——

猴子請來的水軍：一、幕後始作俑者揪出來；二、五十萬首印。

蔥花味浪味仙：……妳是不是瘋了？

猴子請來的水軍：喔，那沒得談。

蔥花味浪味仙：妳真的是瘋了，五十萬！

猴子請來的水軍：罵我幹麼，又不是我說的，晝川開口就是這個數……誰去都一樣吧，不願意就算了，我也覺得特別高，不划算啊！咱們撤吧，給新盾當這冤大頭去。

蔥花味浪味仙：…………………………等等！我考慮一下！妳先別回絕！

初禮放下手機。

這時候還他媽想討價還價。

她抬起頭看晝川，晝川垂著眼，一言不發地看著她在那假傳聖旨、造謠生事，完了摸摸她的頭：「我也覺得妳瘋了，五十萬。」

「我早就說了，不能白遭罪。」初禮淡淡道，「如果成了，那你得記住，今天你是踩著梁衝浪和那些抹黑你的人的屍體，爬上你夢寐以求的金字塔尖，然後你得坐穩了，把世界當作自己的腳墊。」

晝川摸著初禮的頭髮，感慨：「感覺自己像是被霸道總裁包養的小寫手，莫名其妙就要走上人生巔峰，從頭到尾什麼也沒幹，就出了一根……」

一根什麼？

初禮的手往下探了探，捉住所謂的「一根」。

然後她嘆了口氣：「晝川老師，你還記得我們互相表白那天，你害羞到把自己關在房間裡不肯出來見我這件事嗎？那些天你連吃飯都是埋頭苦吃，不敢多看我一眼……」

初禮縮回手：「現在怎麼和流氓似的？」

晝川想了想：「昨晚我在秋名山輸給一輛一九九一年產法拉利，她用慣性飄移過彎，她的車很快，我只看到她有個元月社編輯的招牌，妳知道嗎？如果妳知道她是誰的話，麻煩妳跟她說一聲，以後每天晚上，我會在秋名山，脫好褲子，等她。」

初禮抬手「啪」地賞了他的臉一巴掌。

右臉被這一巴掌拍得麻酥得很，晝川反手捉住初禮的手腕，一臉嚴肅：「剛弄完，妳別又換著法子勾引我，年紀輕輕被妳榨乾，以後我還怎麼寫書、成為和赫爾曼肩並肩的男人？」

「說到赫爾曼……你不是總羨慕赫爾曼像是天生有神助力，寫一本紅一本，平步青雲嗎？」初禮拍拍他的胸口，「你的神正躺在你的懷裡，膜拜吧。」

晝川反手也用同樣的頻率拍拍她的背：「過了。」

初禮點點頭，「喔。」

此時晝川看了眼手機。

自從他在微博宣布《命犯桃花與劍》的存在後，各大出版社聞風而動。

稍微老實點兒的，就問：大大，微博說的新文有沒有大綱和前三萬字稿子，我們這邊很有興趣呢！

稍微老司機點兒的，就問：老師，微博說的那本還在嗎？我們這邊挺想做的。

稍微臭流氓點兒的，問都不問了，直接留言：《命犯桃花與劍》我們要，首印、版稅點數你開，別家開多少，我們比它開的多一個點。
熱鬧程度，和當年他被抹黑代筆時，傾巢出動求取消合作的動靜不相上下。
這些晝川甚至都懶得理會，也就適當挑選了幾家當初他被抹黑的時候，沒有落井下石還在老老實實跟他談生意的出版社、出版公司寒暄了下，然後再用諸如「還沒考慮好怎麼做這本書」這類理由暫時打發走。
初禮看著他一通操作，手指之下亡魂無數，然後冷酷無情地放下手機，關機。他順手將懷中人興致勃勃挺著的腦袋摁自己胸口上，言簡意賅：「睡覺。」
沒有了手機的光，屋子裡一下子暗了下來。
晝川掀起被子，蓋在兩人身上。
黑暗之中，兩人沉默片刻。初禮想了想剛才晝川回覆出版社、出版公司的語氣，突然也有些沒底……很顯然這本書對晝川來說意義重大，絕對不會隨隨便便就交給哪家出版公司或者出版社。
「你可以直接回他們，五十萬起，上不封頂。」初禮一邊說著，捉住他的指尖，心想就是這個萬惡的手指破碎了無數編輯的美夢啊……現在被她拽在手上。
晝川沉默了下道：「……妳比我更清楚現在出版業有多慘，五十萬，妳讓他們賣內褲來替我出書？」
初禮道：「……怎麼，你還以為我剛才在開玩笑故意嚇梁衝浪？其實我不是在故意整他，我始終還是元月社的編輯，怎麼可能胳膊肘朝外拐坑他們——只是事到如今，圍繞這本《命犯桃花與劍》已經鬧了那麼多事，話題無中生有，熱度在那，元月社甚至扮演了臺上一起演出的丑角，鬧得滿堂熱鬧，你說說，這本書，要個五十萬首印怎麼過分了？

「實體書市場再沒落，餓得死要站在金字塔尖的那一小撮人嗎？這兩年實打實賣上百萬首印的也有一、兩本啊不是嗎？清醒點兒，你的職業生涯都差點栽進去了……」

「……」

「所以你別覺得怎麼樣，無論是元月社還是新盾，誰來找你，你都開五十萬，一口咬死，愛要不要。」

「就想到那麼遠的事了，梁衝浪還不一定答應五十萬首印量的事。」

「他必須答應，除非他不想幹了，為表示和解誠意，元月社也會硬著頭皮簽下你這本給作協大佬們一個交代。」初禮很有信心，「梁衝浪現在沒立刻回答，就是本性難移，那種小裡小氣的本質深入骨髓，還以為自己能砍價呢。」

「妳也愛砍價，當初拿著五萬都不到的首印合同逼著我簽……」

「對，臭商人本性難移——所以我現在不是用五十萬補償你了嗎？講什麼講喔……手拿開，睡覺了摸哪呢，明天上班的！」

晝川想了想，覺得初禮說的也有道理——

實體書市場沒落至今，尋常言情小說，哪怕是網路連載、成績不錯的最多也就二、三萬首印撐死。

倒閉的出版公司一家接著一家。

跟著倒下、不得不改制的還有無數曾經輝煌的印刷廠……
這些人快成為時代的眼淚。
衰敗的氣息瀰漫基層。
然而。
金字塔上層的空氣卻該是清新的，真正站在頂尖位置的那些作者，其實根本沒有受到太大影響……要說現在真沒有個首印上百萬的書了嗎？
也有。
只是兩、三年才作為一個頂級ＩＰ曇花一現罷了。
那麼問題來了，同樣是曇花，別人能當，他晝川憑什麼不行？
「行，五十萬就五十萬。」
「嗯？」已經迷迷糊糊有些要睡了的初禮抬起頭，「……所以，幹麼突然莫名其妙要用『決定好了，明天去搶銀行』的語氣宣布這事？」
「五十萬，梁衝浪一口答應下來，這本就是元月社的了，我可以不計前嫌。」
「喔，」初禮打了個呵欠，「晚安。」
「嗯。」

第八章

週一。

全員到齊。

晝川和元月社都在掌握之中，初禮開啟上帝視角意氣風發——相比起《月光》雜誌部其他人略有些魂不守舍的模樣，她和準備離職的于姚已經算是最淡定的二人。

前往會議室的路上，阿象還在碎碎唸：「妳說這波有沒有美編的鍋？我覺得沒有，我就是個作圖佬啊，什麼也不知道的美工！」

……一般出版社的封面設計都非常有骨氣，相比起「美工」更喜歡被人稱作是「美編」，更有被叫「美工」而覺得不被尊重因此大發雷霆的事件出現——如今阿象為了撇清關係，如此口不擇言，自降格調為「美工」，初禮也算是嘆為觀止。

初禮：「能有多大事，當初老大不是勸了梁衝浪要站出來為晝川說一下話啊！他不幹啊！還想捂著，捂什麼捂都不知道的……」

她正說著話，腳後跟被人踩了一腳。

她踉蹌著往前跳了兩步，回頭一看是抱著資料夾一臉慌慌張張的小鳥……見初禮回頭看著她，她連忙道歉，繞道向前一路小跑。

「搞什麼，魂不守舍的。」阿象伸長了脖子，「以前怎麼不知道她這麼膽小，不是唯恐天下不亂嗎？」

初禮一隻手攀在阿象肩膀上，彎下腰穿好鞋，聞言抬頭看了眼小鳥離去的背影，沉默了下，沒說話。

十點整，會議開始。

難得何總親自坐鎮，開了個圍繞「晝川事件」為主題的會，具體問題、具體分析，囉囉嗦嗦一大堆，無非就是把編輯部和行銷部一起釘了一頓。眼下元月社上市評估進行中，他們能搞出這麼大的事來，如果最後影響了評估結果，阻礙元月社上市，那麼在場所有人不要想，統統收拾包袱滾蛋。

何總發洩完怒火，大家都一臉鬱悶。

于姚整個人面無表情放空。

梁衝浪帶著他的手下在那抹汗。

阿象和老李恨不得把「我是美編關我屁事」八個字用 Photoshop 搞在臉上。

小鳥低著頭在一摁一鬆地玩原子筆。

初禮低著頭在桌子底下踢了于姚一腳。

「這事情不是沒有解決的辦法，」于姚開口，「昨天中午我去拜訪晝川老師，老師的意思說得很明白了，第一，要元月社協助他把事情的始作俑者揪出來，告他個傾家蕩產；第二，現在網路上都在討論的那本《命犯桃花與劍》，晝川老師給元月社開出來的五十萬首印，九個點。」

梁衝浪：「是，律師函已經發給媒體平臺了……就是這本書，我們又不知道內容好不好，就貿然花五十萬、九個點的高價拿下，我覺得，不妥。」

耳邊輕微「喀嚓、喀嚓」原子筆揌動的聲音停頓了下。

小鳥抬起頭看了眼梁衝浪，停頓了下說：「好像是有點高了。」

何總：「高嗎？」

梁衝浪：「高。」

何總：「沒砍砍價？」

于姚：「……這時候大家恨不得跪著和晝川老師說話，還想砍價？」

何總：「……」

桌邊陷入片刻死寂。五十萬首印是有點高，不用梁衝浪說清楚，何總自己也會算這到底是多少錢，這本書還能不能賺……也別說賺了，眼下似乎只有「打落牙齒和血吞」和「聽天由命不要這本書再想其他辦法比如指望作協大佬網開一面」兩條路可以選。

最後何總動搖之中，整個會議似乎卡在了「五十萬」的數字上面，再也沒有任何推進。

而初禮什麼也沒說，「五十萬」這數字是她最先跟梁衝浪提出來而不是晝川親自提出來，這會兒她多說一句，怕都要被梁衝浪懟：這麼賣力，是不是和晝川同流合汙。

雖然天地良心，她真的沒有。

她不生產屍體，只是將屍體鋪好讓晝川往上爬的搬運工。

所以最後確定下來的就是等待微博平臺給予回覆，再看下一步行動……會議期間，微博平臺那邊也來電話說還在評估，請求稍微拖延一會兒，下午上班時間一定會給回覆，元月社這邊沒有辦法，只能答應。

梁衝浪掛了電話後，眾人彷彿死刑犯人得到了晚幾個小時上吊的特赦令似的，紛紛鬆一口氣。

然後散會。

初禮最先站起來，推門，招呼阿象去吃午餐。

兩人離開後，其他人也陸續離開。

眾人面臨飯碗不保的困境，各個面如菜色，所以完全沒人注意到散會後小鳥神色匆忙離開，放棄會議室所在的三樓洗手間，匆匆走到了一樓人比較少的洗手間，推開門。

她順手推開緊閉的前面三個隔間門——

「匡匡」的門響聲在空曠的洗手間裡響起，似乎帶著怒火。

第四扇門推了一半，她煩躁地「嘖」了聲，沒有再去推剩下的那些門，而是轉身回到洗手臺前。她看了眼鏡子裡的自己，精緻的妝容也難以掩飾臉上的憔悴……

短短一個週末，她整張臉像是凹陷下去了似的，黑眼圈很重，她拿出手機撥通一個號碼，電話被接起後，她很急地將手機貼在耳邊「喂」了聲。

「現在元月社律師函已經送了，平臺還在評估……他們暫時沒有找上我，我下午準備請假，免得他們找上來時我在辦公室。」一改在人前清脆的聲音，她聲音沙啞陰沉，「你不是說只是做個採訪而已，沒事的嗎？為什麼最後會變成這樣？那個初禮誰也不找就找做採訪的人……」

小鳥停頓了下，用乾澀的聲音恐懼道：「你說，她不會知道些什麼吧？」

電話那邊不知道說了什麼，小鳥最後只是扔下一句「反正真出事了我一定會把你供出來，我不想吃官司」之後狠狠掛了電話。

她滿臉陰鬱地看了眼鏡子裡的自己，抬起手狠狠地砸了下洗手臺，她轉身，踩著高跟鞋「噠噠」離去。

小鳥並不知道的是，在她走掉的三分鐘後，廁所最後一間隔間的門被人推開，初禮不疾不徐地走出來。

……多麼似曾相識的一幕。

一年前，初禮也是蜷縮在洗手間的隔間裡，瑟瑟發抖地聽著小鳥說自己已經在老苗的幫助下完成任務，只等著在卷首企劃上看她完成不了任務時的笑話，她是滿心的茫然和害怕。

那個時候她還是新人。

而現在，她只是面無表情地走到洗手臺前，看了眼鏡子裡面癱臉的自己，洗了個手，掏出粉餅和口紅，慢吞吞地補了個妝，然後將身上的衣服整理至一絲不苟，轉身離開洗手間。

阿象在元月社大門等著，遠遠看見初禮，揮揮手：「不是噓噓嗎？怎麼那麼久？」

「臨時抓緊時間聽了場戲。」初禮笑了笑，眼睛彎成兩道彎彎的月牙，「中午想吃什麼啊，為表慶祝，我請客呀。」

兩人來到一家烤肉店時，初禮的手機震動。

戲子老師：老梁怎麼說？

猴子請來的水軍：商人的天真深入骨髓，還在妄想砍價這件事——老總似乎有點動搖，能省錢誰不想，就指望著能拖一拖，拖到你妥協自願降低首印。等你降到三十萬左右和《洛河神書》一樣，再歡天喜地地拿下。

戲子老師：……貴社真是一言難盡。

猴子請來的水軍：搞得好像第一天認識一樣……你也別吐槽我了我知道你想說什麼，要不是明年赫爾曼要來中國尋找合作，咱們必須背靠大樹好乘涼——我已經一把火把這裡燒得乾乾淨淨，失去了「國內出版龍頭」這麼個稱呼的庇佑，讓這些牛鬼蛇神看清自己長了幾個鼻子幾張嘴。

戲子老師：戾氣那麼重，誰惹妳了？

猴子請來的水軍：因為還發生了一些別的事，不過不礙事，回去跟你說。

猴子請來的水軍：行，事到如今，面子、裡子都給了，我也不攔著你了，想做什麼就去做。

初禮收了手機，拿過菜單點了幾個肉，準備和阿象好好吃頓烤肉。

阿象：「晝川老師嗎？」

初禮：「是啊。」

阿象：「老師現在肯定恨死元月社了，元月社還想繼續和他合作——拜託，誰會願意和那種出事跑得飛快、沒事了又死乞白賴跑回來假裝什麼都沒發生過的人合作啊……」

初禮低笑了聲，抬起手摸摸阿象的狗頭。其實梁衝浪這人大概也是知道要臉的，要不是作協的四十米長刀架在老總的脖子上，老總的四十米長刀架在他的脖子上，梁衝浪估計會將「晝川」這個人鴕鳥式地從自己的名單上抹去——

偶爾提起時就安慰自己：晝川？也不是很紅啊。

……這就是他們親愛的行銷部老大了，天天瘋話不斷，擅長活在自己的世界裡。

「早上會議開得不明不白的，也不知道最後能不能拿下《命犯桃花與劍》！希望這次梁衝浪不要再鬧事。」阿象說。

「他不敢，」初禮淡淡道，「按照簡單粗暴的邏輯，這本書能不能拿下直接影響了元月社對外形象以及上市評估，這次老梁說的不算。」

初禮點完菜，就沒有再碰過手機，用了一個小時和阿象吃飽喝足後，結完帳，正好手機的微博特別關注有新消息推送。

初禮拿起手機看了眼，晝川已經把《命犯桃花與劍》的頭兩章發了出來，第一章交代男主所在的世界背景，第二章是女主登場……

女主是劇組道具師，這個心機婊戲子老師，還相當與時俱進地把女主的劇組改成《洛河神書》劇組，一口一個「超級大IP劇」；除此之外，晝川果然附贈了原有的手稿照片，一張A4大小的白紙，旁邊還有什麼「點到橢圓的推演公式」演算過程……

除了原稿裡的錯別字和病句，字裡行間盡量保留了他高中時代初次寫作時的青澀。

文章一發出，讀者都快瘋了。

「啊啊啊啊啊啊啊臥槽啊啊啊啊啊啊！」

「完全理解樓上鬼吼鬼叫的點是什麼，有種窺視了大大少年時代的羞澀感！」

「彷彿自己就是晝川的同桌，媽惹，女主好雞兒可愛，想日！」

「想看後續哈哈哈哈哈臥槽大大你喜歡的女生類型有點詭異啊！」

「……………這邊高二狗，猝不及防被複習了一波『點到橢圓』的公式2333333熟悉感撲面而來。」

「和現在的文筆不能比，但是不妨礙它看起來好有味道嗷嗷嗷＝////＝快出書吧，這一部小說對大大的意義肯定很深遠，一定會買的！」

「期待實體書！」

「如果有全稿的話，是不是可以直接期待一波實體書！」

以上，諸如此類的評論層出不窮，頭兩章發出五分鐘左右，轉發接近一萬。

晝川自己再次轉發並配字：曾經以為這本《命犯桃花與劍》永遠不會再重見陽光，而如今既然已經拿出來，就準備做到最好——這本書我會認真挑選合作的出版社或者圖書出版公司，品質、態度缺一不可，有興趣的可以私下聯繫我商談。

初禮回公司大概是二十分鐘後，此時微博轉發已經快接近三萬多，「命犯桃花與劍」話題被帶上微博熱搜，雖然靠後，但是名次以肉眼可見速度一路攀登。

然後梁衝浪和何總在微信群裡雙雙爆炸了。

初禮一進《月光》編輯部，就看見氣勢洶洶的梁衝浪。

「怎麼回事！《命犯桃花與劍》這本怎麼突然公開叫價了？就在我們今天早上剛剛開完會的前後腳！」梁衝浪在《月光》編輯部暴跳如雷，「我不信，我不信世界上有這麼巧合的事，初禮，妳老實交代是不是妳和晝川說什麼了？」

面對他的怒火，初禮一臉平靜。

「……我能說什麼，」她把包放回自己的位置上，「早上開完會，晝川問我結果，我就說五十萬的話，元月社可能需要考慮一下。」

初禮聳聳肩，一臉無辜：「然後吃個午餐的工夫，他就發微博了……這個晝川老師，真是微博王。」

梁衝浪：「……」

初禮心裡笑到打跌，眨眨眼繼續補刀：「不過話說回來……哎呀，說實在的，我都不知道原來他只給我一個人優先報價了呢！難道當時晝川老師的意思是，五十萬的數字只要我們答應，這本書就能略過別家的報價直接簽給我們？」

梁衝浪面色鐵青。

看著恨不得想要掐死初禮。

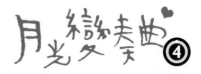

梁衝浪咬著後槽牙：「妳告訴晝川，五十萬首印、九個點，我們要了！」
初禮「喔」了聲，順口問了句「不用再請示老總了嗎」，在梁衝浪「問個屁啊還想不想幹了」的咆哮聲中，她拿起手機看了眼，「啪啪」打了幾個字──
猴子請來的水軍：親愛的，五十萬，我們行銷部終於點頭了。
戲子老師：晚了，微博一出，熱搜一上，新銳出版社現在直接開到六十萬、九個點。
猴子請來的水軍：……
猴子請來的水軍：先恭喜你，終於爬上了金字塔尖尖；然後再以你的寶寶的身分問問你，那我怎麼辦？
戲子老師：讓老梁加價。
戲子老師：呃等等，新盾也來了，報六十五萬、九個點，妳要不問問梁衝浪七十萬、九個點要不要，要就拿去……反正過了我要的那個級別數，我也不讓你們這麼拍賣似地喊價了。
戲子老師：以上，這是給我的寶寶的特別優惠。
七十萬，九個點。
還他媽在那裡叫囂「特別優惠」，她肯定是上輩子欠了你一個億，這輩子才淪落到來當他的「寶寶」？
初禮放下手機，抬起頭對梁衝浪道：「報價已經超過五十萬了，所以七十萬、九個點，要不要？要我就現在回覆晝川，他答應可以立刻停止報價簽給我們；不要的話就算了，以後也別再提這茬。」

初禮語落時，整個編輯部安靜得可怕——

眾人面面相覷，簡直不敢想，剛剛吃完午餐還沒消化，這會兒就要直接面對這麼腥風血雨的事，梁衝浪看上去更是要把午飯都吐出來了！

「七十萬……」梁衝浪揉了揉太陽穴，一臉不敢相信自己的耳朵、自己彷彿身在地獄的模樣，「妳等一分鐘，我打電話給老總。」

初禮：「你倒是去。」

梁衝浪無力地擺擺手示意她閉嘴，轉身到走廊上打電話去了。

初禮也沒跟著去，就是遠遠地站在編輯部門邊等著，奈何……奈何電話裡何總的咆哮聲太他媽大了，隔著七、八米的距離初禮都能聽見他在電話裡吼——

「梁衝浪你是不是不想幹了！早上五十萬答應下來屁事都沒有，非要拖拖拉拉說什麼五十萬沒人要的肯定會降！現在變成七十萬！五十萬的時候不要非要等到七十萬，你有病還是我有病，你是元月社的行銷還是晝川的行銷！」

初禮忍住沒有笑。

梁衝浪唉聲嘆氣：「那要不要啊？」

「要啊！能不要嗎？七十萬賣不掉信不信我拿來堆一堆點把火把你燒成灰！」

梁衝浪掛了電話，像是一條終於鬆了口氣、結束了一樁鬼事的喪家犬……他轉過頭看著初禮，動了動脣正想說話。

此時斜靠在門邊的初禮點點頭，一臉嚴肅：「我都聽見了，這就去跟晝川說。」

梁衡浪：「……」

彷彿還生怕梁衡浪氣不死，初禮笑了笑：「早這樣不就好啦，白白便宜晝川老師二十萬首印——二十萬啊，夠另外再出十本暢銷書了。」

梁衡浪看起來很想把手機扔到初禮那張小人得志、笑咪咪的臉上。

然而他也只是遠遠隔空指了指初禮的鼻子：「妳給我閉嘴吧。」

初禮轉身回編輯部，跟晝川說了這件事。

晝川回了個很有男友力的「好」字，果然就停止了報價，因為過不久，于姚發了私聊朋友圈截圖給初禮，新盾社的顧白芷在朋友圈裡超級生氣地打滾蹬腿——

「啊啊啊啊啊啊啊啊啊啊啊啊啊啊啊！氣死！」

于姚回覆：咋啦？

顧白芷回覆于姚：書被你們搶了！還問！我的《命犯桃花與劍》！氣死了！妳走！

初禮咧開嘴笑了。

這時候，身後一陣熟悉的 iPhone 手機鈴聲響起，片刻後，有人接起電話「喂」了一聲。

初禮放下手機，腳下一轉，屁股下的旋轉椅一百八十度轉了過去，她看著小鳥將手機貼在耳邊，垂著眼，也不知道電話那邊是誰又說了什麼，她臉色由蒼白變得慘綠……

低低回答了一句「我是」，她咬咬下唇站起來，想要往外走——

猝不及防對視上這會兒正盯著她看的初禮。
她愣了愣，初禮挑起眉，然後衝著她笑——和十分鐘前，她衝著被老總狂釘的梁衝浪笑時的同一種笑容。
大概就是——請開始你們的表演。
「初禮，妳跟法務部聯絡下讓他們快點把合同搞出來，」梁衝浪站在門口吆喝，「以免夜長夢多。」
初禮把目光從與梁衝浪擦肩而過走出去的小鳥身上收回來：「別著急啊，晝川老師不是還有第二個條件嗎？」
第二個條件是把在幕後抹黑他的人揪出來。
梁衝浪打了個手勢：「我再聯繫一遍微博平臺的人，妳先穩住晝川。」
初禮揣著「說不定可以一石二鳥」的心情，這會兒對這件事充滿了歡喜與期待，心情太好，甚至對梁衝浪也笑了笑，和顏悅色道：「好啊。」
等椅子轉回來，初禮這才發現在她悠悠哉哉等著看戲的時候，她的QQ和微信都炸裂了。從作者到別家出版社的編輯再到印刷廠合作方，所有的人都在跟她打聽——
「晝川的新書是不是元月社簽下了？」
「首印是不是傳說中的七十萬？」
「有意合作的廠商找好了嗎，妳看我們怎麼樣……」
初禮：「……」

之前提到過，在實體出版行業逐漸沒落、普通小作者首印也就八千至一萬的年代，七十萬是一個相當於天文數字的概念，哪怕是放眼整個出版界，那大概也得二到三年才會出現一本實際首印量一百萬左右的超級ＩＰ。

這是實體出版界的頭等大事。

所以《命犯桃花與劍》的首印和出版公司一確定下來，說不清楚是從哪兒走漏的風聲，半個小時之內，幾乎整個圈子都知道了這本書賣了七十萬、九個點。

晝川這邊也不例外，認識的圈內人全部在恭喜他，就連「競標失敗」的顧白芷也是含著一口血地說出「恭喜老師」四個字，最後還幽怨地補充一句「元月社加價你就停止競價，這未免也太偏心了，他們何德何能啊」。

晝川並不能告訴顧白芷，他輕易屈服，只是因為元月社掌握了他下半身以及下半生的幸福做為人質。

此時，一切彷彿已經塵埃落定。

唯獨晝川本人覺得自己彷彿還活在夢裡。

畢竟最初初禮提出「五十萬」首印的時候，連他都覺得「妳是不是瘋了，這破玩意哪裡值這個價」——

戲子老師：這破玩意就這麼賣了七十萬冊……你們算過得給我多少版稅嗎？二百多萬，怎麼，貴社是準備讓天地銀行開發票、過清明燒給我？

猴子請來的水軍：你就知道嫌棄自己的第一部作品這裡不好、那裡不好……你怎麼和你爸似的。

戲子老師：？

來自「戲子老師」的「黑人問號臉」表情包十連發。

猴子請來的水軍：但是作為出版公司的編輯，我還得以商業的目光看你這「破玩意」——麻煩你打開微博看一眼熱搜話題榜，「**命犯桃花與劍**」已經爬到多高了，話題度堪比「**吳彥祖出家**」，這玩意怎麼可能賣不好？路人湊熱鬧都會來買一套的。

戲子老師：？吳彥祖出家了!?

猴子請來的水軍：……

戲子老師：哦，差點以為塵世第一帥的寶座是我的了。

猴子請來的水軍：得意到神志不清了……嗯我們法務已經開始做合同了，老總剛才私聊我，問我下班順不順路，讓我下班把合同送你家去，耽誤一秒都不行，生怕夜長夢多。

猴子請來的水軍：……我說，好像是挺順路的。

戲子老師：……

戲子老師：別急著給合同，親夫妻明算帳，你們得把黑我的那些蠢貨揪出來這合同才算數，這事沒忘記吧？

猴子請來的水軍：你這麼小心眼又記仇肯定是天蠍座的。

戲子老師：別那麼蠢，世界上並不會只存在十二種人——雖然我確實是。

猴子請來的水軍：是啥？

戲子老師：。

戲子老師：天蠍座。

猴子請來的水軍：哈哈哈哈哈哈哈哈哈哈哈哈哈哈哈哈哈哈哈哈哈哈哈哈哈哈哈哈哈哈哈哈哈！

猴子請來的水軍：是啦是啦，這不是正要和你說這件事啊，微博的事老梁去催法務部再打電話給平臺了……呃雖然我覺得平臺確實是在推進這件事，你猜怎麼著，剛才小鳥接了個電話，然後立刻面色鐵青。

猴子請來的水軍：這次說不定可以一石二鳥——

猴子請來的水軍：哇，老苗真的很恨我，連你都搞。

戲子老師：那他怎麼不搞阿鬼？

猴子請來的水軍：大山在前，誰會先繞過去先鏟那個螞蟻拱起來的小土坡……等你倒了，下一個自然輪到她。

戲子老師：截圖給阿鬼看。

猴子請來的水軍：……

戲子老師：叫爸爸就放過妳。

猴子請來的水軍：爸爸。

戲子老師：。

猴子請來的水軍：。

小鳥出去講了通電話沒多久就回來了，回來的時候臉色當然並不好看——準確的形容不能說是不好看，用「天塌下來了」更加恰當以及合適。

初禮看了她一眼，好奇得想要當場走上去問「是誰的電話」，正好這時候，初禮在法務部的熟人加小狗腿發來消息——

阿腿：微博平臺那邊給了回覆，已經通知當事人了，妳絕對猜不到那個人是誰！哇！我們老大都震驚得說不出話來了，鬧著要列印一份《八榮八恥》給你們編輯部送過來……

猴子請來的水軍：不，我覺得我猜得到那個人是誰。

當場藉著「商討晝川合同細節」的藉口跟于姚知會一聲，初禮帶著法務部的妹子出逃咖啡廳，兩人面對面一坐，把晝川的合同往旁邊扒拉開，開始八卦。

初禮拍桌，一臉興奮難耐：「是小鳥是小鳥是小鳥對不對對不對對不對——快點頭，說：對！」

法務部妹子點點頭，驚訝道：「咦妳怎麼知道啊？我這裡明明是第一手新鮮消息的！」

「早上散會以後，一聽我們要拿起法律的武器守護自己，小鳥就魂不守舍地跑到洗手間打電話跟某人大吵一架，好像要撕破臉一樣，字裡行間都是想要甩鍋的意思……」初禮往後一靠，蹺起腿，「當時我就在洗手間的最後一個隔間，噓噓到一半愣是活生生憋回去等她講完電話。」

法務部妹子：「……」

初禮坐直了，身體微微前傾：「你們現在知道做採訪的人是小鳥，那被採訪的人呢？」

法務部妹子：「就看小鳥招不招了。」

「那她肯定招。」初禮輕笑了一聲，「我可是親耳聽見她最後說如果出事一定把那人供出來，你以為她是在威脅電話那頭的人嗎？咬牙切齒的，肯定是動真格的啊！」

「妳怎麼知道人家不會用錢封她的口？」

「那人有錢還用這麼鬼鬼祟祟地鬧事情？有錢買網軍啊，帶節奏啊，把『**晝川代筆**』刷上熱搜、熱門話題頂置三天三夜啊，搞臭他，讓他翻不了身啊。」初禮冷笑一聲，「結果什麼都沒有，反被糊了一臉還送了晝川一步榮登七十萬首印寶座——這兩年只算國內，第一中文暢銷書沒得跑了吧？」

戰後，人們都只記得輝煌的結果。

而其中遭的罪，統統輕描淡寫地一筆帶過——

這才能凸顯出主人公的完勝。

……至於那些應該被記下來的仇，自然也是好好記在心裡，一點點還。

「你們最後決定要怎麼處理小鳥？」

「無論她說什麼、做什麼，那肯定都是要被清理門戶的——平白無故害元月社遭這麼大的罪，這筆帳、這股邪火，老總正無處安放。」

初禮一聽，揚了揚下巴：「把這機會讓給我——當初老苗打辭職報告時我都沒來得及說個正式道別送他退場，他的好屬下，我不能再錯過了。」

初禮話語剛落，法務部妹子就笑了起來：「隨便妳，隨便妳，妳搞定了晝川，現在在公司上下、老總面前，妳就是神。」

初禮點點頭：「跟你們老大說，期待你們送來的《八榮八恥》，會做為小鳥的墓誌銘，珍惜又珍重地放在她的位置上三個月以表敬意的。」

初禮並不在意現在自己是不是一副小人得志的嘴臉——

反正她就是啊。

啊哈哈哈哈哈哈哈哈哈哈哈！

用接下來的一點兒時間和法務部的妹子敲定了晝川《命犯桃花與劍》的出版合同，在距離下班還有大概一個小時，初禮趕回元月社的《月光》雜誌編輯部。

她從門口那一缸自相打架、打得遍體鱗傷得只剩下兩、三條魚的魚缸旁邊路過，扒在魚缸壁上的垃圾魚正悠悠哉哉地吐著泡泡……一缸子魚一年到頭割韭菜似地換了兩、三波，唯獨牠還健在，頗有永垂不朽架勢。

進了編輯部，初禮連合同都來不及放，徑直來到小鳥跟前，居高臨下地對著坐在位置上的人說：「小鳥，網上黑晝川、說他宣傳印量弄虛作假、為了帶風向打壓晝川不惜洩漏元月社內部機密做採訪的人，是妳吧？」

初禮話一出，整個編輯部都震驚成一團。

阿象毫不掩飾地「咦」了聲，然後發現自己聲音太大捂住嘴。

于姚從自己的位置抬起頭，一臉茫然加驚訝。

另外一個美編老李向來兩耳不聞窗外事，這會兒也轉過椅子好奇地看過來。

小鳥點擊滑鼠的動作一頓，抬起頭看著初禮——她臉上的妝容依然精緻，只是那雙逐漸瞪大的眼中有不可掩飾的驚慌失措。

沉默地與初禮對視片刻後，小鳥愣愣道：「初禮？我不懂妳在說什麼……」

「字面意思——」初禮的聲音聽上去彷彿剛剛從冰水裡泡過撈上來，「那個採訪是不是妳做的！」

這斬釘截鐵的質問，讓小鳥徹底慌了神：「妳不要血口噴人啊……」

初禮沒再繼續跟她廢話，只是掏出手機，進入音檔列表，摁下一個音檔，往小鳥面前一拍。

模模糊糊帶著廁所回音的聲音就響了起來——

「那個初禮誰也不找就找做影片採訪的人……」

「你說，她不會知道些什麼吧？」

「反正真出事了我一定會把你供出來，我不想吃官司……」

小鳥的臉色立刻變得非常難看。

「前面還有妳質問別人不就是做個採訪怎麼弄出這麼大動靜的我沒來得及錄，不過這些也夠了。」初禮面無表情道，「替老總和人事部捎句話給妳：恭喜妳，妳被解僱了。」

小鳥一聽著急了，臉色頓時蒼白如紙，她放下做了一半的事從位置上站起來，手絞到一起：「解僱我？你們要解僱我，那怎麼行——我簽的合同還有兩年呢，都沒到期，你們這樣提前解僱怎麼行？還有，初禮，妳說的不算吧，妳就是個副主編……有什麼資格解僱我？」

她說話順序有些凌亂。

初禮拿起自己的手機：「晝川被黑的事，是妳自己親口承認且有錄音做為證據，在職期間洩漏公司合同內容，損害公司名譽，引起軒然大波、社會輿論，導致最後公司上市計畫受威脅——妳猜老總知道這事，是選擇開除妳還是留下妳？」

初禮冷笑一聲：「怕是除了開除妳，還想當場把妳打一頓才解氣。」

小鳥雙眼發直，「可是我又不是這件事的主謀，是別人讓我做一個採訪錄音檔——」

初禮掃了她一眼，用「妳安心上路」的語氣道：「放心，那個人我們也不會放過他的。」

小鳥不說話了。這時候于姚也走過來，伸手想拿走初禮手裡的手機再聽一次錄音——初禮剛做出遞出去的動作，小鳥突然暴起，尖叫一聲撲過來就想搶手機！

初禮眼明手快地一把舉起手機讓她撲了個空，順手在她肩膀上推一把，小鳥高跟鞋扭了下，整個人往前撲地上，興許是扭得狠了，這「撲通」一聲坐下就再也沒站起來……她坐在地上開始哭，哭得整個編輯部的人面面相覷。

「別哭了，」初禮上前，單手將她拎起來，放椅子上，「做錯事就得認，早知如此，何必當初。」

「你們不能這麼對我，這才是年中呢，現在辭退我我上哪兒去找工作！我下個月房租還沒繳！現在辭退我你們可是要賠償我雙倍薪水！」小鳥哭得快暈過去了，慌忙之中又拽住初禮，「初禮，我們是前後腳進元月社的，算同期，妳不能這麼對我！」

初禮把手機往于姚手裡一塞，示意于姚走一邊聽去，順便鬆開小鳥的衣領，替她整理了下衣服，抽了張紙巾幫她擦擦臉上哭花的妝。

小鳥一把扣住初禮的手：「妳不能這麼對我。」

初禮笑了笑，手上的動作依然溫柔，她直視小鳥的眼睛，溫柔道：「不，我當然能。」

辦公室裡安靜得可怕，除了小鳥的抽泣聲，沒有人敢說話。

阿象看著初禮那張皮笑肉不笑的臉，以及她抬手將替小鳥擦眼淚的紙團往紙簍裡扔的小動作，忍不住打了個冷顫：還好，她眼瞎心不瞎，一開始就沒站錯隊。

這一天的鬧劇在下班鈴聲響起時結束。

下午上班時間有多久，小鳥就在位置上哭了多久，臨下班時，小鳥走到于姚跟前說：「那我主動辭職。」

眾人：「……」

初禮劈哩啪啦在鍵盤上打字的聲音停了下來，椅子轉了一圈，轉向小鳥。

初禮：「……妳辭職？」

她仔細想了想，突然想到小鳥從「死不肯走」到「主動辭職」的過程，估計是中間有什麼人告訴她被公司辭退的其中利弊，雖然被辭退確實可以拿到雙倍薪水賠償，但是公司將會在辭退信裡寫得明明白白，這個人是為什麼被上一間公司辭退，她都在公司裡幹了什麼好事……而這對於小鳥找下個工作的影響可以說是巨大的——

通敵叛國，洩密，因個人恩怨影響公司上市計畫。

以上，還能有比這更可怕的被辭退理由嗎？

于姚：「想好了？妳主動辭職？」

本著元月社的摳門本質，員工自己辭職不用賠錢那真是再好不過的事了——至少這是元月社的一貫作風。所以這會兒于姚聽見小鳥主動辭職自然也鬆了口氣，正欲答應……

「別著急，」初禮的聲音不疾不徐地從她們身後響起，「事情還沒個定數呢，其實我剛才也是有點生氣，說話果斷了點兒——現在想想，妳做事一直中規中矩，做的專欄人氣也還不錯，萬一老總念在妳被他人指使，網開一面呢？」

于姚：「啊？」

啥玩意？

這和剛開始說的說辭不一樣啊？不是說老總一定會把她辭退然後打一頓嗎？

隔著小鳥，于姚與初禮對視一眼，不知道她骨子裡賣的是什麼藥。

「先下班吧，」于姚對小鳥說，「反正現在說這也是明天再看看了。」

小鳥紅著眼點點頭。

她又像是不確定似地看了眼初禮：「真的嗎？」

初禮笑笑：「真的啊。」

她伸了個懶腰從椅子上站起來。

愉快的一天就這樣結束了。

下班，回家。

晚上做飯的時候，初禮和掛在自己身上的男人順便討論了小鳥這件事。

初禮「咚咚」切牛肉的時候，晝川沉甸甸的腦袋就放在她的肩膀上，看著她切的肉塊均勻俐落，心中一陣蕩漾得意——

他媳婦。

上得廳堂、下得廚房，滾得了炕；家裡太平公主嬌憨玲瓏，出了玄關的門，瞬間變身武則天，御駕親征，給他退匈奴，禦強敵，打下一片大好江山。

他晝川的媳婦啊。

他晝川怎麼這麼能幹？大馬路邊隨手一撿，便是萬裡挑一。

「……老師，能別在我耳邊哼哼唧唧不？」初禮頭也不抬地說，「小鳥那事想好怎麼辦了嗎？你要想趕盡殺絕，就不能讓她主動辭職，主動辭職她頂多就是丟了這份工作——但是要是被元月社辭退，她這輩子基本就再也別想在整個大ＩＰ開發產業任何一環幹……」

放在初禮肩膀上的腦袋動了動：「那麼慘？」

「嗯。」

「我喜歡。」

「但是元月社很窮啊，」初禮說，「本著能省點兒是點兒的原則，估計也就讓她自行辭退、息事寧人——」

「息什麼事，寧哪個人？」晝川問，「當事人表示這輩子不想再在這個圈子裡看見鳥苗二人組——」

初禮：「像在罵人。」

晝川：「辭退的錢我給，妳讓你們公司麻溜辭退她——為什麼辭退要事無巨細、面面俱到、繪聲繪色，讓下一間公司的人事部好好瞭解一下坐在他們面前面試的人才好。」

初禮將牛肉扔進煮沸的開水中焯水，頭也不抬地「嗯」了一聲，等待牛肉煮熟的過程中她從圍裙裡拿出手機，把方才晝川說過的話打了一遍給梁衝浪——

猴子請來的水軍：晝川老師已經看過合同，合同沒有任何問題。我就今天下午從平臺回覆來的消息稍微與老師溝通了下，對於作案人是我們公司內部員工這件事，老師表現出了深刻的……

「詫異與憤怒。」晝川在後面當文字指導，「一直以來，晝川老師與我公司合作愉快，並未產生正面衝突與矛盾，老師百思不得其解為何會落入今日這尷尬境地……」

初禮：「你慢點兒，打字不要時間啊，就你有嘴叭叭叭的。」

晝川：「並對擁有這種員工的元月社感到不安與惋惜。」

初禮：「……」

初禮抬起頭看晝川。

晝川親了下她柔軟的唇：「真誠祝願貴社早日倒閉。」

初禮伸出舌尖舔舔他的唇瓣，成功將原本準備蹭一下就撤的男人又勾引回來。他捏著她的下巴加深了這個吻，唇舌交纏之間，順手將她抱在胸前的手機抽走。

「字，」初禮含糊道，「還沒打完……」

「最後那句真誠祝福不用，妳是不是傻？」

初禮搶回手機，將打好的一大串東西發給梁衝浪，梁衝浪很快回覆——

蔥花味浪味仙：妳說的我都知道了，但是都這麼久的同事了，要嘛還是讓她辭職吧，哎。

老苗走後，小鳥做為「遺物」便成為梁衝浪在《月光》雜誌編輯部的眼線，這半年來她沒有功勞也有苦勞，梁衝浪也不是全沒良心，這時候自然想多少幫她。

猴子請來的水軍：晝川說的話，都在這裡了，我一個個字按照口述打——老梁你是看不懂還是裝不懂，打太極沒意思，你應該知道這件事從頭到尾都沒有你打太極的餘地在。

又想重溫一下「五十萬首印」變「七十萬首印」的經歷？

哪怕是記吃不記打，剛被打了也該知道疼啊。

非要晝川親自打電話給老總，把話說得難聽才有意思是不？

蔥花味浪味仙：……

蔥花味浪味仙：我知道了。

如今，為了自保，梁衝浪這種人無論如何也不得不按照初禮說的那樣，一步一指令，絲毫沒有反抗的餘地。

狗咬狗一嘴毛，說的大概就是這種。

當晚。

初禮如願以償在微信群裡看見小鳥被辭退的原因與公告，公告出來後，小鳥沉默了很久，突然在群裡標注了初禮，卻一個字沒有說，直接退了群。

小鳥就這樣被狼狽趕走。

有時候初禮也想著自己這樣做會不會顯得太狠心，但是想一想那些日子她和晝川是怎麼過來的……

晝川把自己關在房裡遭萬人質疑唾罵時都在想什麼。

她在他的房間門口叫著他的名字，哭著求他出來。

他笑著對她說「要不算了，不寫了」時候的模樣。

那些陰霾始終籠罩在心上，恨深深地刻進了骨子裡。

她沒有辦法原諒這件事裡站在對立面的任何一個人——

每一個人都必須要死得透透的。

小鳥是第一個。

老苗是下一個。

第九章

小鳥丟了工作，搞到聲名狼藉，第一個恨的人是錄音告發她、搞得她完全沒有翻盤餘地的初禮，第二個恨的理所當然就是當初打著「沒事就匿名做個採訪妳怕什麼」的名頭、慫恿她開微博小號的老苗。

初禮早就聽說老苗還在出版界裡混，去了另外一家不大不小叫「銳利時代」的圖書出版公司，這種公司還是滿看好手上有一些作者資源的編輯的……

你看，要不怎麼說作者就是編輯手上的武器呢？哪怕是殺入下一個戰場，第一時間也得「亮劍」，就像打網遊組隊人家也要讓你先發一下裝備一個道理。現在老苗的微博還帶著個認證，認證文字是：元月社《月光》雜誌前副主編。

這個認證無非就是告訴業內人士「我老苗是在元月社做過大事的人」，平日裡賣弄賣弄仍是有些用處……

然而事到如今，這「賣弄利器」反而成了絆腳石，具體功能體現在——小鳥被辭退、退出工作群大概半個小時之後。

當時初禮正擺弄著水果刀，替晝川小公主切他要的兔子狀水果，躺在她身後蹺著二郎腿刷今天更新後評論的晝川突然開口：「小鳥微博更新了。」

初禮「喀嚓」一下，把一隻水果兔子腦袋切下來：「你怎麼知道她微博更新了，你還跟那隻綠茶鳥互相關注了？」

晝川坐起來，把那半片兔子塞進嘴巴裡：「沒有，妳撒泡尿照照自己現在的模樣，嫉妒使人醜陋……」

初禮舉起了刀。

晝川往後縮了縮：「……我沒關注她，妳看妳，急什麼——她用她做採訪那個小號發的，標注了一波老苗……哇，現在憤怒無處安放的人民群眾瘋狂湧入老苗的微博。」

「我也去罵一句。」晝川手動切換微博小號，點擊評論老苗微博，「心思這麼——歹毒，還是晝川——大大的——前編輯，天啊，好陰暗的——」

初禮：「……」

晝川繼續埋頭輸入：「不配，擁有，媽媽——句號——發送。」

晝川放下手機，面無表情：「評論失敗。」

晝川很氣地摔手機：「他關評論了！懦夫！老子被罵最慘的時候也沒關過評論！」

初禮彎腰把晝川的手機撿起來，看了眼，發現果然這會兒小鳥發的微博內容有直接標注老苗，並坦白說他是被採訪的人，如此這般，人群一下子炸了鍋。

由江與誠等晝川圈內好友率先轉發帶風向，看熱鬧群眾跟上，微博發出後的五分鐘，轉發接近八千，眾人紛紛指責老苗心思歹毒。

基本什麼惡毒的詛咒都用上了。

此時此刻，老苗正在遭遇晝川曾經經歷過的，那些當初對晝川惡言相向後，慘遭打臉又沒得到原諒的人們終於找到地方釋放他們無處的憤怒……當初沒取消掉的微博認證反而成了一把懸在老苗頭頂的達摩克利斯之劍，如今這把劍，掉了下來。

初禮放下手機：「他活該。」

晝川點點頭：「活幾把該。」

第二天。

初禮正坐在電腦前埋頭打字——她近期任務就是拿著一大堆晝川《命犯桃花與劍》的稿子，坐在那裡替他手打輸入，然後把電子稿發給晝川，讓他根據已經有的電子稿修改、補充內容；同時還得替他的原稿拍照，方便他更新的時候上傳微博。

正劈哩啪啦打得歡快，這時候被阿象叫了聲，她抬起頭發現阿象把電腦螢幕轉了過來——

被罵了整整一晚上的老苗終於扛不住，上傳一段影片做為道歉申明。

老苗在影片中表示，自己因為編輯部內部鬥爭離職元月社，前段時間網上帶起了晝川的風向，聯想到晝川的責編，想到此人依附晝川而生存，一時鬼迷心竅，做了個採訪。

說了不該說的，做了不該做的。

很抱歉。

對不起所有給予他信任的小夥伴，也因此違反了離職前與元月社簽下的相關保密條款，如今也已經收到來自元月社的律師函，並會坦然面對這件事，為自己的行為負責。

此道歉影片一出，滿世界鋪天蓋地轉發得到處都是。

十分鐘後，《月光》雜誌官方微博放出公告——

【《月光》雜誌官博：近日來，我雜誌作者晝川受到網路上一些人無故攻擊、造謠以及誹謗，對於沒有第一時間站出來為作者主持公道，官博君深表歉意。

晝川大大，對不起。

對於惡意造謠、生事甚至違反相關條款的已離職員工苗某人，元月社保留以法律手段追責權利。

以上。

傷害已經造成，不奢求晝川大大原諒，只是特此公告，望周知。】

二十分鐘後，「銳利時代」官方微博接過了接力棒——

【銳利時代傳媒：對於本公司員工在網上惡意生事、攻擊作者一事，本公司深表震驚與遺憾。

在自我檢討審核用人不當的同時，決定以辭退事件始作俑苗某人，給元月社、作者一個交代——

在這個紙媒相關行業逐漸沒落的艱難夕陽時代，我們始終支持互幫互助、正當、公平的競爭原則。】

初禮開著小號，先去老苗那轉發罵人，然後去《月光》官方微博替自己充當叫好網軍，再去新銳時代那鼓掌叫好，最後一站去她男朋友微博下打字：大大加油，愛你一萬年！

她忙得不可開交。

直到收到來自她男朋友的QQ留言——

戲子老師：上班呢，微博一條接著一條，妳是不是很閒？

猴子請來的水軍：……做什麼視姦我私人微博！

戲子老師：因為我很閒。

猴子請來的水軍：……

老苗和小鳥就這樣徹底被趕出了整個IP產業開發鏈，接下來是死是活誰也不知道，也沒人再跟初禮報告過。

這一天值得紀念。

這一天是《命犯桃花與劍》在微博連載的第七日。晚上下班回家，初禮在和晝川閒聊的過程中得到通知，說是已經有版權商來諮詢這篇文的各種版權價格。

如果說《洛河神書》因為之前的影響，是版權賣得最慢的一本。

那麼《命犯桃花與劍》可能會變成晝川所有書裡賣得最快的一本。

就像是一場停不下來的連鎖地震反應，很快的，初禮意識到整個事件中受到關注的似乎不止有晝川一個人。

也許讀者們更關心的是他們的大大怎麼樣了，但是內行人看門道，等初禮反應過來的時候，她在出版界已經和晝川同等出名。

入行開始，先是《洛河神書》。

再賣《消失的遊樂園》。

兩本年度前十暢銷書出自同一責編之手已經十分驚人。

接下來再一把將站在懸崖邊緣的索恆也拉了回來，新連載《遮天》讓沉默三年的她重新回到眾人視線裡。

啟用耽美大神鬼娃寫純愛輕小說接軌實體書出版，吃到了耽美這塊許多人嚮往又無法觸碰到的擦邊球大蛋糕。

最後，一把將晝川推到了顛峰。

在業內，「初禮」這個名字突然不再是「站在巨人肩膀上的人」，彷彿是一個巨人坐在另外一個巨人的肩膀上，強上加強，隻手可摘星辰。

在討論這個問題的時候，晝川正斜靠在廚房門邊看著初禮切菜做飯，說完之後懶洋洋道：「所以，顧白芷問妳，有沒有興趣到新盾去發展。」

「咚咚」的切菜聲一頓。

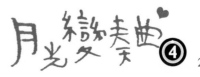

初禮抬起頭看著晝川：「啥？」

晝川站直了身體：「可能是想讓妳把《桃花與劍》的項目一起帶過去，所以，妳去不去啊？」

初禮眼珠子在眼眶裡轉了一圈，耳邊的髮絲垂落，她歪嘴吹了吹。晝川見狀，直起身子伸手替她將頭髮挽至耳後，略微粗糙的指尖蹭過她的耳廓，帶起絲絲泛紅。

「怎麼突然說起這個？」初禮低下頭繼續切菜，「顧白芷讓你來的啊？」

「嗯。」

「她怎麼不自己找我。」

「挖人這種事說來也不怎麼光彩，不好大張旗鼓？其實顧白芷和妳挺像的，心高氣傲，天大地大老子最大。」晝川索性挨著流理臺站好，替初禮打打下手，淘米洗菜什麼的，「按照她那種『實體出版界除了我都是蠢貨』的畫風，開口主動想要人還是頭一回……」

「她是想要我還是想要你。」初禮笑了笑，想到于姚的微信朋友圈截圖，臉上有些不以為然，「這次《命犯桃花與劍》被我們搶了，據我所知她超氣。」

「她說不是因為這個，就是讓我轉告妳，等于姚離職，元月社可就只剩下一堆蠢貨了，妳想想被蠢貨喪屍圍城的感覺，怕不怕？」

「……你不說我都忘記這茬。」

「我覺得她應該不是為了我，她最早跟我提起妳怎麼去了那個蠢元月社不還是《黃泉客棧》時候的事嗎？」晝川抓了抓米，倒掉乳白色的洗米水，「嗯，那時候妳剛開始做《遮天》，她很喜歡，說是在裡面看見了索恆早些年充滿靈氣的影子……那個時候她就覺得妳和老苗那些人不一樣了。」

因為索恆？

初禮臉上的抗拒稍微減弱了些：「這樣？」

「妳不也看見聊天紀錄了啊，我又沒躲著妳。」晝川說，「後來再提起妳，是阿鬼那本航海文開始連載……人氣挺高的吧，聽說替《月光》拉動了不少腐向讀者，腐向這塊大蛋糕新盾眼巴巴瞧著挺久了，沒找到的突破口被妳找著了，她覺得妳聰明。」

噯？

好會誇人哦。

看不出來啊，那個顧白芷……

這次初禮終於給了晝川一個正眼：「有人誇我你怎麼都不告訴我？」

「告訴妳幹麼，妳這人不禁誇，隨便誇一句尾巴都翹上天了！」晝川伸手拍拍初禮的屁股。

大手溼漉漉的，在初禮的牛仔短褲上留下一個巨大的爪子印，初禮「嘶」了聲彎腰想躲，然而晝川的手卻像是黏在她的屁股上似地甩都甩不掉，還充滿猥瑣大叔氣質地掐了她一把！

「啊！」初禮舉起菜刀，「把你那乾爹摸乾女兒似的鹹豬手從我屁股上拿開！」

「我不。」晝川厚顏無恥地貼上來，「我摸摸妳尾巴……」

說著大手就要從她褲腿裡往裡鑽，初禮「嘶」了聲，下一秒手中的菜刀被晝川一把搶走扔開，後者含糊地說了句「刀劍無眼」，然後將初禮整個人抱起來放流理臺上，自己擠進她雙腿間，抬起她的下巴讓她正面對視自己：「妳覺得怎麼樣？」

初禮抬起頭親親男人的下巴：「什麼？」

晝川：「新盾。」

初禮：「我要做主編。」

晝川：「那人家肯定不能答應妳。」

初禮：「一山不容二虎……而且阿鬼和索恆還在連載，我走了她們怎麼辦？」

晝川伸手，將她的腦袋摁在自己的肩膀上，揉亂了她的頭髮：「妳還對元月社抱有不切實際的幻想？經過這麼多事妳還沒明白一個道理嗎——妳改變不了這個世界，任何人都不可以。」

初禮鼻尖壓在晝川的身上，深深地吸一口氣，鼻息之間都是他的氣息。她心跳加速，張開雙臂抱緊面前的人，含糊地點點頭道：「但是有句話說得對：生而為人，我們那麼努力，只是為了不讓世界改變自己。」

八月，盛夏時間。

晝川的《命犯桃花與劍》在微博與《月光》雜誌同步連載，文章的話題度、熱度都非常高，每一天，晝川更新的微博底下都有不少評論。

例如讀者們——

「男主可以說是非常可愛了。」

「女主更加可愛。」

「啊啊啊啊啊啊啊甜甜甜！」

「晝川 666666666 我在這篇文裡看出了你當年的少男心，它與我的少女心發生了共鳴！」

例如作者們——

「……男人寫言情甜起來，我們這些女作者得靠邊站。」

「解決了本大大多年來對人物真身古穿今後窮得想去要飯這種設定的困惑。當今科技如此發達，主角身上可是帶了貨真價實的銀子和金子，怎麼可能換不到人民幣！」

「我被晝川帶回了言情坑，我也想寫言情。」

「有一些用字遣詞可以看到非常明顯的青澀痕跡，修改稿又夾雜著成熟的敘事手法——可以說整篇文給人的感覺非常微妙又恰到好處，像是一杯水蜜桃和青檸的冰涼氣泡水。」

晝川微博每天都非常熱鬧。

一改幾十天前那副死氣沉沉的樣子，每一天微博的轉發、評論都在增加。

這是作者非常願意看見的事情，身為作者，無論神格多高、身價多少，每天更新完後美滋滋地拿著手機刷評論是他們寫作多年來培養的唯一習慣與樂趣。

有評論，他們就活了。

沒評論，他們就死了。

「你看著小姑娘的留言，唇角挑起的模樣特別噁心人，」初禮一把搶過晝川的手機，「不許看了。」

坐在沙發上的男人向後仰頭，看著站在自己身後的人：「好，不看了。」

初禮捏著手機的手動了動，想了下自己這是不是有點吃醋過頭。

晝川：「看妳。」

初禮：「嗯。」

晝川：「誇誇我。」

初禮面無表情：「老師最棒，寫的文太好看了，我天天都要看。」

晝川：「再叫一次。」

初禮：「什麼？老師？」

晝川長臂向後一撈，拽著身後人的胳膊強迫她彎下腰，伸長脖子親了親她的鼻尖：「叫得好，硬了。」

九月，熱熱鬧鬧的開學季。

于姚與元月社達成和平友好共識，安靜離職，成為作家索恆的個人經紀人。

初禮上任元月社《月光》雜誌編輯部主編位置，此時距離她正式入職元月社正好是一年半的時間。

老苗離職，小鳥被開除，于姚走後，整個編輯部的文編只剩下初禮一個，等她反應過來自己貌似成了光桿司令時，她已經連續加班三天。

家裡的公主殿下也整整抱怨三天。

他認為江與誠、鬼娃、索恆以及《月光》雜誌全體作者都是妨礙他健康性生活的罪魁禍首；於是在上任主編後的第三天，初禮在披著月光回家後，迎來了滿臉怨氣的男朋友和搖著尾巴的二狗。

「妳該去招點兒新人了。」晝川接過初禮手裡的包，「老子天天在家眼巴巴等妳，替妳拎包提鞋，活生生變成了妳養的男寵。」

「……做為一個月工資稅後只有八千塊的人，我養不起存款是八位數的男寵。」初禮踢掉了高跟鞋，整個人掛到晝川的腰上，「累死了。」

晝川摸摸掛在他身上的人的腦袋：「辛苦了，叫了外賣，今晚不做飯了——我們討論下招新人編輯的事。」

「這種不上不下的時候，怎麼招新人啊。」初禮環著晝川的腰，晝川轉身，與她黏在一起似地拖著她往飯桌走，「你要真心疼我，交來的稿子先自己校對一遍——誰的錯別字都沒你多，你打字時急什麼呢，慢慢寫不行啊？」

晝川停下來，回頭看。

初禮抬起頭，下巴抵著他的背，回視他。

「當了主編之後說話都有底氣了，敢對我挑三揀四了是吧？」

「我還是實習編輯的時候，就跟你說過：老師，你的錯別字會不會太多了點兒？」

「我當時怎麼回答的？」

「『我高興，干妳屁事。』」

「現在也還是這個回答。」

「……」

初禮翻著白眼把自己的手從晝川的大手裡抽回來，跳上餐桌旁的椅子上盤腿坐穩，在晝川低頭打開外賣盒子擺桌子時，抓過遙控器打開電視，啪啪調了幾個臺，並順手接過晝川遞來的筷子叼在嘴巴裡，偶然轉到一個臺正在播電視劇，她順口問：「《洛河神書》影視進度怎麼樣了？」

「在選角。」晝川伸手將她嘴裡的筷子拽出來，「怎麼了？」

初禮手中繼續摁遙控器，摁啊摁地調到一個訪談節目，訪談的是國際作家赫爾曼，地點看上去好像是他在土耳其中心城市、伊斯坦堡的家中。畢竟是希望能抱上大腿的人，初禮漫不經心地瞥了兩眼停下來沒再換臺，只是也沒認真看訪談說了什麼，轉腦袋衝著晝川笑嘻嘻：「選完記得讓影視公司配合你官宣，我再賣一波書，那樣加印又能走一大批……男主角定下來了嗎？」

晝川想了想：「白頤吧？」

初禮抬起手重新接過剛被搶走的筷子，「哇」了聲：「滿會選的啊，白頤去年年初出道，配合大咖演了波諜戰片，演技好，眼神靈動，是有要爆紅成後幾年人氣小生的意思……能不能幫我要個簽名？能去探班嗎？」

「妳還追星。」晝川摁了下她的腦袋，「吃妳的飯。」

初禮瞇起眼，看著男人挨著自己坐下，兩人肩並肩地扒了幾口飯，初禮把不吃的青椒夾給晝川，晝川眼皮子也不抬地往嘴裡塞。

初禮：「好吃嗎？」
晝川：「閉上嘴。」
兩人窸窸窣窣的低聲「文明」對話之中，電視裡傳來畫外音——
「那麼赫爾曼先生，年前您就提到過下一部作品可能會圍繞中國傳統文化、東方元素展開，並也提到希望找中國的青年作家合作創作電影劇本——」
「就我本人而言，與本土作家合作能夠幫助我更快、更深入地瞭解當地文化，有一些東西是外國人沒有辦法理解的文化精髓，這點非常具有實際重要性——而這項計畫正在啟動，實不相瞞，我已經開始聘請中文翻譯，開始大量閱讀中國國內的優秀小說作品……而我心中也有了一些中意的人選。」
伴隨著電視機裡同步翻譯的人緩緩述說，初禮一口飯來不及吞下，「啪」地就把手裡的筷子扣下了，猛地抬起頭盯著不遠處的電視機。
完全沒聽節目裡在說什麼、專心吃飯的晝川抬起頭，用筷子乾淨那頭推了推她的臉：「怎麼了？吞下去啊，多大人了還含飯……」
初禮盯著電視，微微瞇起眼。
然後「咕嚕」一下吞下飯。
她指了指電視：「老師，你看赫爾曼先生手邊的茶几上放著什麼？」
晝川抬起頭漫不經心地看了眼。
一眼之後也跟著愣了愣。
只見赫爾曼手邊茶几上放著一疊書，亂七八糟的有七、八本，其中占據三分之一的是疊在一起的《月光》雜誌。

中間夾著一本《洛河神書》。

還有一本書被放在最上面，看上去時常拿起來翻閱的，則是《消失的遊樂園》。

「我有種預感，」初禮傾斜身子，「咚」地撞上晝川的肩，「未來不久，你將和江與誠老師展開一場世紀之戰。」

「世紀之戰早就開始了。」晝川伸出食指，輕點了下初禮的額頭，「從妳那天從我的衣櫃裡爬出來，他就急著要跟妳表白的那一天開始——沒有硝煙的戰爭，妳是導火線，也是最後的戰利品。」

初禮坐在晝川身邊轉過腦袋，隨後微微地瞪大了眼：「耶。」

「耶什麼耶，」晝川縮回手，繼續低頭扒飯，「孤王本無心應戰，奈何敵軍以光速到達戰場，站在孤王城池之下拔出利劍，口出狂言叫囂挑釁，孤王只好以正義名義將之踏在腳下……這叫什麼？」

初禮：「什麼？」

晝川：「天降正義。」

初禮：「……」

晝川捧著碗想了想，嘆了口氣：「那個時候他還是個過氣佬，後來還是妳生生把他一把從懸崖邊拉回金字塔尖……妳這個豬隊友。」

「現在你們倆都出息啦，就指望著靠你們在出版界作威作福呢。」初禮捧著碗呵呵傻樂，「你們倆互相毆打至死我都管不了，我只知道我現在有兩把劍：干將莫邪。」

「阿鬼和索恆呢？」

「索恆始終是于姚的，阿鬼以前只能算是流浪劍客手裡的豁口劍，」初禮想了想，「等在《月光》的航海文完結，也許她能擠入名劍之流，開始爬你們的金字塔……說到拉扯至金字塔這件事，我還想說，要不到時候你帶帶她吧。」

初禮說得輕描淡寫，晝川瞥了她一眼：「怎麼帶？」

「轉發一下，寫寫推薦語，你知道為什麼新人出書總要有一大串暢銷書作家推薦不——尋常讀者總以為是為了吹牛，其實實際的意義在於，當這些書往某寶上一放，這些推薦人將會以某某作者《××××》作品，A、B、C作者推薦的標題方式上架。」初禮解釋道，「等A或者B或者C這些暢銷書作者的讀者去商品搜索欄搜他們的名字時，那麼這本《××××》的作品也會做為連帶商品跳出來……增加曝光率嘛。」

晝川不說話了，大概是忙著在腦海裡去掰著手指頭數自己已經替多少作者織過免費嫁衣。

以前有同一出版社或者出版公司的編輯來問他能不能放名字，他覺得放名字而已，安全無所謂，全部大手一揮答應了……沒想到還有這些彎彎繞繞在裡頭。

在晝川掏出手機、在某寶輸入「晝川推薦」四個字、準備根據跳出來的書籍名單一一找這些作者收廣告費時，初禮還在他旁邊喋喋不休：「阿鬼多不容易啊，自從上次江與誠老師簽售會之後就眼巴巴問我，有生之年她能不能有一場擠滿大街小巷的簽售……你看你，忍心打碎一個少女的夢嗎？」

晝川手機裡跳出來的第一個搜索結果就是《消失的遊樂園》。

晝川頭也不抬地重複：「少女。」

初禮：「宅腐基少女就不是了嗎？這麼做就算是當作她當年飛快地接受了你是L君這件事的報答——打著燈籠都找不到心這麼大的人，當時我就想把你這個騙子大卸八塊來著。」

晝川：「……」

別的不說，講到L君這件事，晝川多少也是有點心虛的。

雖然他並沒有以L君的身分撈著多少好處。

但是騙人可不就是騙人嗎？

他小心翼翼地看了眼突然提起這茬的初禮，生怕她借題發揮今晚讓他孤枕難眠，卻發現此時她看上去好像也就是隨口一提的模樣，她的注意力都放在電視裡的赫爾曼先生身上了，還要分神跟他說話，這會兒連青椒都往嘴裡塞，一副食不知味的模樣。

晝川：「又要看電視又要和我說話還要吃飯，一心能幾用啊，別看了，好好吃飯。」

初禮護住遙控器：「吃飯就不許看電視，你這和吃飯不許喝水的古板家庭有什麼區別？」

晝川：「我怕妳消化不良。」

初禮：「你別跟我說話我就少幹一件事了，旁邊去！」

晝川：「……」

結果在眾多同時做的事情裡，被初禮選擇放棄的不是「看電視」，也不是「吃飯」，而是「talk with 晝川」。

而此時，電視裡，對赫爾曼的採訪還在繼續。顯然採訪人此時也注意到赫爾曼手邊放著的幾本中文小說，於是針對這幾本小說的作者對赫爾曼提出詢問，首先問的當然就是最近腥風血雨、話題度爆表的晝川。

初禮一聽，搶了晝川的筷子，直接將他的臉對準了電視螢幕。

而對於晝川，赫爾曼是這麼說的——

「我個人很喜歡這個作者的文風，充滿了我想像中中國的味道，但是在我閱讀之前他的作品……《洛河神書》裡，我覺得還缺少了什麼，後來仔細想想，大概是東方女性獨一無二的溫潤柔情，我傾向於我的作品裡必須擁有這一塊東西。

「說來也巧合，神奇的是，就在我準備放棄的時候，這個作者因為一些事情飽受爭議，最終似乎是透過交出了自己珍藏多年的初次作品得以證明自己——出於這樣的事件，我不得不再次關注他，並且再一次受到魔力驅使一般，拿起了他最新的、也是最初的那本小說。

「然後我驚豔了，並對此非常沉迷。

「至今我每個月都會要求我在中國國內的朋友第一時間替我寄來這本雜誌，然後交給我的翻譯，讓我能夠在第一時間閱讀到這篇文。」

初禮嘆息。

晝川：「幹什麼？」

初禮敲了敲桌子：「塞翁失馬，焉知非福……不是老苗，你差點就錯過了赫爾曼先生——你敢說這不是老苗職業生涯之中最輝煌的一筆？」

晝川露出一個嫌棄的表情：「妳噁心誰？」

這時候，採訪人又提到了江與誠，晝川立刻把臉轉過去，一副十分關注的模樣——好笑的是，這個人十五分鐘前還對初禮的「世紀之戰」說法嗤之以鼻。

「要不是我出現了，真怕以後你就準備和江與誠老師孤老終生了。」初禮看著盯住電視、一臉嚴肅的男人的側臉，涼颼颼地說。

晝川伸手捂住她的嘴。

「對於這個作者，我也十分喜歡。不過他的新作並沒有在任何實體雜誌上連載，只是在中國獨有的社交媒體平臺……所以我這個老頭子，只能等待我的助手替我把稿子弄來，列印給我看——我聽說他的書已經交給一家代理出版，還是我曾經合作過的圖書出版公司，但是我可等不到走後門請他們寄樣書給我那時候了——」

提到「走後門」，赫爾曼笑得特別開心。

「但是好作品值得這樣，不是嗎——」

「這個作家的存在意義應該是要告訴我們，告訴世界：東方推理，不止有日本。

我喜歡他天馬行空的幻想，和作品裡的商業氣息……喔注意，這不是在損人，『商業化』並不完全是一個貶義詞，之所以『商業』，就是因為這個東西本身獲得大眾的認可和喜歡，用中國的話，叫，接地氣。」

「這很好，誰也不是慈善家——」

「能夠在『商業化』中殺出一條屬於自己的血路，這不是誰都做得到的。」

翻譯娓娓道來。

初禮眼睛瞪得比銅鈴還大：「他說啥？」

晝川面無表情：「狠狠地誇了江與誠。」

初禮一把捉住晝川的手：「不是這個——我是說，江與誠老師的新作《消失的姑獲鳥》，不是剛開始在微博連載？哈？簽了？簽走了？給誰了？」

晝川手臂被生生捏出一個爪子印，他轉過頭看了眼初禮：「……不是說得很清楚嗎？赫爾曼合作過的圖書出版公司——那當然只有顧白芷了，妳以為呢？」

「江與誠把《消失的姑獲鳥》簽給顧白芷了！」初禮提高嗓門。

「妳居然不知道？」

「我不知道！」

「我還以為妳競價失敗呢，這兩天還特意沒敢提這茬。」

「臥槽！我還沒開始競價呢！」初禮直接「呼」地從椅子上站起來，「江與誠壓根沒跟我提這件事，就簽給顧白芷了，他倆什麼關係！」

「普通的朋友關係吧，鬼知道啊……」

「他這是過河拆橋！」

「……本來妳也沒在橋上寫自己的名字啊，一本書換一家出版公司不是挺正常的嗎？」

「臥槽！你還替他說話！」初禮伸出手搧搧風，都不記得自己上一次被氣成這德行是什麼時候了，「今晚我回房睡，你自己抱著印著你基友照片的枕頭睡吧！」

晝川抬起頭看著站在椅子上、激動得上竄下跳、面紅脖子粗的人……良久，像是想到什麼，話語一頓，他笑了起來，懶洋洋地伸手遞出自己的手機：「現在科技這麼發達，打個電話要不要十秒鐘，妳可以親自問問他啊。」

他完全是一副……

看熱鬧不嫌事大的模樣。

狠狠地瞪了晝川一眼，初禮抱著膝蓋在椅子上蹲下，拿起手機「啪啪啪」輸入江與誠的微博，然後發現晝川果然沒有騙人——江與誠新作不僅簽給顧白芷了，而且還簽了很久了。

現在江與誠在微博連載，不僅每次更新都會標注一下新盾社的官方微博，而且每次更新還有一個很厲害的繪者幫他配圖。初禮知道這個繪者的價位，商業插圖三千塊起跳，一看就是顧白芷幫他找的。

不僅如此，江與誠連文名都改了——

開連載的時候明明叫《消失的姑獲鳥》，當時初禮就覺得這名字跟日本推理作家京極夏彥的《姑獲鳥之夏》有所重複，也提過意見，不過當時就是隨口一說，誰也沒當真。

而現在，江與誠直接將文的名字改成了《消失的天帝少女》。根據記載，日本經典百鬼之一「姑獲鳥」原型便是《山海經》經典形象「天帝少女」演變而來；並且江與誠也在改名的公告裡說得很清楚，是與責編商討後，希望這本書的中華傳統氛圍更加濃郁，因此更名。

這波改名，改得巧妙得很。

畢竟知道「姑獲鳥」和「天帝少女」關係的讀者也不多，改名的那條微博之下，好多人都說最開始就知道這是個少女尋子的故事，用「姑獲鳥」為標題倒也合適，但還是覺得和中華風的作品風格不是那麼搭配……

所以，這次修改的新名字，讓裡裡外外都沒問題，讚爆了。

顧白芷真的很聰明。

比如江與誠寫文那麼多年，從來沒有提到過自己對「中華傳統氛圍」有過過多的興趣，這次在「與責編商討之後」突然有了這樣的興趣愛好……

用腳丫子想都知道這是為了什麼。

打從一開始，顧白芷就準備用這一本書，做為與赫爾曼這兩年即將啟動的那個電影企劃的合作敲門磚。這麼一大塊絕對不會撲街的項目的肥肉，不僅初禮盯上了，顧白芷這樣嗅覺敏銳的人自然也不會放過。

初禮放下手機，腦殼嗡嗡的疼：「我都錯過了什麼……前段時間在忙你的事，我也跟著兩耳不聞窗外事，手上的工作停了下來，手底下的作者也只是維持著交稿、審稿的簡單流程，結果一個不注意，江與誠就和顧白芷跑了。」

晝川看了初禮一眼：「江與誠就是在我出事那段時間跟新盾把書簽了的。」

初禮：「啊？」

晝川想了想：「大概他也看出來當時妳的心思全部在我的身上了，無暇顧及他……」

初禮呈現暴走表情包狀：「這事又不會鬧一輩子，等等我怎麼了！」

「就算這次事情過去了又怎麼樣？」晝川笑了笑，掐了把初禮的臉，「就像妳之前拒絕顧白芷時說過的，一山不容二虎，兩個實力等級接近的人，無論如何也不願意屈於人下——而且在經歷過這次腥風血雨之後，大概全世界都知道：一樣的資源，妳和元月社肯定會優先給我。」

初禮：「亂講！我很公正的！」

晝川：「前段時間妳那失魂落魄的模樣可不是這麼說的。」

晝川：「而且現在元月社迫於作協前輩的壓力急著討好我，當然是有什麼資源都優先考慮我。」

接下來的話不用晝川說，初禮也明白了——

江與誠早早就表現出他的商業化、利益最大化模式，所以在進行過一番權衡之後，他認為自己在元月社並不能得到最大可能性的推進與赫爾曼的合作……

在顧白芷拋出橄欖枝，甚至也許跟他保證過一些資源和推薦後，他義無反顧地去了新盾社。

……大概就是這樣沒錯。

……但是。

……但是。

……大家好歹也是一起從低谷期走出來的戰友，怎麼能說去就去，連招呼都不打一聲？說清楚的話，她當然不會阻攔著他去找顧白芷，但說都不說一聲就去了未免太絕情了！

初禮頂著一張喪臉，像是親手拉扯大的養子跟別人家的阿姨跑了似的，晝川伸出手拍拍她的頭。

這一天是初禮第一次意識到江與誠這個人，在離她遠去。

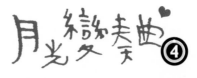

第十章

現實生活中存在一種非常奇怪的現象——

比如膝蓋上出現傷口，在你發現它的存在並且嘩啦流血之前，你甚至不知道自己受傷；直到低頭一看發現自己的腿上血流如注，那一瞬間疼痛就會傳遞給大腦，你會覺得自己好像是瘸了或者是被人暴打，往前走一步，哪哪都疼。

暫時不知道這種現象到底叫什麼名字。

而初禮正在親身經歷這件事。

等她回過神來的時候，她這才發現自己已經快一個月沒有跟江與誠說話了，他們上一次的聊天紀錄停留在《消失的天帝少女》還叫《消失的姑獲鳥》的時候。那時候江與誠剛剛開新坑，初禮問江與誠那是一個什麼樣的故事——

那時的故事還只有一個雛形，說的大概是一個名叫「蠻」的少女，在睡夢中夢見自己與英俊神祕的少年纏綿，醒來之後發現自己居然以處女之身有了身孕。惶恐之中，伴隨著妊娠反應越來越嚴重，蠻開始出現幻覺。某一天坐在梳妝檯前梳頭髮時，她發現自己的鏡子連通著另外一個世界——滅。

在那個叫「滅」的世界裡沒有白晝，只有黑夜，整個世界被一名叫「孔雀阿修羅王」的人所管理。鸞第一次穿過鏡中來到異世界時，正值這個世界的盛大慶典，慶典持續了十五天之久，戴著奇異面具的異世界人們擠在慶典上載歌載舞。鸞聽酒肆的婆婆說，這是為了慶祝「孔雀阿修羅王」的王妃懷上子嗣。

鸞稀里糊塗在異世界玩樂一番，回到現實世界後，卻發現自己的妊娠反應消失了，再到醫院一看，腹中胎兒不翼而飛。

在當今科學都不能解釋的奇怪現象之中，鸞不得不將自己身上發生的變化與那個鏡中奇妙的世界聯想在一起。

從此，鸞踏上了尋子之旅。

在對「滅」這個世界的架構中，江與誠花費了極大的心思，查詢大量資料架空起一個華麗宏大、極具古中國色彩的世界。在描寫的過程中，這世界彷彿是一幅濃墨重彩之古卷，在讀者面前緩緩展開……

初禮記得自己曾經對少女鸞第一次從鏡子裡爬出來的那一幕印象深刻——鸞掉落在古老的木地板上發出「吱呀」聲響，掙扎著爬起來趴在窗檯上。當她小心翼翼地冒出半顆腦袋看向窗外，一眼看向外面張燈結綵、舞龍雜耍的慶典世界那一刻，初禮彷彿也能聽見自己耳邊響起了慶典的嘈雜聲。

這是一篇和江與誠過往的作品題材完全不同，又融會了他向來擅長的寫作風格的一本書。

這個出版大概一定會爆紅、而且比《消失的遊樂園》在整體意義上有過之而無不及的東西，就這麼給了顧白芷……心好痛。

有些心煩地，初禮「喀嚓」一下關上與江與誠的聊天視窗。

坐在電腦前仔細地想了想，她又覺得哪裡不對。

再次點開和江與誠的聊天紀錄，初禮微微瞇起眼往上翻了翻，拉了一大截，最後乾脆不耐煩地輸入關鍵字「赫爾曼」，果然，就找到了相關的聊天紀錄。

那大概是三個月以前。

一次偶然的聊天裡，初禮跟江與誠提起赫爾曼想要找國內青年作家合作創作電影劇本的事情，聊天中，初禮強調了「古風」、「中華風」創作元素。

當時江與誠的反應是——

江與誠：啊這件事，顧白芷也跟我提起過呢，問我有沒有興趣嘗試下帶有中華風色彩的新作……我試試看吧：)

在江與誠那一貫的息事寧人式表情符號中，當時初禮壓根沒把這件事放到心上，以為江與誠也就是隨口一提顧白芷，她還理所當然地覺得江與誠下一本書肯定也會簽給自己的。

殊不知那個時候，膝蓋上的傷口早就已經開始流血了，只是她從來沒有低下頭好好去看一眼而已。

這時候阿象打從主編位置路過，將人事部送來的招新計畫放在初禮桌子上，看她表情如一臉便祕，問：「怎麼了這是？」

初禮煩躁地將招新計畫往旁邊一劃拉，言簡意賅道：「心痛。」

阿象：「晝川老師出軌啦？」

初禮眼睛冒著綠光，抬起頭看了眼阿象。阿象吐了吐舌頭，縮肩膀、腳底抹油開溜了。

坐在位置上，阿象的插科打諢讓初禮稍微冷靜下來，她拍了拍胸口。好作品被搶走了固然心痛，但是也不能就這樣放棄這個作者，畢竟是產出者，這本不行還有下一本嘛……

拚命鼓勵自己一番後，時隔一個月，初禮鼓起勇氣再一次地主動找江與誠——當下的緊張程度不亞於她第一次和心中小白蓮江與誠大大搭話時的情況。

猴子請來的水軍：老師QAQ。

江與誠：有：）

猴子請來的水軍：這段時間忙得要死，剛才才有空看了一眼老師的微博，突然發現那一本《消失的姑獲鳥》改名字了也簽給新盾社了……

江與誠：啊，我知道妳前段時間忙：）

江與誠：是給顧白芷了，名字也是她把刀架在我脖子上讓我改的，哈哈，說什麼中國風的文就要有中國風的名字，否則怎麼吸引人家國際大導演叭叭叭的。

猴子請來的水軍……赫爾曼先生嗎？

江與誠：對啊。

江與誠：這麼好的機會，誰都不會想錯過的，晝川也是吧。

猴子請來的水軍：嗯，是在努力著往這個方向前進沒錯啦，《命犯桃花與劍》這個題材倒也合適，和《消失的天帝少女》一樣非常有希望的……

猴子請來的水軍：太可惜了，原本想把兩本書一起簽下，帶著你們雙雙殺向赫爾曼先生的，哈哈！

江與誠：這件事可能就成為了我和晝川的正式戰場呢，一起寫文那麼多年，天天被拿出來對比，卻從來沒有這樣的機會。

江與誠：所以，哈哈，為了爭取最好的資源，也是沒有辦法的事……

江與誠：從商業角度來看是這樣沒錯，所以做了這樣的選擇。

坐在電腦前面的初禮有點愣，不明白江與誠為什麼突然堂而皇之地扯到「商業角度」這四個字。

猴子請來的水軍：啊？

江與誠：……看來妳也是沒明白過來。

江與誠：這麼說吧，其實如果不是當初看著妳的面子，簽售的事我是不會答應的——我雖然面臨過氣，但是一個作者到底是不是徹底的flop，也跟他要不要辦一場簽售沒關係……

江與誠：雖然是有了話題度，但是簽售拯救不了人氣啊，該過氣還不是會過氣——而且我當時也很清楚，讓我簽售，是為了《月光》改版助力，也不完全是為我本人。

江與誠：我不說不代表我不知道啊。

初禮雙手離開了鍵盤。

主要是不知道說什麼。

她只是眼睛發直地看著面前的對話視窗一行行跳字——

江與誠：那時候是我喜歡妳，所以怎麼樣都好。

江與誠：不過現在說這些都沒用了——

江與誠：從妳確定和晝川在一起的那天起，我們就是單純的商業合作關係，以後我也不會再慣著妳。

初禮說過，作者是編輯手中的劍，是編輯上陣殺敵時的武器與鎧甲。

可是她也忘記了。

並不是每一把武器、每一副鎧甲，都只擁有一個主人……有些名劍之所以出名，是因為它本身快且鋒利，任何懂劍之人一劍在手，都可所向披靡。

初禮深呼吸一口氣，雙手重新回到鍵盤上——

猴子請來的水軍：老師說的好像也有道理，前段時間晝川的事確實影響了我一些正常的判斷力和行動力……

猴子請來的水軍：而您對於利弊權衡似乎也是完全正確的——與赫爾曼先生的合作對晝川有多重要，對您同樣就有多重要……這種時候換作是我，大概也會選擇可以承諾更多的顧白芷。

猴子請來的水軍：這麼一想，似乎是我怠慢在先了……我很抱歉。

猴子請來的水軍：這個道歉甚至不應該只給你一個人，對索恆、對鬼娃，都是這樣的。

江與誠：哈哈，話不能這麼說，妳又不是工作機器——人和機器的不同點在於，人是有感性判斷力的，而機器沒有……這一行需要「情懷」這種東西，妳擁有這個，而我曾經也被這種東西所打動過。

江與誠：如果我否認了，那豈不是在打我自己的臉嗎？

江與誠：雖然我至今好像還是一名徹頭徹尾的商業作者……

江與誠：但是那個時候是真心的。

江與誠：暫時放下壓在身上的包袱，全身心地將信任交付給一個人的感覺很好——至今還記得《消失的遊樂園》從初稿到成書的每一分一秒，無論以後會取得什麼樣更偉大的成績，這本書對我來說將永遠是最特別的：）

江與誠：我甚至非常感激寫作生涯中能有這麼一段時光，用又老又俗的老年人說法，那段時光可以稱得上是「美好」的——心無芥蒂，與一些人為了某個目標而堅定前進著。

最後，江與誠說，那段時間承蒙照顧了，真的非常開心，謝謝。

看著對話視窗裡的字，初禮坐在電腦前久久不能言語……

江與誠的話讓初禮想起了很久以前，那一天在電影院，當她豪情壯志地向兩位作者許諾她的夢想和目標時，反而是江與誠第一個站出來，支持她。

他本來就是一個很純粹、很純粹的商業作者。

然而他還是有那麼一瞬間，被她的話語所感動；有那麼一瞬間，曾經真心地被「只為創作而創作」的世界所吸引。就像是他曾經說的那樣：是黑暗生物對「光」本能的趨向性。

而如今，他要再次出發了——

在他原本的道路上。

大滴水珠落在面前的鍵盤上，頻繁使用而被敲打得有些鬆弛的空白鍵因此發出「吧答」一聲響亮的聲音。

初禮抬起手捂住眼睛，感覺到掌心迅速被溫熱的液體溼潤。在江與誠說出「以後也不會再這麼慣著妳」的時候，她總以為自己會懵逼、會憤怒，甚至會想衝上去跟他好好理論一番「你什麼時候慣過我」……

然而現在一想，確實，確實，確實是這樣的。

他與她非親非故，卻無數次違背了他本身的原則，正如他所說，像是嚮往更像是縱容。當她需要一個人來相信和肯定的時候，他意外地挺身而出。

原本江與誠是最不喜歡冒險的那個人才對。

初禮放下手，用手背用力蹭了蹭發紅的眼角。

猴子請來的水軍：我知道了。

猴子請來的水軍：那暫時性的，下一次見面的時候，就是敵軍了。

江與誠：好像是，哈哈：）

初禮埋頭劈哩啪啦地打字。

阿象那邊做完手上的工作，一抬頭看電腦，發現是中午午餐時間，從隔間裡伸了個腦袋出來正想問初禮中午吃啥，結果一眼就看見她們的主編大人坐在那，抽抽搭搭嚶嚶嚶。

阿象：「……臥槽，怎麼了這是？」
初禮抬起頭，用兔子似地眼睛掃了她一眼：「在和江與誠老師說話。」
阿象：「說什麼？」
初禮：「宣戰。」
初禮：「他說以後不會再慣著我了。」
初禮：「所以我好感動啊！嚶嚶嚶！」
阿象：「啊？」
好好一群人，怎麼做本書就瘋了。

下午。

吃完飯，初禮匆忙回到元月社準備招人的事。于姚、老苗、小鳥，走的走、散的散，剩下一個被開除，辦公室裡的文編就只剩下初禮一個，這些天實在是忙到吃不消。

再加上公司正在進行上市評估，何總也急著擴充人數，前年招了一批，今年走掉了幾個，剩下的人本來就不多。其中還有初禮這種……類似於「蠱王」的狠角色，所到之處，寸草不生，《月光》雜誌編輯部相比起她來之前，人員不增反減。

……偏偏她豐功偉業，一身戰功，就連何總都拿她一點兒辦法也沒有。

綜上考慮，雖然是國慶之前這種不上不下的時間點，但是緊急招人還是啟動，只是一切從簡，流程當然沒有當初初禮來面試時那麼嚴謹。

因為是《月光》招編輯，所以做為主編的初禮簡單看過招新計畫，點頭之後，人事部就將招聘啟事發布出去。

所幸元月社雖然內部腐敗，在外名聲還是響亮的，一週之後，大約還是有四、五十個天真如一年半前的初禮這樣的孩子投了履歷表。

面試被安排在週五。

面試這一天。

以初禮為核心，幾個元月社雜誌分部的主編或者副主編，外加一個梁衝浪，還有一個人事部的同事全員到齊。

初禮坐中間，其他人以她為中心一字排開坐下。門外，阿象站在外面收履歷表，老李負責發號碼叫號碼——而這就算是《月光》傾巢而出的勞動力了，真的要多淒涼有多淒涼。

「老梁，一會兒面試新人，你記得是我們招文編，」面試開始之前，初禮非常擔心，「你不要問太多問題，行銷部的偏向性和我們還是不一樣的，我們更側重於編輯對作者圈的瞭解。」

梁衝浪不服了：「妳什麼意思，妳意思是我們行銷部對作者不瞭解？」

初禮：「……」

你瞭解個屁？

人。

畢竟你是說過「其實晝川也沒那麼紅」、「我看晝川這次是完蛋了」這種話的

大概是初禮的眼神過於幽怨，梁衝浪最近在她手上吃過的虧說少也不少，於是這會兒也就勉強乖乖閉上了嘴。

初禮的事前預防針，成功地讓梁衝浪閉上他的狗嘴，前面面試到十個人的時候，梁衝浪都坐在那裡當一個安靜的花瓶，最多提出一點兒連初禮都不一定回答得上來、實際目的是為了炫耀的問題——

「我們元月社也不是什麼人都能進的，你必須很瞭解作者啊，你說說你都看過什麼文，有哪些是我們元月社的合作書刊？」

「元月社的出版作品在前些年都獲得過哪些獎項、榮譽你知道嗎？」

「在作者遇到困難——比如前段時間晝川老師那樣的事件裡，如果你是責編，你會怎麼幫助作者度過困難期，並且像今天這樣打一手漂亮的翻身仗？」

初禮在旁邊聽得脣角抽搐，看著一臉懵逼的新人，心想還好自己來面試的時候，梁衝浪還不是副總而且出差去了。

面試到第十一個人的時候，在人進來之前，阿象探了個腦袋進來：「初禮，索恆老師來了哦。」

初禮點點頭，因為估計面試上午就能結束，所以她就約了索恆今天下午一起討論《遮天》單行本出版時的封面設計風格。

這會兒，阿象說話的時候，索恆也趴在她肩膀上探出了一個腦袋。

和第一次見面時候的精神氣完全不同，索恆長髮乾乾淨淨，燙了個大捲，一半頭髮紮起來成一個可愛的丸子頭；皮膚還是白，只是上了淡妝，所以顯得很有血色。

此時她身著短裙，笑著衝會議室裡的各位主編、副主編揮揮手：「嗨，嗨，我還帶了個作者朋友來，沒關係吧？」

「沒事、沒事，」梁衝浪站起來，「帶了哪個作者啊，替我們介紹下吧？」

索恆從身後拽出來一個漂亮妹子，同樣長髮，妝容精緻，看著有些害羞的樣子。

「這是緣何故。」

初禮也聽過這作者。

G市人，鬼娃的基友，攬基文大手，神格比鬼娃還上一個檔次……沒想到和索恆居然也認識。

初禮動了動脣，正想招呼索恆帶緣何故到處走走參觀下，這時候梁衝浪已經從桌子後面站起來走到門口，和一臉懵逼的緣何故握握手：「妳好妳好，老師妳好，久仰大名。」

梁衝浪那浮誇的演技，讓初禮抬起手揉了揉太陽穴。

原本以為這只是面試過程中出現的一個小小插曲，打過招呼後，索恆便拖著她的朋友到處逛逛玩耍去了，初禮他們留下來繼續面試新人。

面試新人大概持續了兩個小時，因為是緊急招人，所以當場就會有面試結果。

兩個小時後，當初禮和其他雜誌的主編們整理履歷表討論最終錄取名單，也不好叫面試者乾等，就打發梁衝浪帶著所有面試者在元月社走一圈，參觀下，介紹介紹元月社。

梁衝浪也沒別的事做，自認為吹牛還是有一套的，於是就興匆匆地去了。

初禮眼睜睜看著他站在走廊上，跟那些來面試文字編輯、基礎要求就是對作者生態圈有一定理解的面試者們高談闊論——

「我們元月社，作者資源肯定是豐富的，做了文編，和你們那些平常見面都見不到的作者大佬日常交流就成了家常便飯……如果幸運錄用，本社希望你們能盡快熟悉這種氛圍。」

初禮冷笑一聲，暗罵了聲「臭不要臉」，搖搖頭，繼續一邊看履歷表，一邊在手邊的紙上刷刷驗算、統計各個面試者的分數。

「你們不要以為我在開玩笑，」梁衝浪說，「像剛才，如果你們耳朵好的，大概就聽見了——我們《月光》雜誌的主編約了《遮天》作者索恆討論單行本封面，索恆本人親自來到我們元月社，還帶了她的朋友，今何在老師。」

「啪咯」一聲。

初禮在紙上寫寫畫畫的自動鉛筆筆芯折斷。

這次是初禮一臉懵逼地抬起頭看向門外，在門外面試者一陣死一般的沉寂中，有個人弱弱地問：「啊，剛才那兩個小姊姊是索恆和……今何在？今何在大大不是男的嗎？」

梁衝浪：「是女的，你都看見了。」

初禮：「……」

她抓起面前的一張紙，窒息般地捂住自己的臉。

旁邊《星軌》雜誌副主編「哦喲」了一聲：「我怎麼這麼想把門關上假裝我不認識他？」

「關，關，關，」初禮用紙捂著眼，作屍體狀，「我們元月社沒有這麼弱智的行銷佬。」

最後還是初禮忍無可忍地站起來走出去，跟那些滿臉懵逼、彷彿懷疑人生的面試者尷尬地笑了笑：「今何在老師是男的，緣何故老師是女的，我們行銷部的同事跟你們開玩笑呢，哈哈哈。」

然後她把梁衝浪一把拎進會室裡，「啪」地關上門：「老梁，你是不是耍我啊？我在面試的過程中強調我們要找的人要對作者圈很瞭解，你這邊轉頭就拆臺——今何在和緣何故你都能搞錯！三歲小孩都知道今何在長什麼樣，人家簽售多少次了，和女人長得有一點點像嗎？」

「叭叭叭叭叭叭。」梁衝浪把自己的衣服從初禮手裡扯回來，「她說她自己叫今何在。」

「人家說自己叫『緣何故』！」初禮狠狠翻了個白眼，「算了算了，你出去帶他們溜達，吹下行銷部的豐功偉業總會吧……作者資源這塊提都別提，元月社名聲大著呢，誰都知道作者資源好，不然這些人怎麼會被騙來，不用你吹噓。」

「『騙』？」

「是『騙』。」初禮面無表情，「至少我就是這麼站在這裡的，儘管面試的第二天就有人告訴我趕緊跑，不幸的是我沒聽他的，現在正替他做牛做馬贖罪呢。」

初禮叮囑完一堆，重新把梁衝浪踢出去，回到會議桌邊和別的同事一起整理面試者的履歷表。

《星軌》副主編笑著說：「初禮，被妳這麼一提我倒是想起，前年妳進元月社的時候還是我面試妳的呢。當時其實是想要妳進《星軌》激發下老年人編輯部的活力，誰知道于姚把妳要了去。」

「把我要過去她自己倒是走了。」

「她估計早就想走了，這會兒好不容易找到接班人了。」那人還是笑咪咪的，「于姚以前和妳一樣，眼睛裡揉不得沙子，索恆的事之後才沉默下來……但也是編輯隊伍與行銷部對抗的中堅力量。」

而現在，輪到初禮接過了大旗。

《星軌》副主編還記得當年面試初禮的時候，她的目光閃爍，充滿了期待與惶恐，看向每一個面試官時，眼中都是崇拜——

和今天的許多面試者一樣。

而今天招進來的，又有幾個人，能夠在短短一年半過去之後，就變成初禮這樣能夠獨當一面、坐鎮一方、衝著梁衝浪呼來喝去並指點江山的大手呢？

他沉思之間，那邊初禮已經俐落地選出了四張履歷表：「就這幾個了。」

眾人伸腦袋去看，發現初禮選擇了二男二女，其中兩人是今年大學剛畢業的新鮮生；另外兩個是有相關編輯經驗、以前分別在報社和其他雜誌社幹過的人。

初禮選擇這四個人是有理由的——

為了效率出發，她只能接受兩種新人。第一種是不需要太多指導就可以自立的，這就是招有經驗的那兩個人的原因。

第二種是她需要完全百依百順、可以協助她完成一切的人，最大程度減少人員內部摩擦造成的時間與精力的浪費。這種人不好找，但是性格比較木訥的大學畢業生絕對一個打一個準。

而在選中的四個人之中，初禮最看好的是曾經在龍印出版社幹過的那個男生，從業經驗二年，以前做過幾本青春言情類小說。這麼多面試者裡，能夠對當下正紅的和已經過氣的作者分得清清楚楚，說起來如數家珍的，只有他一個。

初禮拿著四張履歷表，坐在會議室裡等人，等老苗把他們帶著溜達完一圈就當面公布面試結果。

十分鐘後。

初禮伸長脖子等來等去，終於把那一群人盼回來，公布完面試結果，她發現站出來並表現出勝利者應有欣喜的，一共就三個人。

……她最看好的那個小哥不見了。

「人呢？」初禮挑起眉問，「少了一個啊。」

梁衝浪一臉「妳問我我去問誰」的表情。

這時候，在被初禮選出來的那三人裡，做為應屆畢業生、名叫許團圓的小姑娘舉起手：「那人是我表哥。」

初禮：「還有這種關係？」
許團圓：「對，只是剛才面試完……他沒等公布面試結果就走了。」
初禮：「……為什麼啊？那他來幹麼的。」
「一開始是真的來面試，但是後來就走了。」許團圓小心翼翼地瞥了一眼不遠處正打發其他落選的面試者離開的梁衝浪，咬了咬下唇，湊近初禮，小聲道，「後來，他扔下一句『江南今何在——三歲小孩都知道今何在是男的，這元月社有沒有搞錯』之後，就走掉了。」
初禮：「……」
那種想要把梁衝浪拉去填海的衝動再一次出現了。
這個人能不能有一次——
哪怕一次也好，不要當她的絆腳石。
如果不是知道他是真的蠢加無知，初禮幾乎要懷疑他是不是在整她。
初禮：「老梁啊。」
人群中的梁衝浪回頭：「啊？」
初禮嘆了口氣：「……沒什麼。」
中午。
初禮帶著索恆、緣何故以及三個新人吃了頓飯，加上阿象和老李，就算是《月光》雜誌編輯部的全員聚餐了——暫時不提初禮那張被梁衝浪氣出來的黑臉，氣氛還算愉快。

下午，初禮把三個新人帶回辦公室，安排新人小姑娘去面對讀者信箱。安排新人小男生面對幾個還沒來得及處理的短篇校對。

在報社幹過的那姑娘，初禮直接把以前小鳥用的工作QQ交給她，讓她接下這一期的COS佬專欄……

初禮帶著兩位作者去元月社作品庫「淘寶」，索恆認真地看著作品陳列架上的作品：「以前老苗都不讓我自己選封面。」

「基佬對自己的審美總是很自信，」初禮點點頭，「奈何老苗是個擁有直男癌的基佬。」

索恆拿下幾本武俠風格的書翻看的時候，初禮在後面順便跟緣何故約了波稿子——人都帶來她面前了，飯也吃了，不會讓人就這麼默默地離開。

談話之中說到明年阿鬼希望的「讀者擠滿山旮旯子跟小街後巷、一場說走就走的簽售」，初禮看著低頭挑選書本封面的索恆明顯動作停頓了下，頓時心領神會，笑咪咪道：「索恆老師要不要一起啊，妳們倆同時開連載，肯定差不多時候完結……」

「我？」索恆微微瞇起眼，「我，簽售？沒人來的吧。」

這就叫一朝被蛇咬，十年怕井繩。

江與誠那種從出道開始就當紅的作者大概永遠也想不明白那種滋味。

有些作者就是，出道幾年起起伏伏，四、五年後，無論再怎麼紅，她對自己的定位永遠都是小透明。

「會有人來的。」初禮笑道，「咱們好好寫、好好做書——不看看簽售會上多熱鬧，妳都不知道自己現在有多紅……我爸同事都有妳的讀者，我爸是教師。」

索恆抬起手，將耳邊的髮撩至耳後，考慮半天，這才鼓起勇氣似地點點頭，說：「好，那我試試。」

晚上回家。

初禮跟晝川用抱怨的語氣提起了「緣何故」和「今何在」的梗，晝川笑聲如雷，讓初禮再一次地回憶起對梁衝浪的恨。

為了讓晝川閉上他的狗嘴，初禮踹了他一腳，跟他說起江與誠的事情；而令晝川沒料到的是，原本他已經擺好姿勢，準備圍觀初禮對江與誠把《消失的天帝少女》簽給顧白芷這件事的滔天怒火，然而沒想到的是，初禮只是稍微抱怨了下江與誠壓根沒考慮把這本書給她的事……

接下來，提起江與誠，她語氣中全是情真意切的感激。

大致就是「這麼商業化的作者卻在我最需要的時候站出來，陪我一起作白日夢」。

晝川坐在旁邊越聽越不對勁，當初禮說到「所以現在我一想起在電影院那天，江與誠老師說的話」……她話還沒說完，下巴便被大手一把捏住，她的腦袋強行被轉了過去。

初禮：「嗯？」
晝川：「下午妳和江與誠的聊天紀錄我看看。」
「什麼都沒說啊，就彼此宣戰了，你和我，江與誠和顧白芷——出版界世界之戰即將拉開帷幕。」初禮抬手捂住口袋，一臉警惕，「聊天紀錄幹麼給你看？」
晝川：「因為妳提起江與誠的時候，空氣裡都瀰漫著一股溼潤的氣息……妳跟他說這些事的時候，是不是又哭了？」
初禮：「……什麼空氣之中瀰漫著溼潤的氣息，怕不是有病吧你，我沒有。」
晝川：「妳居然為那個人渣哭。」
初禮：「……我我，沒哭！你少冤枉人！」
晝川面無表情地放開她。
盯著她的臉看了三秒。
然後他轉身找自己的手機：「我問阿象，她不敢對我撒謊。」
「你你你放過阿象，她只是一個萌萌的美編！」初禮站起來去搶他手裡的手機。
晝川用兩隻手摁住初禮在自己身後揮舞騷擾的手，電話夾在肩膀和耳朵之間，快步走到窗邊：「喂？阿象？」
初禮：「晝川！」
晝川伸手捂住她的嘴：「別叫。」
初禮：「……」
這一晚，當「世紀之戰」的紅方兩人正鬧得雞飛狗跳，為了些雞毛蒜皮的事爭執不下時，藍方那邊卻不動聲色地發起第一波攻擊！

晚上九點左右，由顧白芷所在的新盾社發出公告——

「熱烈祝賀江與誠老師東方幻想懸疑新作《消失的天帝少女》連載一個月，微博累計轉發破百萬，微博累計閱讀量超過一億！

恭喜江與誠老師榮登年度微博連載文人氣之王寶座！」

……就這麼一腳。

……毫不留情地踩到了所有同樣在微博連載新文的作者——包括晝川老師——的臉上。

自從初禮失去了《消失的天帝少女》後，她就把所有的作者——包括江與誠在內——設成了特別關注，以確保這些無業遊民和修仙佬無論白天夜裡什麼時候發微博，她都能第一時間知道。

於是這會兒，當晝川虎著臉用口形對初禮說「阿象說妳哭得喘不上氣」時，初禮也沒時間反駁他在放屁，鬆開了他的手躲一邊刷手機去了——

刷著刷著她就慘叫一聲：「老師你快看啊，微博上江與誠老師打你臉了！」

晝川聞言，跟阿象硬邦邦地說了「拜拜」之後就黑著臉走到初禮身後，越過她的肩膀伸腦袋一看，發現江與誠發的微博，勃然大怒：「他要不要臉了！欺負我沒掰著手指算《命犯桃花與劍》的轉發量和閱讀量啊，動真格的肯定不比他的少！」

「……你在這鬧有什麼用。」初禮放下手機，「你現在跑去算，然後再發個公告吹噓《命犯桃花與劍》的轉發和微博閱讀量，這事怎麼想都是狗急跳牆的感覺，弱爆了。」

晝川：「……」

他用腳尖踢了踢她的小腿：「妳倒是想想辦法。」

「我能想什麼辦法，真以為我是諸葛亮啊，法子說有就有。」初禮掃了眼晝川，「這是江與誠老師在跟你正式開戰了，你該想的不是怎麼防守，而是轉攻為守——他搞個大新聞，你也搞啊。」

晝川：「在微博宣布自己和編輯的地下情，然後標注一下妳的小號微博以及《月光》雜誌官方微博？」

初禮：「……讓你搞個大新聞，沒讓你搞個大緋聞。」

想了下被晝川的讀者們大卸八塊的場面，到時候肯定是鋪天蓋地地八卦她利用職務之便勾搭男神叭叭叭……

那些人怎麼能明白，編輯的身分，只是讓晝川認識她與欣賞她的開始，而真正讓她找到機會走近晝川、住進他家，幫他澆花遛狗的——

是「貧窮」。

……仔細一想，可以說是非常少女漫畫的開始了。

眼前彷彿可以看見萬千少女讀者舉起四十米大刀追殺自己的場景，初禮面無表情補充：「麻煩以不威脅我人身安全的前提下，搞個正常風格的大新聞。」

晝川黑著臉翻冰箱找優格吃去了。

初禮背著手跟在他屁股後面：「其實也不用那麼氣，前段時間微博頭版頭條，電視新聞頭版頭條，哪哪都是你不是嗎？我刷個朋友圈都能撞見老家的初中同學在為你鳴冤，可以說是非常的風頭無兩了……」

晝川將湯匙從嘴裡拿出來，挖了一勺優格塞進初禮嘴裡。初禮想也不想吞嚥下去，凍得整個人天靈蓋都發麻，正想問晝川這是幹麼，她想不到反擊的辦法就要殺人滅口？

初禮絮絮叨叨：「所以江與誠老師這次，最多也就是算扳回一城，誰不知道微博閱讀量這資料實際上都在灌水——」

晝川的湯匙又遞到初禮的嘴邊，初禮張開嘴，他面無表情地倒進去……初禮被凍得哆嗦：「你自己吃，自己吃，這玩意涼得很，你要不吃拿它幹麼……」

話還未落，就聽見他淡淡說了句：「我吃啊。」

隨後，初禮便看見那張嚴肅的臉在面前放大，帶著溫度的唇瓣貼上她被凍得冰冷的唇。晝川的舌尖輕易挑開她的的牙關長驅直入，靈活地捲起她口中還未來得及吞嚥、已經有些溫度的優格。

黃桃果香在舌尖傳遞，鼻息之間都是甜蜜的氣息。

初禮微微喘息著想要後退，卻給了晝川一個加深這個吻的機會，他並不準備就這樣放過她，而是追逐著她的舌尖，兩人連連後退，直到初禮的後背撞上廚房門旁冰涼的牆壁上。

這是優格正確的分享方式。

晝川「咕嘟」一聲將捲入口中的優格吞下腹，彷彿故意一般發出的響亮聲音讓初禮面紅耳赤。她低低「哎呀」了聲，臉彷彿都快燒了起來——

晝川又像是大型犬一樣湊上來，用高挺的鼻尖親暱地蹭她的鼻尖，溼潤靈活的舌尖舔去她唇角溢出的乳白色優格。

然後用兩根修長的指尖卡著她的下巴，強迫她轉過腦袋，以迅雷不及掩耳之勢，臉貼臉地「喀嚓」來了張自拍——

初禮：「……」

晝川站直身體，用大拇指胡亂替初禮擦了擦嘴，粗糙的拇指腹蹭過她因為接吻而微微泛紅溼潤的柔軟唇瓣，另外一隻手則在手機上搗鼓：「發給江與誠，氣得他今晚睡不著覺，踩我臉上是要付出代價的——」

初禮心想：馬的智障。

這時候只看見晝川退出拍照畫面，進入手機相簿，翻啊翻地翻出剛才拍好的照片看了眼——被他擁在懷中的人微微瞇著眼，一臉茫然加溫順，像隻迷糊的貓。晝素太高的好處就是她眼中的光、溼潤的唇角、微醺般的面頰都被完美地捕捉。因為接吻而有些紅腫的唇瓣旁還帶著他沒來得及吻乾淨的優格，像那什麼——

晝川瞬間改變主意，一臉嚴肅地稍稍豎起手機：「算了，還是不發給他了。」

初禮伸手去摁住晝川的手腕，踮起腳強行將手機摁下來看了眼，在看到自己唇角的不明白液和迷離眼神，她頭皮都快炸了：「臥槽槽槽槽槽，你給我刪了！」

晝川毫不猶豫：「我不。」

初禮：「老子堂堂《月光》雜誌主編，實習生和我說話都帶著顫音，你這破玩意要是哪天被公布於眾，我還怎麼見人！」

晝川放開初禮，抱著手機像是抱著什麼寶貝似地轉頭快步走開：「我連江與誠都不給看了，妳還指望什麼公布於眾，放心吧，哪怕是死了也會帶進棺材裡的……」

初禮追打在他屁股後面：「少放屁了！你以為豔照門是怎麼來的！」

晝川跳上沙發，作勝利女神狀高舉手機：「我又不會隨便找人替我修手機。」

初禮也跳上沙發，整個人趴晝川身上拚命踮腳伸手：「刪了！」

晝川：「我不，以後妳出差了我還有用。」

初禮一聽，剛想反問「你有什麼用」，隨即反應過來後，直接伸手轉住晝川的耳朵；晝川鎖了手機螢幕把手機往屁股口袋裡一塞，張開雙臂將趴在他身上的人牢牢抱住——

兩人滾作一團摔回沙發裡，初禮鬧得狠了，氣喘吁吁地趴在他身上。

她抬起頭，發現被她壓在身下的人認真地看著自己。

那一瞬間心跳驟停。

恢復功能後加速跳動。

就像是得了無藥可救的肌膚饑渴症，後來也不知道是誰先吻住對方，二狗踢著腿「噠噠」地滾回狗窩睡覺的時候，初禮的外套、裙子、拖鞋……從客廳沙發一路散落至晝川的房間。

床鋪發出「嘎吱」一聲不堪負荷的聲響，被子被壓住、被掀起又落下……黑暗的房間中只剩下兩人帶著喘息的竊竊私語——

「等下、等下，那個不可以……我還沒洗澡。」
「妳他媽還要洗澡？等妳洗完澡兒子都生出來了！」
「你急什麼？」
「我急不急妳摸一下就知道，妳不急妳剛才親我做什麼……」
這晚月色正濃，有些人還抱著手機刷微博，興高采烈地看著千萬人說著「恭喜大大」的時候……另外一些人已經脫離了現代通訊，黑燈瞎火裡忙著共赴生命的大和諧。
事後，初禮總覺得晝川對江與誠宣戰這事的態度有點不一般。
這個時候她已經被折騰得像死豬一樣癱在晝川的床上，連手指都抬不起來。耳邊響起淋浴的嘩啦水聲，初禮的臉深深地埋進枕頭裡，深呼吸一口氣，滿滿都是他身上的味道。
「啊啊。」
低聲沉吟，彷彿這樣才能釋放渾身痠痛，初禮在被子下蜷縮起來，感覺腿間有暖流流淌而出——身體僵硬了下，迷迷糊糊想起這麼一下好像沒來得及啟用晝川買回來的那一大箱玩意。
初禮小小地打了個呵欠，有點睏了。
這時候浴室裡的水聲停下來，晝川打開浴室門探了個腦袋出來：「妳洗嗎？」
被子下拱起的小山丘動彈了下。
「洗啊，」初禮嗓音懶洋洋的，「你都弄進去了，不洗怎麼睡啊。」

她就是述說一個事實，沒想到話語一落，浴室那邊立刻安靜得像是連空氣流動的聲音都消失了一般。

幾秒後，晝川走過來，掀開她的被子，將她翻過身，扳開她的腿，看了一眼，直接把她的腿掀起來——

初禮：「嗯？」

初禮：「……」

晝川喘了口粗氣，眼睛發紅：「再一次，一會兒我幫妳洗。」

她伸出手，一把擋住那就要往她雙腿間落下的臉——

「我們的話題開始好像跟這個差了十萬八千里遠，現在跑題也跑了個夠，該做的也做了……咱們能不能言歸正傳下，」初禮眨眨眼，「這不僅是你和江與誠的戰爭，也是我和顧白芷的。」

晝川「唔」了聲，見她眼睛眨巴，心癢癢的，於是悄悄抬起身子，親吻她的眼睛：「這週週日是花枝獎頒獎典禮，到時候無論獲不獲獎，反正《洛河神書》和我應該都會是關注的焦點……」

花枝獎頒獎了？

初禮有些傻眼：「怎麼沒人和我說啊？」

晝川一哂：「……妳又沒問。」

初禮：「……」

怪不得一副天下在手的模樣，原來還有後招啊……那就只能坐等週末，世紀之戰的第二回合了。

在晝川柔情蜜意地用公主抱將初禮抱進浴室裡，正想將一個溫柔的好男人形象貫徹到底時，掛在他脖子上的人適時地問出一句讓他想把她扔進浴缸裡淹死的話。

「老師，你覺得花枝獎頒獎典禮那天，你老爸會出現並對兒子進行一番愛的鼓勵嗎？」

晝川：「……」

晝川彎腰，將初禮不怎麼溫柔地塞進浴缸裡：「多謝提問，被妳這麼一問，那天我乾脆請病假算了……」

初禮原本渾身痠痛，這會兒落入浴缸裡，整個人骨頭都酥了似的，懶洋洋地微微瞇起眼：「瞧你這點出息，奔三十的人了，提到老爸就像老鼠見了貓似地……」

晝川打開蓮蓬頭，面無表情地對著初禮的臉噴了兩下。

初禮「呸呸」吐出一口水：「說不過就動手！」

晝川扔了蓮蓬頭，彎下腰雙手撐在浴缸旁邊，稍稍湊近初禮：「沒把妳腦袋摁水裡已經很溫柔了。」

「剛才在床上的時候你不是這樣的，為了哄我把腿打開，你叫我寶寶。」

「床上男人說的話能信，母豬都上樹。」晝川伸出手點了點初禮的鼻尖，無恥又無賴地慢吞吞道，「給妳上一課，不要錢。」

初禮：「……」

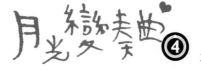

蹲在浴缸裡，初禮認真思考了一下她和晝川在一起之前和在一起之後究竟有什麼區別，然而思來想去她的答案都是「好像沒什麼區別」……唯一的區別就是能夠以理直氣壯的方式袒裎相見了——

呃。

初禮在想這個問題的時候，身後的男人正忙著用不知道從哪搞出來的橡皮筋，將她散落的碎髮紮了個小揪揪，然後就用打滿了泡沫的沐浴球在她胳膊上刷豬皮似地用力蹭了兩下；在初禮齜牙咧嘴時，他伸手揪了下她後腦杓的小揪揪，粗聲粗氣道：「轉過去，擦背。」

初禮閉著眼轉過身，在晝川用力替她擦背時，她反手在他臉上胡亂摸了兩把。然後她的手被一隻沾滿泡泡、還帶著溫度的大手捉住，晝川翻過她的手，在她的手掌心親了一下，說話口氣依然惡劣：「別亂動，也不看看都幾點了！」

背對著他坐著的初禮在他看不見的角度勾起脣，咧開嘴，自己都不知道在高興什麼就自顧自地樂了起來——就好像擁有一個揚言要把她的腦袋摁進浴缸裡的男朋友是一件多麼值得驕傲的事一樣。

「晝川。」

「嗯。」

「晝川啊。」

「嗯……」

「晝川，晝川？」

「嗯？」

語氣微微上揚，帶著不耐煩的警告。

背被搓得火辣辣的，初禮微微瞇起眼：「星期日我陪你去啊？那個花枝獎，頒獎典禮。」

「妳當然要去。」晝川拍了下她的腦袋，「不是《洛河神書》的責編嗎？」

「不止是因為這個，這個獎拿不拿得到，我都想在你旁邊看著，親眼見證一些東西——你的成功，或者你尚未能走完的路。」

摁在她腦袋上的大手停頓了下，隨後，晝川揉亂她的髮：「知道了，知道了，看著吧……妳老公的精采瞬間，然後妳就會倍加珍惜我的垂憐。」

「……」

幾日後。

週日在初禮的期待和晝川的嫌棄中終於到來。

初禮至今記得那是二〇一四年九月，初秋的早晨，天氣晴朗，微風習習，她和晝川在家門口為了「穿西裝到底能不能配跑鞋」一件事吵得不可開交。

晝川認為，和一群糟老頭子坐在一起聽那些陳腔濫調已經夠無聊，鏡頭一掃過去唯一的看點也穿著西裝皮鞋一副老頭子做派，豈不是教人絕望？

初禮認為：放眼寫文佬圈子，再也找不到比「花枝獎頒獎典禮」更加正式的場合，咱們先不說你會不會得獎，假設你真的得獎了，到時候上去領獎，一溜的正裝一字排開，就你穿雙跑鞋你自己想想尷尬不尷尬？

二狗認為：這都幾點了，你倆到底還能不能走？

爭執的過程持續了半個小時。

放到半個小時前，初禮都想不到她這輩子還有這麼無聊的時候——跟一個男人，對著一雙跑鞋和一雙皮鞋，爭吵上半個小時停不下來……真的要多蠢有多蠢。

初禮：「以後老了，我死之前，一定會為自己曾經和你浪費過這半個小時毫無意義的生命後悔不已。」

晝川嗤之以鼻：「放心吧，到時候妳都老年痴呆症了，想得起來個屁。」

於是儘管時間浪費了，初禮還是拗不過晝川，半個小時後，只能眼睜睜地看著他穿上跑鞋，拉扯了下領帶還有襯衫領口，「哼」了聲後像隻鬥勝的金孔雀一般昂首挺胸揚長而去……

而初禮被他強行拖上他那輛騷包兮兮的跑車，晝川長腿一邁爬上駕駛座，西裝褲和跑鞋之間露出一節腳踝，初禮看了直皺眉：「拿個鏡子照照，你看你，像個流氓小混混。」

晝川身手替她繫安全帶：「知道了，媽。」

初禮伸手打了下他的腦袋。

好在小混混雖然吊兒郎當，但是基本的禮儀和守時觀念還是有的，一腳油門踩到底，一路踩著城市限速最高速度開到花枝獎頒獎典禮的會場。

那是在一家高級會所的商務宴會廳，初禮他們到的時候已經有各家大佬陸續到達。在初禮看來，文人氣質這種東西是真的存在的，上了年紀的老師們身著正裝談笑風生，跟她身邊那個吊兒郎當的玩意完全不是一個次元的生物。

初禮看了晝川一眼。

晝川：「妳嫌棄什麼？」

初禮：「我都還沒說話。」

晝川：「妳撅下屁股我都知道妳想幹麼，老鼠掉進油缸的模樣。」

初禮：「……」

晝川將初禮和自己的請帖遞出去，兩人肩並肩入場。

進了會場就得按照規定好的次序入座，晝川是作品入圍提名作者，初禮只是一個小小的編輯，兩人當然不會坐在一起。晝川的位置在很前排，有桌子，桌子上放了名牌的那種。

初禮在後排圍觀者的專用坐席坐下，注意看了下四周，確實沒有看見晝顧宣出現。

其實這一次晝顧宣沒有作品參賽，而花枝獎是全國作協共同舉辦的活動，作為省作協副主席，他也並不是非得出席不可……

可是。

兒子好不容易入圍什麼的，作為網路為主要載體的小說，《洛河神書》入圍花枝獎已經是開啟歷史里程碑意義的成功，無論得獎與否，晝川都會殊榮於一身……

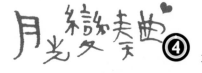

這樣重要的場合，晝顧宣身為父親，卻沒有出現？

初禮坐在自己的位置上，直到頒獎典禮開始的前一秒還不死心地盯著大門入口方向，直到入口關閉，她手中的手機震動了下，她低下頭看了眼，是來自晝川的一封簡訊——

戲子老師：別東張西望了，那個老頭不會來的，跟他又沒什麼關係。

初禮摁下手機，看了眼晝川的方向。坐在最前方那個挺拔年輕的背影，擁有寬闊的肩膀和筆直的腰桿，此時此刻彷彿是能感覺到後方投在自己身上的擔憂目光，他頭也不回地抬起手，打了個「ＯＫ」的手勢。

他坐在一排的傳統作家老師之中，確實有些格格不入的樣子。

就好像特別孤單。

初禮換了個坐姿，那麼長時間以來，第一次覺得自己彷彿有些瞭解晝川的想法：同業不同圈，要打破這份尷尬總需要一名勇敢的先驅者，而這個先驅者必定是孤獨且偉大的。

眼下，晝川正在扮演這樣的角色。

猴子請來的水軍：戲子老師，我突然改變了看法——此時此刻在我眼裡，你比其他老師都優秀得多，我不是指一個人，我是指在座的每一位。

初禮回完簡訊，看著前方第一排男人趁著全國作協主席、本屆花枝獎評獎委員會主任在臺上講話時，彎下腰將手機藏在桌下偷偷看她的簡訊，像是中學生上課開小差似的。

初禮勾起脣角。

短暫的致辭結束之後，現場所在的媒體將錄影設備都轉向了作者們所在的方向——此次入圍作者一共三十名，最終獲獎者將會有五人；而此時三十名入圍提名作者全部到齊，上至白髮蒼蒼、下至年輕力壯。

五個名額，由國家作家協會的權威人士一個個上臺，宣讀得獎名單，並頒發這象徵著國內長篇小說最高榮譽的獎項給獲獎作者。

第一個名額公布給了一位白髮蒼蒼的老年作家開始，授獎詞中，他被稱為「沈從文的守墓者」，利用十年創造一部作品，反覆精雕細琢，最終以一篇《稻城的夜空》成為田園牧歌式作品派別的繼承人吧拉吧拉吧……

時間一分一秒過去。

對於在場的作者、作者親友們來說無非是一項折磨，而對於初禮同樣也是，她不得不打開直播平臺看一下頒獎典禮現場，圍觀下彈幕放鬆心情。

「沒事，第一個沒中還有四個呢，實不相瞞我覺得《洛河神書》應該穩了。」

「我靠我都不知道花枝獎每次能有五個名額。」

「實不相瞞我就想看看晝川到底長啥樣，希望能給個鏡頭？」

「哈哈哈哈哈哈哈，期待，期待晝川獲獎，終於有機會見識到他的廬山真面目。」

「……不是為了晝川我都不關心這種東西，這下子好了，一下子被入圍提名安利了好多本書，正在瘋狂地往購物車裡塞書！」

「樓上的等等我，我也正在瘋狂塞書——」

「啊，我也……」

在圍觀直播的網友們嘻嘻哈哈之中，第二個、第三個獲獎者已經出現，當他們聽見自己的作品名字被唱響時，臉上的喜悅難以掩飾，十年磨一劍只為這一朝——這是一生的榮耀，作為對「作家」這個身分最好的回答。

第四個名額公布前，初禮開始緊張不安，直到評審打開得獎信封，第一句話是「他始終屬於現實主義文學思潮的擁護者」，初禮伸長的脖子縮了縮，難以抑制地發出一聲嘆息。

不是晝川。

此時，直播平臺上各種「GG」、「沒了」、「其實第一個沒有了應該就是沒有了，畢竟噱頭」、「那最後一個也是噱頭啊」彈幕充滿了手機螢幕。

微博上，關於「**晝川是否能捧回花枝獎杯**」的話題也被高高頂起，討論度節節攀升，褒貶不一，一時間風光無二，確實又壓過江與誠一頭。

初禮看得心煩，直接將手機翻過來扣下，又抬起頭看了眼坐在最前面的男人——看他的背影紋絲不動地靠坐在椅子上，他蹺著二郎腿，曲指，有規律地敲擊著面前的桌子……

初禮捏緊手中的手機。

自從高考查成績之後，她好久沒這麼緊張過，上一次有這種窒息緊張感，還是《洛河神書》網路預售開啟的前一秒。

第四名獲獎作者走下臺。

負責最後一份得獎信封的老師走上臺，先是對臺下的一堆作者們笑了笑：「剩下的二十六位作者應該很緊張。」

現場響起一片和諧的笑聲。

初禮在心裡暴躁地想：真的多謝提醒啊，緊張得快掛了。

只見那名宣讀得獎信封的老師慢吞吞打開信封，先看了眼獲獎者的名字，他神神祕祕笑了聲，把現場氣氛搞得像是奧斯卡頒獎典禮，然後在所有人的目光注視下，緩緩宣讀——

「他是當代青年文學作家的傑出代表，是東方幻想浪漫小說的不二代名詞……十六歲在課堂上用稿紙和鋼筆完成第一部三十萬字長篇小說，十七歲出版自己的第一部小說——

「一路走來，得到過榮耀，受到過質疑。

「看過碧藍蒼穹之廣闊，有飛鳥成群翱翔。

「見過無邊煉獄之絕望，有千夫所指欲折斷文人的脊梁……」

初禮用顫抖的手將扣在腿上的手機翻過來。

直播平臺上，各種「666666666」彈幕密密麻麻地刷到壓根看不見直播畫面和字幕。

站在臺上的作家老師說完長長的授獎詞，這才宣布——

「本屆花枝獎最後一名獲獎者，晝川，獲獎作品，《洛河神書》。」

月光戀奏曲

Moonlight

月光戀奏曲

Moonlight

月光戀奏曲

Moonlight

月光變奏曲 4

作　　者／青浼
書名設計／朱胤嘉
榮譽發行人／黃鎮隆
總 經 理／陳君平
協　　理／洪琇菁
總 編 輯／呂尚燁
執行編輯／許晶翎
美術監製／沙雲佩
美術編輯／李政儀
國際版權／黃令歡、梁名儀
企劃宣傳／楊玉如、洪國瑋
內文排版／謝青秀

國家圖書館出版品預行編目資料

月光變奏曲 4 / 青浼作. -- 1 版. -- [臺北市]:
尖端出版, 2022. 1-
冊； 公分
ISBN 978-626-316-356-0 (第 4 冊：平裝)
857.7　　110019003

出版／城邦文化事業股份有限公司　尖端出版
台北市 104 中山區民生東路二段 141 號 10 樓
電話：(02) 2500-7600　傳真：(02) 2500-2683
讀者服務信箱：7novels@mail2.spp.com.tw
發行／英屬蓋曼群島商家庭傳媒股份有限公司城邦分公司　尖端出版
台北市 104 中山區民生東路二段 141 號 10 樓
電話：(02) 2500-7600　傳真：(02) 2500-1979
劃撥專線：(03) 312-4212
戶名：英屬蓋曼群島商家庭傳媒(股)公司城邦分公司
劃撥帳號：50003021
※ 劃撥金額未滿 500 元，請加付掛號郵資 50 元
法律顧問／王子文律師　元禾法律事務所　台北市羅斯福路三段三十七號十五樓

台灣地區總經銷／中彰投以北（含宜花東）　楨彥有限公司
電話：(02) 8919-3369　傳真：(02) 8914-5524
雲嘉以南　威信圖書有限公司
(嘉義公司) 電話：0800-028-028　傳真：(05) 233-3863
(高雄公司) 電話：0800-028-028　傳真：(07) 373-0087
馬新地區總經銷／城邦（馬新）出版集團 Cite (M) Sdn Bhd
電話：603-9057-8822　傳真：603-9057-6622
E-mail：cite@cite.com.my
香港地區總經銷／城邦（香港）出版集團 Cite (H.K.) Publishing Group Limited
電話：852-2508-6231　傳真：852-2578-9337
E-mail：hkcite@biznetvigator.com

版　次／ 2022 年 1 月 1 版 1 刷　Printed in Taiwan